시간이 멈춘 바다

시간이 멈춘 바다

발행일   2015년 5월 8일

지은이   송 용 만
펴낸이   손 형 국
펴낸곳   (주)북랩
편집인   선일영   편집   이소현, 이탄석, 김아름
디자인   이현수, 윤미리내, 최성경   제작   박기성, 황동현, 구성우
마케팅   김회란, 박진관, 이희정
출판등록 2004. 12. 1(제2012-000051호)
주소   서울시 금천구 가산디지털 1로 168, 우림라이온스밸리 B동 B113, 114호
홈페이지 www.book.co.kr
전화번호 (02)2026-5777   팩스   (02)2026-5747

ISBN   979-11-5585-588-1 03810(종이책) 979-11-5585-589-8 05810(전자책)

세월호 사고 실화소설

시간이 멈춘 바다

송용만 장편소설

북랩 book Lab

 서문

만들어진 사회적 죄인, 세월호 유족

이 책은 침몰된 세월호에 갇혀 나오지 못하고 있는 조카의 생존을 바라는 삼촌의 절박한 심정을 표현한 소설이다. 또한 세월호 사고 후 팽목항에서 9일 동안의 기록과 4개월여에 걸쳐 대한민국 사회와 정부와 언론을 비판한 소설이기도 하다. 이 책에 등장하는 삼촌은 바로 저자 자신이다. 비록 소설이라는 형식을 빌렸지만 사실에 근접해서 쓰기 위해 지옥 같은 팽목항의 기억을 최대한 이끌어냈다. 물론 과장된 표현이 없는 것은 아니지만 없던 사실을 만들어내지도 않았다.

나는 정확히 2014년 4월 15일, 그러니까 세월호 사고 바로 전날 탈고한 민족주의적인 소설 『태극기가 바람에 펄럭입니다』를 탈고하고 그해 7월 출간했다. 그것은 세월호 사고로 꿈을 펼쳐보지도 못하고 세상과 이별한 자식 같고 친구 같은 조카와의 약속이 있었기 때문이었다. 아니 정확히 말하면 조카와의 약속과 감당하기 힘든 현실에서 탈출구가 필요했던 것이 이유라면 이유였다고 말할 수 있겠다.

그렇게 막상 출간을 하고 나니 엄청난 공허함과 함께 심한 자괴감이 밀려들며 한동안 아무것도 할 수 없었다. 심지어 유족들의 집회와 행진에도 참

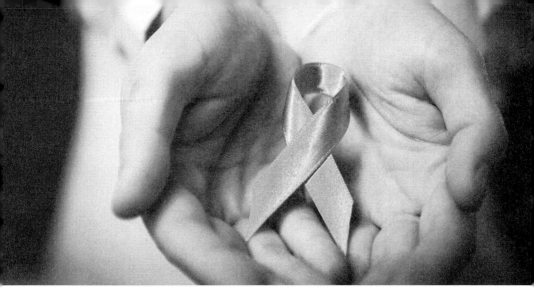

여하지 않았고 유족들의 목소리에 동참하지도 않았다. 그저 현실을 부정하며 도피처를 찾기에 바빴다. 그런데 시간이 흐를수록 세월호 유족들을 마치 반사회적인 존재인 것처럼 바라보는 주변의 시각이 나를 견딜 수 없게 만들었다. 정부의 안일함과 무능함으로 자식을 잃고 부모를 잃은 유족들이 어떻게 반사회적인 존재로 전락될 수 있었는지, 그 이유가 무엇인지 아무리 생각해도 이해할 수 없었고, 분노만 커져갔다. 그때 나는 결심했다. 세월호 유족들이 왜 이렇게 됐고, 누가 세월호 유족들을 이렇게 만들었는지, 팽목항에서 무슨 일이 있었고 구조 당국과 언론이 어떻게 움직였는지, 그리고 너무나 분통 터지게도 그것을 지금까지도 멈추지 않는지, 나는 이 책을 통해서 낱낱이 고발하기로 결심했다. 그리고 현 정부가 과연 국민을 위한 정부인지, 아니면 정부를 위한 정부인지 나는 이 책을 통해서 끊임없이 묻고 또 묻는다. 이유는 우리가 만들어진 사회적 죄인이기 때문이다.

차례

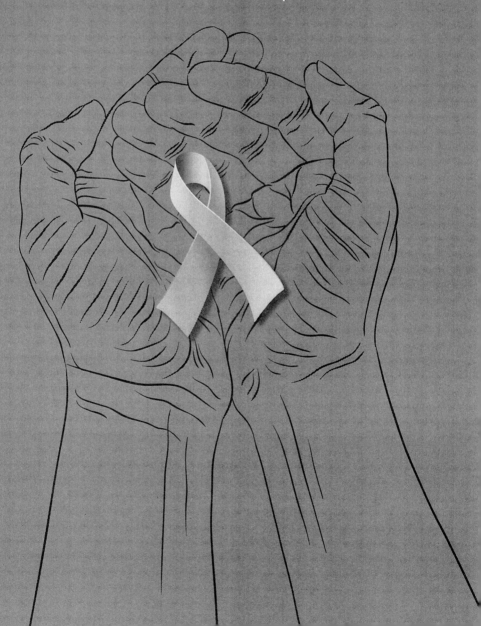

1
꿈꾸는
아이

2006년 5월.

우리가 자라면 나라의 일꾼
손잡고 나가자 서로 정답게
5월은 푸르구나 우리들은 자란다
5월은 어린이날 우리들 세상

한 초등학교 운동장에서 울려나오는 노랫소리였다. 곧이어서 앙증맞은 옷
차림에 귀엽게 화장한 여자아이들과 한껏 멋을 부린 남자아이들이 등장했
다. 귀엽게 춤을 추는 어린 아이들의 무대를 드넓은 초등학교 운동장이 넓
은 가슴으로 품어주는 듯 보였다. 남자아이들과 여자아이들의 어우러진 춤
사위는 보는 이들의 입가에 웃음이 떠나지 않게 만들기에 충분했다.

"저 녀석 봐라. 누구를 닮아서 저리도 멋있을까."

아이의 아빠로 보이는 남자가 누구라도 들으라는 듯 말을 흘렸다. 그 옆
에서 아주 흡족한 얼굴로 자식을 바라보는 엄마의 얼굴은 마치 세상을 다

얻은 것처럼 환한 미소를 짓고 있었다.

어린이날을 맞이한 초등학교는 학부모들을 모시고 아이들의 재롱잔치를 성대하게 치르고 있는 중이었다.

"어린이는 나라의 보물이다." 소파 방정환의 말이다.

이윽고 모든 행사가 끝나자, 부모와 아이들은 손에 손을 잡고 하나둘씩 운동장을 벗어나기 시작했다.

"성원이 이다음에 크면 뭐 되고 싶어?"

조카의 손을 잡고 있는 용만이 운동장을 벗어나며 물었다.

"음, 우리 선생님이 그러는데, 국민의 생명을 지켜주는 사람이 가장 위대하대. 그래서 나는 어른이 되면 국민의 생명을 지켜주는 사람이 되고 싶어."

용만의 물음에 대답하는 녀석은 자못 씩씩해 보였고, 어느새 초등학교 상급생으로 올라간 녀석은 제법 의젓한 얼굴에 문장력까지 갖춰진 대답을 했다.

"그럼, 군인?"

"우리 선생님이 또 그러는데, 국민의 안전을 지켜주는 나라가 가장 좋은 나라라고 했어. 그래서 나는 군인보다는 경찰이 될 거야."

"음, 그럼 경찰과 군인 중에 선택하기가 힘들겠네?"

"그냥 경찰이 될 거야."

녀석의 대답에선 왜 군인보다는 경찰이 되려는지 분명한 이유와 차이점을 찾을 수 없었지만, 어찌됐든 아이다운 대답인 것만은 분명했다.

"그렇지, 국민의 생명과 안전을 지켜주는 나라가 가장 좋은 나라지."

조카가 마냥 귀엽게 보이는 용만은 까칠한 수염을 녀석의 이마로 가져가 문질렀다.

"하지 마! 이젠 안 통해."

녀석은 학년이 조금 올랐다고 정색을 하며 용만의 얼굴을 밀어냈다. 하지만 그냥 물러설 용만이 아니었다. 잽싸게 녀석의 통통한 볼로 얼굴을 가져가 또 수염으로 문질렀다.

"어? 볼은 통하네."

녀석은 얼굴을 한껏 뒤로 빼며 통통한 볼을 문질렀다.

"하하하."

녀석의 해맑은 웃음에 녀석의 엄마, 아빠가 동시에 웃음을 터트렸다.

그리고 8년 후, 2014년 4월 3일.

반쯤 열린 차창을 통해 봄을 맞이하는 싱그러운 바람이 스쳐가고 있었다. 어느덧 계절은 겨울을 지나 만물이 생동하는 봄의 문턱으로 들어섰다. 용만은 약간 한기가 느껴지는지 불어오는 바람결에 창문을 올리고 오디오의 볼륨을 조금 높였다. 어느새 시내로 들어선 그의 차가 붉은 신호등 앞에서 잠시 멈춰 섰다. 용만은 들려오는 음악 소리에 잠시 눈을 감았다. 감미로운 음악은 그의 귓가를 맴돌아 얼굴을 타고 흘러내리며 중얼거리는 입술로 전이되고 있는 것 같았다. 노래를 따라 부르는 그는 마치 자신이 노랫말에 등장하는 주인공이라도 된 듯 얼굴엔 깊은 사색까지 담겨 있었다.

그때 차의 경적 소리가 들려왔다. 음악에 취한 그는 신호가 바뀐 것도 모르고 있었다. 천천히 눈을 뜬 그는 못내 아쉬운 듯 천천히 차를 출발시키며 주머니를 만지작거렸다. 두툼한 지갑이 그의 얼굴을 흡족하게 만들어 주었다. 그의 눈앞으로 눈에 넣어도 아프지 않을 것 같은 조카들이 스치고 지나갔다. 용만은 적어도 한 달에 두세 번은 여동생의 집에 들러 조카들에게 용돈을 주며 같이 밥을 먹는 보람 있고 즐거운 시간을 즐기고 있었다.

다시 신호에 걸린 용만의 차가 교차로에서 멈춰 섰다. 그는 잽싸게 전화기를 빼들고 여동생과 통화를 시도했다.

"애들 나가지 말라고 해."

"알았어."

혹시나 하는 마음에 다시 여동생과 짧은 통화를 끝낸 그는 삼거리를 지나 다세대주택들이 밀집해 있는 지역으로 들어섰다.

"우와, 사춘이다."

이제 막 초등학교 1학년에 입학한 늦둥이 막내 성록이였다. 녀석은 용만의 차 소리를 기억하고 있는지 얼른 뛰어나와 환하게 웃으며 혀 짧은 소리로 말했다. 차에서 얼른 뛰어내린 용만은 마치 도토리 같은 녀석을 끌어안았다.

"록이, 삼촌 기다렸어?"

"응."

"내가 삼촌이야, 사춘이야?"

용만은 장난스럽게 물었다.

"사~춘."

역시나 혀 짧은 소리로 '사춘'으로 대답한 녀석은 얼른 뒤로 돌아 집으로 향했다. 하지만 용만의 손에 잡힌 녀석은 얼굴을 한껏 뒤로 뺐다. 언제나 까칠한 수염으로 얼굴을 문지르는 삼촌에게서 빨리 떨어지고 싶었던 것이다. 미소를 흘린 용만은 여지없이 녀석의 얼굴에 대고 수염을 문질렀다.

"아, 따가워."

'하하' 웃으며 두 손으로 성록이를 안아 든 용만은 조카들이 기다리고 있는 여동생의 집으로 향했다. 집 안으로 들어서니 어느새 용만보다 키가 한 뼘이나 더 큰 듬직한 성원이가 컴퓨터를 하고 있었다. 성원이 여동생 아름이는 누워서 리모컨을 들고 TV 채널을 이리저리 돌리고 있었다.

"삼촌이 왔는데 알은체도 안 하냐?"

"안녕하세요."

그제야 고개만 문 쪽으로 돌린 성원이와 아름이가 인사했다. 조카들의 존댓말은 '안녕하세요.' '안녕히 가세요.' 이 두 마디가 끝이었다. 여기에 하나를 더 추가한다면 용돈을 받을 때 '감사합니다.'였고, 녀석들이 용만에게 하는 존댓말은 더 이상 존재하지 않았다. 그것은 용만이 원한 것이기도 했다.

"성원아, 이제 삼촌한테 존댓말 해야지."

언젠가 매제이자, 성원이 아빠가 녀석을 앉혀 놓고 말했다.

"아냐, 존댓말 하면 거리감 생길 수도 있으니 그냥 반말해."

용만은 조카들과 조금이라도 거리감을 줄 수 있는 그 어떤 것들도 허용하고 싶지 않았던 것이다. 녀석들을 바라본 용만이 흡족한 미소를 흘렸다.

"형아도 해야지."

성록이는 늘 그랬다. 삼촌 수염의 따가움을 혼자만 당하고 싶지 않았던 녀석이 형을 가리켰다. 어느새 성원이가 방어 자세를 취하고 곁눈질하기 시작했다. 하지만 용만은 늘 그렇듯 아무렇지 않게 녀석의 주변을 맴돌았다. 녀석 또한 별다른 표정 없이 용만의 움직임을 모른 척하며 주시했다. 녀석과 용만 사이에 보이지 않는 묘한 긴장감이 흘렀다. 그렇게 둘은 시치미를 떼고 서로를 곁눈질하기 바빴다. 순간 용만이 발을 멈췄다. 녀석의 주위를 맴돌던 용만이 기회를 포착한 것이었다. 녀석이 빠르게 손을 올렸지만 때는 이미 늦었다. 잽싸게 옆으로 다가간 용만이 까칠한 수염으로 녀석의 얼굴을 문질렀다.

"아, 따가워."

의심할 여지없는 용만의 승리였다. 실로 오랜만에 맛보는 승리의 기쁨이었다.

"우와! 사춘이 이겼다."

성록이가 고소하다는 얼굴로 제 형을 바라보았다.

"하하하, 오늘은 삼촌이 이겼지?"

승리감에 취한 용만이 웃음을 멈추지 않았다.

"삼촌, 내가 애기야?"

녀석은 얼굴을 문지르며 약간 불만 섞인 목소리로 말했다.

"네가 이놈아, 아무리 덩치가 크고 나이가 먹어도 삼촌한테는 언제나 애기야."

"삼촌도 참…."

용만에게는 어쩌면 그것이 당연한 것인지도 몰랐다. 왜냐하면 바로 옆에서 조카들을 아기 때부터 지켜봐온 그의 눈에는 조카들이 언제나 아기처럼 느껴지곤 했으니까. 잠시 후, 밥상이 놓였고 조카들과 용만이 둘러앉았다.

"삼촌은 왜 결혼 안 하고 혼자 살아?"

중학교 2학년생인 아름이는 혼자 살고 있는 삼촌이 어린 나이에도 뭔가 이상하다는 생각이 든 모양이었다.

"그냥 그런 게 있어. 빨리 밥이나 먹자."

답변이 궁색한 용만은 얼른 말을 돌렸다.

소박한 밥상이지만 조카들과 도란도란 얘기를 하는 시간은 늘 즐거웠다.

"성원아, 너는 꿈이 뭐냐?"

용만이 수저를 들며 물었다.

"글세, 두 가지가 있는데 하나는 역사학자 그리고 또 하나는 대통령."

녀석이 아이였을 땐 언제나 경찰이 꿈이었다. 하지만 지금은 그 꿈이 바뀌어 있었다. 그것은 아마도 용만의 영향이 컸다고 말할 수 있을 것 같았다.

"대통령이 돼서 뭘 할 건데?"

"뭘 하긴, 잘못된 우리 역사를 바로잡아야지."

올해 고등학교 2학년이 된 녀석은 잘못된 우리 역사의 문제점을 잘 알고 있었다. 어찌 보면 그것은 지극히 당연한 결과였는지도 모른다. 용만은 늘 일제강점기를 거친 우리나라는 민족 결집력의 토대가 되는 역사를 잃어버려 스스로를 약소민족으로 인지하고 있다고 말했다. 용만을 통해 숨겨진 우리 역사를 알게 된 녀석은 우리 역사에 대해 깊은 관심을 가지고 있었고, 한국인으로 태어난 걸 언제나 자랑스럽게 여기고 있었다. 그것은 동이족(東夷族)의 후예 한국인이라는 사실에 늘 자부심을 가지고 있는 용만이, 조카의 유아 시절부터 입버릇처럼 주입시킨 결과이기도 했다.

"정치인이 되려면 삼촌이 우선 시험해볼게."

녀석은 용만이 무슨 말을 걸어올지 몰라 내심 긴장하는 눈치였다. 흡족한 미소를 흘린 용만이 느닷없이 손을 뻗어 녀석을 심하게 간지럼 태우기 시작했다.

"으하하하, 삼촌 지금 뭐 하는 거야?"

밥알이 튀어나올 정도로 심하게 웃은 녀석이 간신히 물었다.

"정치인의 길을 이제 알겠어?"

"뭘 알아?"

용만은 다시 한 번 손을 뻗어 간지러움을 태웠다.

"이래도 모르겠어?"

"잠깐, 이제 알겠다."

용만의 의도를 알아챈 것 같은 녀석이 얼른 자리를 피하며 말했다.

"그러니까 정치인이 되려면 간지러워도 안 간지러운 척, 안 간지러워도 간지러운 척해야 된다는 말이지?"

용만이 고개를 끄덕이는 것도 같았고, 가로젓는 것도 같았다.

"삼촌, 나는 거짓말하는 정치인은 싫어. 국민에게 솔직하고 배려하는 그런 정치인이 될 거야."

녀석은 호불호가 강한 아이였고 나름 리더십도 있었다. 1학년 때 반장을 했고, 2학년 때는 부반장을 하면서 다른 학교의 친구들까지도 안 가리고 사귈 정도로 성격도 좋았다. 용만은 대견함에 자신보다 훨씬 더 큰 녀석을 끌어안고 까칠한 수염으로 녀석의 얼굴을 또 비볐다.

"삼촌은 늘 이런 식이야."

그제야 녀석은 용만의 진짜 의도를 파악한 것 같았다.

문득 용만은 녀석이 초등학교에 다니던 시절로 돌아가 있었다. 과자를 사주기 위해 녀석의 손을 잡고 동네 마트에 들어선 용만은 주머니를 확인하지 않을 수 없었다. 마트 안에는 녀석 또래의 아이들이 몇 명 있었고, 보호자는 보이지 않기 때문이었다. 그날도 여지없이 녀석은 제 과자를 사기 전에 얼굴도 모르는 또래 아이들에게 과자를 하나씩 집어 나누어 주었다. 그리고 배시시 웃으며 용만을 바라보았다. 예기치 않게 과자를 받아든 아이들이 함박웃음을 흘리며 용만의 등 뒤로 붙었다. '끙' 하고 신음을 흘린 용만은 계산대로 다가가 아이들의 과자 값을 전부 치를 수밖에 없었다.

"이놈은 커서 뭐가 되려고 이러나."

마트 주인이 성원이의 유별난 행동에 흡족한 미소를 흘리며 용만의 손에서 과자 값을 받아들며 말했다.

"큰오빠, 커피 한 잔 줄까?"

여동생의 물음에 용만은 생각에서 깨어나 고개를 끄덕이고 지갑을 열어 아이들을 불렀다.

"어, 한 잔 줘. 그리고 이건, 성원이 용돈 해."

연이어 용만은 아름이와 성록이에게도 용돈을 챙겨주었다.

"삼촌, 무슨 돈을 이렇게 많이 줘? 난 이거만 받을게."

녀석은 자신이 받은 용돈이 너무 많다고 생각했는지, 아니면 삼촌이 그리 풍족한 생활을 누리지 못하는 것을 아는지 절반을 떼어 용만에게 도로 내밀었다.

"돈 쓰는 것도 공부야. 그냥 받아둬."

주머니 속으로 돈을 넣은 녀석은 못내 미안한 듯 뒷머리를 긁으며 고개를 살짝 숙였다.

"삼촌, 책 얼마나 썼어?"

"이제 거의 다 썼어."

"나도 소설 좀 써볼까?"

역사 왜곡을 소재로 이미 한 권의 소설을 출간했고 비슷한 소재로 또 다른 소설을 준비하는 삼촌이, 녀석의 눈에는 대단한 사람처럼 보이는 모양이었다. 용만은 녀석에게 그 이면을 설명해 줘야 했다. 녀석이 혹시나 자신의 성격에 맞지 않는 길을 걷지 않을지, 그것을 염려한 것이었다.

"취미로 하는 건 괜찮지만 직업으로 삼기에는 늘 외롭고 배고픈 직업이야. 그리고 삼촌이 보기에 너는 혼자 하는 일보다는 여럿이 같이 할 수 있는 그런 직업이 어울려. 무슨 말인지 알겠지?"

"어."

짧게 대답한 녀석은 용만의 말에 동의하는지 고개를 끄덕였다.

"삼촌은 이제 가야겠다."

용만은 이제 그만 일어서야 했다. 직장과 창작의 두 가지 일을 동시에 하고 있는 그로서는 늘 시간적 여유가 부족했고, 영감이 떠오를 때 집중해야 했다. 용만이 일어서는 것으로 보아 무슨 영감을 받은 것 같았다.

"안녕히 가세요."

이날도 변함없이 용만이 조카들에게 들은 존댓말은 '안녕하세요.' '안녕히 가세요.' 역시 단 두 마디였다. 여동생의 집을 나서는 용만의 얼굴에 흡족한 미소가 서렸다.

2
계속되는
악몽

집 앞에 다다른 용만은 문을 열면서 한순간 숨을 멈춰야 했다. 사십 중반의 나이에 혼자 살고 있는 그의 집은 언제 청소를 했는지 모를 정도로 지저분하게 보였다. 집 안에서 끼쳐오는 냄새에 익숙해지기도 하련만 용만은 언제나 집에 들어설 때마다 그 냄새가 싫었다. 그것은 어쩌면 미래가 암울할 것 같은 자신의 인생을 냄새가 담고 있는 것 같다고 생각한 것일까. 그런 회의감이 문을 열 때마다 냄새와 함께 묻어나오는 것 같은 현실을 인정하고 싶지 않은 것인지도 몰랐다.

컴퓨터 앞에 앉은 용만은 파일을 열어 자신이 쓰고 있는 책을 마주했다. 그러나 한참을 바라보고 있었지만 어떻게 마무리를 지어야 할지 영감은 쉽게 떠오르지 않았다. 뭔가 떠오를 것 같았지만 그것은 마치 신기루처럼 아주 멀리 보일 뿐 거리는 좁혀지지 않았다. 어느새 책상 위의 재떨이에는 한껏 구겨진 애꿎은 담배꽁초만 수북이 쌓여갔다. 용만은 하는 수 없이 화장실로 뛰어 들어가 세차게 쏟아지는 찬물에 몸을 맡겼다. 복잡했던 머리가 조금은 개운해지는 것 같았다. 쏟아지는 물줄기 속에서 그는 조금 전, 조카와 나누었던 대화를 떠올려 보았다.

'나는 대통령이 될 거야.'

"녀석, 참. 하하."

흡족한 얼굴로 혼잣말을 흘린 그는 재차 찬물에 몸을 맡겼다. 녀석을 생각하면 동시에 떠오르는 조카가 있었다. 바로 남동생의 듬직한 아들 민상이였다. 민상이와 성원이는 동갑내기로 중학교 때까지 언제나 같이 다녔던 단짝이었다. 하지만 남동생이 베트남에 사업체를 개업하면서 남동생 식구들 모두 베트남으로 떠난 지 벌써 몇 해가 지나 있었다.

'두 녀석이 커서 무슨 일을 같이 하면 아마도 크게 이름을 떨칠 거야.'

신중하고 영특한 민상이와 호불호가 강한 성원이가 손을 잡으면 무엇이든 못 할 일이 없을 것 같았다. 하지만 용만은 이런 말을 누구에게도 한 적이 없었다. 그것은 자신만이 느끼는 감정과 생각이란 걸 아주 잘 알고 있었고, 자신이 느끼는 감정과 생각은 어떻게든 남들과 차별화를 두고 싶은 핏줄의 끌림, 바로 그것이라는 사실을 잘 알기 때문이었다. 용만은 언제나 두 녀석이 자신의 조카로 태어난 사실에 뿌듯함을 넘어 어쩔 때는 자랑스러운 감정까지 느낄 정도였다. 잠자리에 누운 용만의 입술에 흡족한 미소가 서렸다.

용만은 어두운 길을 혼자 걷고 있었다. 아니 그것은 어두운 길이라기보단 눈을 제대로 뜨지 못하고 있다는 표현이 적당할 것 같았다. 용만은 손을 비벼 눈을 뜨려고 애썼지만 그럴수록 감긴 눈은 더욱더 굳게 닫혀지는 것 같았다. 어디로 가고 있는지 발걸음은 자신의 의지와는 달리 제멋대로 움직이고 있었다. 순간 그의 몸이 마치 수렁에 빠진 듯 땅속으로 서서히 빨려 들어갔다. 엄청난 공포를 느낀 그의 눈이 순간 크게 떠졌다. 그때 거대한 트럭이 그를 향해 무섭게 돌진해왔다.

"안 돼!"

용만은 소리를 지르며 몸을 벌떡 일으켰다. 또 다시 재현되는 악몽이었다.

'왜 이런 꿈이 자꾸만 되풀이되는 것일까.'

알 수 없는 불길함에 땀으로 흠뻑 젖은 몸이 부르르 떨렸다. 용만은 다시 잠을 청했지만 한 번 달아난 잠은 쉽게 찾아오지 않았다. 용만은 그렇게 며칠 밤을 악몽에 시달리며 잠을 설쳤다.

4월 13일.

컴퓨터 앞에 앉은 용만은 열을 다해 마지막 피치를 올리고 있었다. 살짝 벌어진 그의 입술에 미소가 떠나지 않는 것으로 보아 드디어 탈고를 눈앞에 두고 있는 것 같았다. 어떻게 할까. 주인공을 죽일까 살릴까. 용만은 마지막 단계에서 잠시 고민에 빠졌다. 그래, 그렇게 정하자. 이내 마지막의 윤곽을 그려놓은 그는 집필을 잠시 미루고 여동생의 집으로 향했다. 조카들에게 고기라도 몇 근 사다 줘야겠다는 생각에 마트에 들른 그는 아이들의 용돈을 생각하지 않을 수 없었다. 은행 앞에서 잠시 고민한 그는 이내 발길을 돌렸다. 그의 행동으로 보아 늘 경제적인 여유가 부족한 탓인 것 같았다. 성원이의 수학여행이 예정돼 있는지도 모르고 있는 용만은 곧바로 여동생 집으로 향했다. 이윽고 여동생 집에 도착한 용만이 문을 두드리며 성원이를 불렀다.

"성원아."

용만은 언제나 성원이만을 불렀다. 아름이와 성록이도 있었지만, 이상하게도 용만은 녀석만을 불렀다. 집 안으로 들어서니 녀석은 혼자 집을 지키고 있었고, 아무도 보이지 않았다.

"엄마는 어디 갔어?"

"아름이하고 록이 데리고 잠깐 나갔어."

"이거 고긴데 엄마 오면 같이 먹어."

"어."

"삼촌 간다."

거의 끝나가는 책을 빨리 마무리 짓고 싶은 그는 바로 몸을 돌려 여동생의 집을 나섰다.

"안녕히 가세요."

"어, 그래."

"삼촌, 잠깐만!"

문을 닫으려던 녀석이 용만을 불렀다.

"삼촌, 나랑 악수 한 번 해."

녀석은 무엇을 예견한 것일까. 평소 안 하던 의외의 행동을 보였다.

"새삼스럽게 웬 악수?"

"그냥 하고 싶어서. 하하."

성원이는 멋쩍은 듯 뒷머리를 긁으며 손을 내밀었다. 이 악수는 용만이 마지막으로 잡아보는 녀석의 따뜻한 손이었고, 웃음이 가득 담긴 녀석의 마지막 목소리였다. 그리고 용만이 본 녀석의 생전 마지막 모습이기도 했다. 성원이는 마지막 예의를 지키려 하는 것인지 그날따라 고개를 푹 숙이며 인사했다.

"안녕히 가세요."

"이 녀석아, 갑자기 왜 그래? 이상하잖아."

성원이는 말없이 헤헤거리며 웃음만 지었다. 녀석은 끝까지 수학여행을 간다는 말을 하지 않았다. 성원이가 수학여행을 가는 것을 까맣게 모르고 있는 용만은 마지막 용돈을 챙겨주지 못했다. 용만은 이것이 뼈에 사무치는 한이 될 줄 꿈에도 모르고 있었다.

4월 15일.

"드디어 끝났어!"

용만의 즐거운 외침이었다. 근 1년여에 걸쳐 씨름해 온 원고를 드디어 탈고한 순간이었다. 그는 기쁜 마음에 담배를 연이어 빼 물었다. 최고의 성취감을 느끼며 피우는 담배 맛은 그 무엇과도 비교할 수 없을 정도로 기막힌 맛이었다. 그러나 기쁨도 잠시, 그와 상반되는 또 다른 감정이 밀려들었다. 엄청난 공허함과 함께 밀려드는 감정은 독자들에게 질타를 받을 수도 있다는 심한 자괴감이었다. 그냥 다 지워버릴까? 어떻게 해야 하나. 과연 내가 잘 쓰기나 한 것일까. 용만은 심한 강박감에 머리를 감싸 쥐었다. 아니야, 그럴 수 없어. 어떻게 쓴 책인데. 간신히 감정을 수습한 그는 국면 전환을 시도했다.

"나, 오늘 탈고했는데 축하 좀 해 주라."

친구에게 연락한 그는 음식점으로 향했다.

음식점에 모인 친구들은 모두 다 그를 항상 진심으로 응원해 주는 친구들이었고, 마치 자신들의 일처럼 기쁘게 생각해 주는 친구들이었다. 용만은 늘 이 친구들을 고맙게 생각하고 있었고, 자신이 친구들에게 이렇게나 과분한 대접을 받고 있다는 사실에 언제나 미안한 마음뿐이었다. 그것은 겉으로 표현하지 못하는 그의 성격 탓일 수도 있었다.

분에 넘치는 축하 파티를 끝낸 용만은 여동생의 집으로 향했다. 리듬이 실려 있는 그의 손에는 탈고 축하 파티의 큼지막한 케이크가 들려 있었다. 손도 안 댄 케이크를 조카들에게 갖다 주기 위함이었다.

"성원아!"

용만은 이날도 변함없이 녀석을 불렀다.

집 안에는 여동생과 아름이와 성록이만 있을 뿐 성원이는 보이지 않았다.

"우와! 케이크다."

성록이가 용만 손에 들려 있는 케이크를 보고 함박웃음을 지었다.

"성원이는?"

용만이 거실에 케이크를 내려놓으며 물었다.

"제주도로 수학여행 갔어."

여동생이 대답했다.

"수학여행? 그럼 말이라도 하지 그랬어."

"그냥 뭐…."

여동생이 우물거렸다.

"근데 웬 케이크야?"

"어, 오늘 친구들이 탈고 축하 파티를 해 줬거든."

용만은 잠시 여동생과 얘기를 나눈 뒤 집을 나섰다. 이윽고 자신의 집에 들어서니 역시나 아무도 없는 집에서는 언제나 익숙하지 않은 퀴퀴한 냄새가 인사를 하며 주인을 맞이하는 것 같았다. 그것은 분명 주인에게 보내는 인사였다. 하지만 인사를 받는 용만의 표정은 그리 달가운 표정이 아니었다. 용만은 집 안으로 들어서자마자 언제 깔아놓았는지 모를 정도로 오래된 듯 보이는 우중충한 이불에 몸을 눕혔다. 잠시 빛바랜 천장을 바라본 용만은 머릿속으로 책의 내용을 하나하나 짚어보았다. 탈고는 끝이 아니었다. 출판사로 보내기 전, 몇 번의 검토와 수정을 해야 했다. 컴퓨터와 마주 앉은 용만은 다시 한 번 자신의 책을 꼼꼼히 검토한 후, 내일을 기대하며 잠을 청했다. 그러나 어두운 내일을 예고하듯 악몽은 여지없이 계속해서 찾아왔다.

시간이 얼마나 지났을까. 땀에 흠뻑 젖은 몸으로 눈을 떠보니 캄캄한 어둠이 모든 것을 집어삼키고 있었다. 소음 소리 하나 들려오지 않는 새벽이었다. 그는 애써 모든 불길한 생각을 떨쳐내려는지 억지웃음을 지어 보았다. 용만의 얼굴이 기묘하게 일그러졌다.

3
팽목항의
불길한 아침

4월 16일, 전남 진도. 오전 6시경.

"오늘 하루도 무사하게 도와주시고 고기를 많이 잡게 해 주소서."

아침 일찍 일어나 조업 준비를 하던 정찬구는 이날도 변함없이 바다를 바라보며 상상 속의 용왕님께 깊이 허리를 숙이며 빌었다. 그는 하루도 거르지 않고 용왕님께 예를 표했다. 조업이 없는 날도 예외는 아니었다. 그는 언제나 집안의 화목과 도시로 나가 있는 아들의 성공까지도 용왕님이 보살펴주신 덕분이라고 생각했다. 육십 후반 평생에서 반평생 넘게 바다와 함께 살아온 그에게 바다를 주재하시는 용왕님이 최고의 신(神)이라는 믿음은 어쩌면 당연한 결과인지도 모른다. 그의 깊게 패인 주름살에 땀방울이 송골송골 맺혔다. 아들을 생각하는 그의 입가에 엷은 미소가 서렸다. 마침내 조업 준비를 다 끝낸 그는 팽목항으로 가기 위해 자신의 차로 발걸음을 옮겼다. 순간 차 키를 꺼내 문을 열려던 그의 손이 멈췄고 시선이 아래로 향했다.

"으이그, 이게 뭐야?"

그는 마치 못 볼 것이라도 본 듯 눈을 심하게 찌푸렸다. 내장이 튀어나와 죽어 있는 쥐가 차바퀴에 밟혀 있는 게 아닌가. 그의 얼굴이 재차 일그러졌다.

"왜 하필 아침부터 재수….."

그는 튀어나오려던 뒷말을 급히 삼켰다. 하루 일과를 부정 타는 말로 시작하고 싶지 않았기 때문이다. 급히 소형 화물차에 올라탄 그는 마치 부정을 쫓아내기라도 하려는 듯 가속페달을 힘껏 밟았다. 순간 머플러에서 뿜어져 나온 시커먼 매연이 화물차를 핥고 지나갔다. 팽목항에 도착하니 자신을 기다리고 있는 어선에 시동이 걸려 있었고, 조타실에서 나온 그의 친구는 담배 연기를 허공에 뱉어내고 있었다.

"빨리 출발하지."

친구가 어선에 올라타며 말했다. 두 사람을 태운 어선이 힘찬 엔진 소리를 내며 팽목항을 뒤로했다. 이윽고 어선은 물살을 헤치며 한 시간여를 달려 맹골수로 근처 조업 해역에 도착했다. 서둘러 온 뱃길이었지만 시간은 벌써 8시가 가까워져 있었다. 친구는 다시 한 번 그물을 꼼꼼히 살폈다. 친구가 고기 그물을 바닷속으로 투입하기 위해 작동 레버를 내리려고 할 때였다.

"어이, 정씨! 저기 좀 봐!"

친구의 친구가 조타실에서 뛰어나오며 소리쳤다. 친구의 외침에 친구는 그물을 손에 든 채 앞을 바라보았다. 그는 고개를 갸웃하며 멀리 보이는 대형 여객선에서 시선을 떼지 못했다. 거리가 있어 확연히 보이지 않았지만, 서 있는 여객선은 한눈에 봐도 대형 여객선이란 걸 알 수 있었다.

"저 배가 왜 저렇게 서 있는 거지?"

"뭔가 이상이 있는 게 아닐까?"

"글쎄, 왜 저러고 있는 걸까?"

두 사람은 서로에게 물음표만 던져주고 있었다.

"뭔가 이상이 생겼다면 VTS(해상관제탑)에서 무전이 왔을 거야."

"그렇지. 하지만…."

친구가 삼킨 뒷말 속에는 무언가 께름칙한 여운이 남아 있었다. 해상에서 구조를 제공할 수 있는 선박은 조난 선박을 구조하기 위해 전속력으로 사고 해역으로 항해해야 하며, 수색 구조 기관에도 신속히 연락을 취하도록 규정하고 있다는 것은 해상 사고 때 적용되는 국제법이란 사실을 잘 알고 있었다. 굳이 국제법을 들먹이지 않아도 조난을 당한 선박을 외면할 수는 없는 일이었다.

"여객선이 있는 쪽으로 가 보는 게 좋지 않겠나?"

친구는 일찍이 오늘과 같은 불길함을 느껴 본 적이 없었는지, 여객선에서 시선을 떼지 않고 물었다.

"이 사람아, 저기를 봐. 다른 어선들도 조업에만 열중하고 있잖아. 그리고 저 여객선은 대형 여객선이야. 아마도 잠시 뭔가를 점검하고 있는 중일 거야."

"아마도 그렇겠지?"

그물을 펼치는 친구의 손이 무의식중에 미세하게 떨리고 있었다.

한참 조업에 열중하던 친구와 그의 친구는 헬기 소리에 고개를 들었다.

"이봐, 정말 뭔 일 생긴 거 같은데?"

친구는 친구의 말에 멀리 보이는 대형 여객선으로 시선을 던졌다. 곧바로 사이렌을 울리며 함정 한 척이 물살을 가르며 대형 여객선으로 빠르게 다가가는 것이 보였다. 근처에 있던 어선들도 함정이 가는 방향으로 일제히 몰려가고 있었다. 멀리 보이는 대형 여객선은 조금 전과는 확연히 달라 보였다. 불길함으로 시작한 하루가 현실로 다가오는 것 같았다.

"세상에! 배가 가라앉고 있어!"

찬구는 손에 잡고 있던 그물을 팽개치듯 던지고 닻을 끌어올렸다. 전속력으로 침몰하는 대형 여객선 근처에 도착한 두 사람은 믿을 수 없는 현실에 잠시 할 말을 잃고 서로를 주시했다. 힘없이 옆으로 쓰러진 여객선이 바닷속으로 빠르게 가라앉고 있는 게 아닌가. 옆으로 보이는 수많은 작은 창문 안에서 어린 학생들이 구조의 손길을 기다리며 아우성대고 있는 모습이 보였다. 구명조끼를 입은 승객들이 연신 차가운 바닷물로 뛰어들고 있는 모습도 보였다. 실로 아비규환 같은 믿을 수 없는 현실이 바로 눈앞에서 펼쳐지고 있었다. 차라리 눈을 감아 지옥 같은 현실을 보고 싶지 않았다.

정신을 차린 찬구의 눈에 구명조끼를 입은 승객이 들어왔다. 그는 잽싸게 허우적거리는 승객에게 다가가 구명튜브를 던졌다. 간신히 배에 오른 승객은 학생으로 보였다.

"아저씨, 정말 고맙습니다. 저기 배 안에 제 친구들이 많이 있어요. 살려주세요."

학생은 공포에 질린 눈으로 울면서 애원했다.

찬구의 친구가 담요를 가져와 떨고 있는 학생을 감싸주었다.

"너무 걱정 말아라. 친구들은 전부 무사히 구조될 거야."

그때, 여객선에 바짝 다가간 함정에서 몇 명의 해경이 여객선의 갑판으로 뛰어오르는 모습이 보였다.

"저기 보이지? 해경 아저씨들이 전부 구조해 줄 거야."

말을 마친 찬구는 자신의 눈을 의심하지 않을 수 없었다. 해경이 가라앉고 있는 선실을 뒤로하고 조타실로 오르고 있었기 때문이었다. 어서 빨리 대다수의 승객들로 가득 찬 선실로 들어가야 대형 참사를 막을 수 있지 않을까? 해경은 무언가 착각하고 있는 게 분명했다. 찬구는 해경을 향해 소리쳤다.

"어이! 해경 양반, 거기가 먼저 아니오!"

해경은 듣지 못했는지 조타실로 계속 오르고 있었다.

"해경 양반, 거기가 먼저 아니란 말이오!"

해경의 눈에는 조타실만 보이는 것 같았다. 급기야 그의 입에서 욕설이 터져 나왔다.

"야, 개새끼들아! 거기가 먼저 아니란 말이야!"

어떻게 저럴 수가 있는가. 찬구는 뭔가 이상하게 돌아가고 있다고 생각하지 않을 수 없었다. 저 해경들의 눈에는 살려달라고 아우성치며 창문에 매달린 승객들이 보이지 않는단 말인가. 도저히 믿을 수 없는 상황이 바로 눈앞에서 펼쳐지고 있었다. 대체 저 사람들은 지금 무슨 생각을 하고 있다는 말인가. 반평생을 넘게 바다에서 살아온 그는 지금과 같은 상식 밖의 구조를 본 적도, 들은 적도 없었다. 그는 차라리 자신이 바다에 뛰어들어 구조에 참여하고 싶었다.

잠시 후, 선원들로 보이는 사람들이 해경의 부축을 받으며 갑판으로 나오고 있었고, 육십 후반으로 보이는 비쩍 마른 사내가 팬티 차림으로 갑판을 벗어나 함정으로 오르고 있었다. 시간은 계속해서 흐르고, 여객선은 거의 반 이상이나 잠겨 가고 있었다. 빨리 손을 써야 했지만 어찌된 일인지 해경의 소극적인 구조와 지원 함정은 도착하지 않고 겨우 구조 헬기 두 대와 함정 한 척이 사고 해역에서 구조 활동을 하고 있을 뿐이었다.

"이게 도대체 뭐 하는 거야!"

찬구는 도무지 이해할 수 없는 상황에 분노의 감정을 내뱉었다. 반평생을 넘게 바다에서 살아온 그는 이 여객선의 승선 인원을 대강 짐작할 수 있었다. 눈에 보이는 엄청난 크기의 이 여객선에는 승선 인원이 500여 명은 족히 될 것이라는 것을. 구조 신고를 받은 해경은 승선 인원을 분명히 파악했을 것이다. 아니 파악했어야 했다. 그래야만 적정 구조 장비와 인력을 충분히 급파할 수 있지 않겠는가. 그것은 고기를 잡는 어부들에게도 통용되는 상식이었다. 과연 이 여객선에 탑승한 500여 명에 가까운 승객들을 겨우 헬기 두 대와 함정 한 척으로 구조할 수 있다고 생각한 것일까. 정말 분통 터지는 일이 아닐 수 없었다.

급기야 찬구는 웃옷과 신발을 벗어 던졌다. 이대로 보고만 있을 수도 없었고 수영이라면 자신 있었다. 찬구가 바다로 뛰어들려고 할 때였다. 급히 다가간 그의 친구가 찬구의 앞을 가로막았다.

"자네 지금 뭐 하는 건가!"

"그럼, 이대로 보고만 있겠다는 거야?"

"이미 늦었어. 자, 보라구."

찬구는 현실을 인정하지 않을 수 없었다. 여객선의 창문은 이미 물속으로 가라앉아 보이지 않았고, 여객선을 바라보는 친구의 망연자실한 눈빛이 모든 것을 말해주고 있었다. 어떻게 이런 대형 여객선이 순식간에 가라앉을 수 있다는 말인가. 찬구는 믿을 수 없는 현실에 뒤를 바라보았다. 자신이 구조한 학생이 말없이 눈물을 흘리며 점점 사라지는 여객선을 바라보았다. 찬구는 두 눈을 질끈 감았다.

청와대 중앙재난안전대책본부.

긴급회의를 소집한 박근혜 대통령의 얼굴은 매우 침통하고 긴장돼 보였다. 긴급히 소집돼 회의실을 가득 채운 비상대책위원들의 얼굴도 다르지 않았다. 회의실의 침통하고 긴장된 공기는 가라앉지 않고 계속되고 있었다. 시간이 흐를수록 초조함과 긴장감은 점점 증폭돼 가고 있었다. 하지만 그것을 반전시켜 주는 보고는 올라오지 않고 있었다.

"아직까지 정확한 탑승 인원조차도 파악이 안 되고 있다는 말입니까?"

대통령은 자신도 모르게 언성을 약간 높였다.

"죄송합니다. 현재 계속 해경의 보고를 받고 있으니 곧 정확한 집계가 나올 겁니다."

"단 한 명의 희생자도 발생하지 않게 총력을 기울여야 합니다. 무슨 일이 있어도 최선을 다해 구조에 만전을 기해 주시기 바랍니다."

그때 마침 해경으로부터 보고가 들어오기 시작했다. 곧이어 브리핑이 실시되면서 회의실은 믿을 수 없는 현실에 작은 소리 하나 흘러나오지 않았다.

"세월호 탑승 인원 462명, 구조 176명, 실종자 283명으로 집계됐습니다."

하지만 이것 또한 예상 집계였다. 브리핑의 내용을 현실로 받아들이기엔 너무나 가혹한 현실이었고, 참담함 그 자체였다. 하지만 받아들여야만 했다. 단 한 명의 실종자라도 더 구조하는 데 총력을 기울여야 했다.

"현재 상황이 어떻게 진행돼 가고 있는 겁니까? 실종자들의 생존율은 어떻게 파악돼 가고 있나요?"

대통령이 떨어지지 않는 입술을 간신히 움직여 물었다.

"사고 해역의 조류가 심한 관계로 구조에 어려움이 있을 수 있다고 보고해 왔습니다."

"지금 무슨 소릴 하는 겁니까? 동원할 수 있는 가용 인원과 구조 장비를 신속하게 사고 해역으로 급파하도록 하세요. 무슨 일이 있어도 절대로 희생자가 발생해선 안 됩니다."

엄하게 지시한 대통령은 자리에서 일어서 중앙재난안전대책본부를 나섰다. 무엇이 급한지 발걸음을 빨리했다. 대통령의 모습을 지켜보던 청와대 출입 기자인 김 기자는 고개를 갸웃했다.

'대참사가 벌어질 수도 있는 중요한 상황에서 어디를 간단 말인가.'

대통령의 숨은 말과 행동은 국가 기밀에 속할 수 있다. 하지만 그것이 국민의 생명과 맞물리는 경우라면 국민의 생명을 먼저 생각해야 한다. 제아무리 국가 기밀이라 해도 국민의 생명보다 우위에 설 수는 없는 것이다. 그것이 정부가 존재하는 목적이다. 그래야만 국민이 정부를 믿고 지지하며 맡은

바 소임을 다할 수 있는 것이 아니겠는가. 김 기자는 도저히 이해할 수 없는 상황에 입술을 잘근 깨물었다.

'아니야, 대통령은 잠깐 자리를 비우는 것일 거야.'

김 기자는 스스로를 위안했다. 하지만 이해할 수 없는 상황은 여기에서 멈추지 않았다. 그것은 처음 이곳에 들어왔을 때부터 느꼈던 것이었다. 비상대책위원들의 노란색 옷차림이 바로 그것이었다. 마치 자신들의 존재를 알리기라도 하려는 것처럼 위원들은 대통령과 모두 똑같은 노란색 옷차림을 하고 있었던 것이다. 국가 재난에 버금가는 이 위급한 상황에서 존재를 알리는 옷차림이 무슨 소용이 있다는 말인가. 이를 지켜보는 국민들은 위원들의 옷차림에 아무도 관심을 두지 않는다. 오로지 당국의 신속한 구조 상황만 지켜볼 것이다. 과연 지금과 같은 위급 상황에서도 자신들의 존재감을 생각하는 현 정부가 세월호 사고를 제대로 대처할 수 있을까.

'세월호 사고 대책은 뭔가 잘못돼 가고 있어.'

김 기자가 재차 입술을 잘근 깨물었다.

4
현실로 나타나는 악몽

거의 뜬눈으로 아침을 맞이한 용만은 역시 찬물에 몸을 맡겨 하루 일과를 짚어보며 천천히 계획을 세워나갔다. 하지만 그럴수록 자신을 옥죄어오는 알 수 없는 불길함에 찬물에 맡긴 몸이 잔뜩 움츠러들었다.

"이건 뭐지? 혹시 엄마가 노여워하고 계신가?"

욕실을 나서는 용만이 혼잣말을 흘렸다. 그러고 보니 집필 관계로 한동안 어머니의 산소를 찾아보지 못했다. 그러나 그것은 집필이라는 이유를 내세워 은연중에 자신의 입장을 합리화시키려는 핑계에 지나지 않는다는 것을 자기 자신도 너무나 잘 알고 있는 사실이었다. 자신의 집에서 고작 15분 거리에 있는 어머니의 산소를 찾아보지 못했다는 건, 어떠한 이유로도 합리화의 대상이 될 수 없었다. 내일이라도 당장 어머니의 산소를 찾아봐야겠다고 마음먹은 그는 직장으로 향했다.

그렇게 일에 전념해 있을 때였다. 우연히 텔레비전을 본 그의 눈이 휘둥그레졌다. 텔레비전에서 믿을 수 없는 속보가 방영되고 있었고, 속보는 그의 의식을 완전히 점령해 나갔다. 세월호 침몰 사고가 바로 그것이었다. 그는 그제야 조카가 세월호를 타고 수학여행 길에 올랐다는 사실을 알 수 있었다. 곧바로 전화기를 움켜잡은 그는 조카에게 통화를 시도했다. 송신 음악 소리만 흘러나올 뿐, 목소리는 흘러나오지 않았다. 전화를 끊은 그는 바로 여동생에게 통화를 시도했다. 숨이 가빠오고 손발이 덜덜 떨렸다. 이윽고 여동생의 목소리가 흘러나왔다.

"성원이 통화됐어?"

"전화 안 가지고 갔어. 학교에선 조금만 기다려 보래."

용만은 얼른 전화를 끊고 인터넷에 세월호를 검색해 보았다. 우리나라 최고의 대형 여객선이었다. 조금은 안도감이 들었지만 여전히 불길한 감정은 지울 수 없었다.

"그런 여객선이라면 분명히 승객들의 안전을 최우선으로 하고 있을 거야."

혼잣말하는 그는 스스로를 안심시키려는 듯 보였다. 그러나 그것이 얼마나 믿을 수 없는 사실이었는지 그것을 깨닫기까진 그리 많은 시간이 걸리지 않았다. 일이 손에 잡히지 않았다. 아니 일을 손에 잡을 수가 없었다. 용만은 그제야 밤마다 연이어 찾아온 악몽의 실체가 서서히 떠오르기 시작했다. 눈앞이 노래지며 제발 성원이가 무사하기만을 빌고 또 빌었다. 여동생과 다시 통화를 끝낸 그는 모든 일을 제쳐두고 단원고로 향했다. 어떻게 조카가 다니는 단원고에 도착했는지 기억이 없을 정도였다. 그때 탈고 축하 파티를 해준 친구에게서 전화가 걸려왔다.

"전원 구조됐단다. 여동생이 얼마나 놀랐겠니. 잘 위로해 줘라."

"어, 그래."

순간 목소리가 심하게 갈라져 나오며 기쁨과 안도의 눈물이 앞을 가렸다. 긴장이 풀린 몸으로 단원고 정문 앞에 이르니 여동생과 매제가 학교 정문을 걸어 나오고 있었다.

"전원 구조된 거 사실이야?"

"학교에선 그렇게 말하는데 잘 모르겠습니다."

매제의 목소리가 약간 떨리고 있었다. 긴장이 풀어졌던 몸이 다시 긴장되기 시작했다.

"뉴스에 그렇게 나온 거 아니었어?"

"저도 그렇게 알고 있는데…."

용만은 매제가 삼킨 말을 생각하고 싶지 않았다. 불길함의 실체가 눈앞으로 다가올 것 같았기 때문이었다.

어느새 단원고에는 수많은 학부형들과 제복 차림의 경찰들이 학교를 가득 메우고 있었다. 카메라를 짊어진 방송국 기자들이 분주하게 오가며 카메라를 연신 터트리는 모습이 보였다. 용만과 여동생 내외는 곧바로 4층 강당에 마련된 사고대책상황실로 발을 옮겼다. 강당에 들어서자마자 곳곳에서 들려오는 울음소리와 고성을 지르는 소리에 뭔가 잘못돼가고 있음을 감지하지 않을 수 없었다. 시간이 차차 흐르면서 전원 구조 소식은 사실이 아닐 수도 있다는 생각으로 굳어졌다. 하지만 그 시간에도 전원 구조 소식은 번복되지 않고 있었다.

"형님, 지금 버스가 준비됐다고 하니까 성원 엄마 데리고 진도로 내려가 봐야겠습니다."

"그래, 나는 여기에서 상황을 보고 연락 줄게. 아마 전원 구조 소식이 맞을 거야. 그러니까 성원이 춥지 않게 옷 몇 벌 준비해 가."

이윽고 침통한 표정의 학부형들과 몇몇 기자를 태운 버스가 진도를 향해 출발했다. 용만은 학교 앞, 공원에서 연신 줄담배를 피우며 불안한 얼굴을 풀지 못하고 공원을 서성거렸다. 담배를 쥔 손이 간혹 떨리는 것으로 보아 몹시 불안한 듯했다. 그는 학교와 공원을 오가며 오직 하나만을 위해 기도했다. 다른 건 다 필요없었다. 용만이 바라는 건 오직 하나였다. 조카의 생존, 그게 전부였다.

한참 시간이 흐른 후, 한 교사가 명단을 가지고 나와 브리핑을 실시했다. 그 명단에는 분명 2학년 5반 조성원이 기재돼 있었다. 기쁨을 감출 수 없던 용만은 바로 전화기를 빼들었다. 그러나 교사의 브리핑이 시작되면서 그는 들었던 전화기를 내려놓지 않을 수 없었다.

"여기 형광펜으로 칠해진 학생들이 현재까지 구조된 학생들입니다. 하지만 근처 어선에 의해 구조된 학생들은 파악이 안 되고 있으니 조금만 기다려 주십시오."

용만은 그제야 교사가 들고 나온 명단은 전체 탑승 학생을 말해주는 것이라는 걸 알았다. 온통 조카의 생존만을 생각했던 그는 형광펜으로 칠해진 명단을 그냥 지나친 것이었다. 여기저기서 고성이 오가고, 믿을 수 없는 소식에 쓰러지는 부모가 속출했다. 분을 못 이긴 학부형으로 보이는 남자가 연단으로 뛰어올라 의자를 집어던지며 소리쳤다.

"지금 뭐 하는 거야!"

위협을 느낀 교사가 몸을 뒤로 뺐다. 용만은 마치 악몽 같은 현실을 지켜보고 있는 것 같았다. 그때 여동생으로부터 전화가 걸려왔다.

"큰오빠, 지금 록이 학교에서 올 시간이니까 좀 챙겨줘."

"어…"

간신히 대답한 용만은 여동생에게 물었다.

"지금, 어디쯤 가고 있는 거야? 아직 도착 안 했어?"

여동생이 어디라고 말하는 것 같았지만 용만은 진도가 얼마나 먼 거리에 있는지 잘 몰랐다. 두근거리는 가슴을 애써 진정시킨 용만은 아름이와 성록이를 챙겨야 했다. 곧바로 여동생 집에 도착해 아름이와 함께 조금 기다리니 성록이가 문을 빠끔히 열고 들어섰다.

"어, 사촌 왔네?"

"록이 밥 안 먹었지? 같이 밥 먹자."

용만은 애써 태연함을 가장하고 밥을 준비했다.

"사촌, 형아가 올 때 선물 사 가지고 온다고 했다. 헤헤."

유난히도 형을 좋아하고 잘 따르는 성록이였다. 순간 눈물이 핑 돌았다. 순식간에 굵은 눈물이 주르르 흘렀다.

"사촌, 왜 울어?"

"아니야, 눈에 뭐가 들어가서 그래."

용만은 재빨리 싱크대로 다가가 세수를 하는 척하며 눈물을 닦았다.

"아름아, 삼촌 학교에 갈 테니까 록이 잘 보고 있어."

"어, 알았어."

아름이가 슬프게 대답했다.

학교에 도착하니 운동장과 공원까지도 사람들로 넘쳐났고, 들것에 실려 나오는 학부모들의 모습이 보였다. 갈수록 돌아가는 상황이 심하게 불안감을 가중시켰다. 하지만 용만은 희망을 잃지 않고 구조자 명단에서 조카 성원이의 이름에 형광펜이 칠해지기를 고대하고 또 고대했다. 하지만 시간이 지나도 성원이의 이름엔 형광펜이 칠해지지 않았다. 그것은 성원이뿐만이 아니라 다른 실종 학생들 또한 마찬가지였다. 드문드문 색깔을 머금은 구조자 명단은 처음 그대로였고, 변할 기미를 보이지 않았다. 용만은 믿기 힘든 현실에서 사고대책상황실과 학교 앞 공원을 오가며 초조하고 불안한 시간을 계속 보낼 수밖에 없었다.

피우고 있던 담배를 비벼 끈 용만이 다시 담배에 불을 붙이려고 할 때 전화벨 소리가 들려왔다. 사촌 동생 정은이가 걸어온 것이었다. 전화를 받은 용만은 한동안 어떤 말도 할 수 없었다. 한마디라도 하면 주체할 수 없는 울음이 터질 것만 같았기 때문이었다.

"오빠, 어떡해."

정은이가 울먹이는 목소리로 말했다.

"아직은 몰라. 기다려 봐야지."

간신히 감정을 수습한다고 했지만, 갈라지는 목소리는 숨길 수 없었다. 그렇게 피를 말리는 시간은 계속되고 있었다. 마치 내일이란 시간은 영원히 오지 않을 것처럼 느껴졌다. 사고대책상황실과 강당을 오가며 추이를 지켜보던 용만은 문득 진도로 내려간 여동생과 매제가 떠올랐다. 아나나 다를까, 계단을 막 내려서려고 할 때 매제로부터 전화가 걸려왔다.

"형님… 우리 성원이… 없습니다."

전화기 너머로 매제의 울음소리가 들렸다. 그 소리는 마치 벼락 치는 소리보다 크게 들리는 것 같았고, 세상이 무너지는 무서운 소리처럼 들리기도 했다. 전화기를 잡고 있는 용만의 손이 심하게 떨렸다. 눈앞이 캄캄하고 아무 생각도 떠오르지 않았다. 다리에서 힘이 빠져나가며 잠시 비틀거렸다. 계단을 올라오던 사람이 놀란 눈으로 비틀거리는 그를 바라보았다. 간신히 난간을 움켜잡은 용만은 가까스로 추락을 면할 수 있었다.

"아니야, 어선에서도 많이 구조했다고 하니까 기다려 봐."

이내 다리가 풀린 용만이 계단에 주저앉으며 말했다.

"아닙니다. 여기 상황은… 그게 아닙니다."

순간 주체할 수 없는 눈물이 터졌다.

"조금만… 조금만… 기다려 봐."

용만이 해줄 수 있는 말은 이것이 전부였다. 더 이상 학교에서 무엇을 바라고 있을 순 없는 일이었다. 침통한 표정의 용만은 진도행 버스에 몸을 실었다.

그 시각, 청와대 중앙재난안전대책본부.

김 기자는 누구를 찾고 있는 듯 연신 고개를 이리저리 돌리고 있었다. 세월호 첫 사망자의 비보와 엄청난 인원의 실종자가 재난대책본부로 보고되었지만, 대통령은 여전히 모습을 보이지 않고 있었다. 상식적으로 생각해도 도저히 이해가 가지 않는 부분이었다. 김 기자는 다급한 마음에 급히 손을 뻗어 시계를 바라보았다. 벌써 오후 4시가 가까워 오고 있었다. 사고 발생 여섯 시간이 지나가는데도 대통령의 모습은 보이지 않았다. 더 이상한 건 촌각을 다투는 위급한 상황에서 장시간의 대통령 부재가 어떤 결과를 가져올지 그에 대한 심각한 분위기조차 느껴지지 않는 것 같았다.

'대체 이게 뭐 하는 거란 말인가!'

그는 터져 나오려던 말을 간신히 속말로 대신했다. 물론 대통령이 직접 구조 작업에 참여할 순 없지만, 국정 운영의 총책임자가 대참사가 발생할 수도 있는 중요한 시간에 자리를 비웠다는 건, 어떤 이유로도 합리화의 대상이 될 수 없었고 도저히 납득이 가지 않는 부분이었다. 또한 비상대책위원들의 회의는 몇 시간이나 계속 진행되고 있었지만, 실종자들을 구조하기 위한 뚜렷한 대책은 나오지 않고 있었다. 그가 보기에 재난대책컨트롤타워는 제 기능을 발휘하지 못하고 있는 게 분명해 보였다. 세월호 사고 소식을 접한 안전행정부장관 또한 경찰대 졸업식을 끝까지 지켜보며 기념 촬영을 하고 나타났던 것이었다. 안전행정부 수장이란 사람이 도대체 무엇이 급선무인지 파악도 못하고 있는 것 같았다. 시간이 흐를수록 그의 등줄기에선 땀이 흘렀다.

'현 정부의 슬로건이 존재감을 심어주는 것이란 말인가.'

무언가 잘못돼도 한참 잘못되게 돌아가고 있는 것 같았다. 참다못한 그가 자리를 털고 나가려고 할 때 드디어 대통령이 모습을 드러냈다.

"학생들이 구명조끼를 입었다던데 그렇게 찾기가 힘듭니까?"

자리를 비운 지 7시간 만에 나타난 대통령의 입에서 도저히 믿을 수 없는 말이 흘러나왔다. 그것은 곧 세월호 사고에 대해 어디까지 보고를 받았는지 짐작하기 힘든 말이었고, 대참사가 발생할 수 있는 촌각을 다투는 위급한 시간에 대통령은 과연 어디에 있었는지 그것 또한 짐작하기 힘든 말이었다.

'어떻게 이럴 수 있단 말인가. 대통령이 직무 유기를 하고 있단 말인가. 그것은 아닐 거야. 그것은 아닐 거야. 무언가 있겠지. 그래 무언가 있을 거야.'

김 기자는 스스로를 위안하려는 듯 자신의 생각에 고개를 가로저었다. 하지만 세월호 사고 대책은 처음부터 이상하게 돌아가고 있는 것 같다는 생각은 부정할 수 없었다.

용만이 팽목항에 도착한 시간은 새벽 1시를 조금 넘기고 있었다. 버스를 내리는 그의 손에는 텅 빈 물병이 들려 있었다. 텅 빈 물병으로 보아 그는 아마도 팽목항으로 오는 내내 물을 들이켠 듯했다. 하지만 그는 연신 입술을 핥고 있었다. 바짝 마른 입술은 그의 침통한 얼굴과 일체감을 가져다주고 있는 것처럼 보였다. 이내 그의 손을 빠져나간 텅 빈 물병이 바닥을 뒹굴었다. 싸늘한 바닷바람이 그의 몸을 훑고 지나갔다.

"지금 도착했어. 어디야?"

"대합실 앞에 있습니다."

전화를 끊은 용만은 급히 발을 옮겼다. 캄캄한 흙길을 따라 걷는 용만의 몸이 가끔 기우뚱거렸다. 그의 힘없는 발걸음은 결코 움푹 들어간 흙길 탓만은 아닌 것 같았다. 뒤따라오던 사람들이 힘없이 걷는 그의 몸을 스치고 지나갔다. 그렇게 5분여를 걸으니 아스팔트 길이 펼쳐졌고, 좌측으로 불이 꺼진 식당이 보였다. 식당을 조금 지나 선착장에 도착하니 모포를 둘러쓴 사람들이 시커먼 바다를 하염없이 바라보고 있었다. 사람들의 얼굴은 모두가 한결같았다. 어서 빨리 가족을 만나고픈 간절한 소망이 담긴 얼굴들. 평소 같으면 작은 공간에서 같이 잠자리에 있어야 할 가족이었다. 그것은 일상이었다. 결코 희망이 될 수 없었다. 하지만 이날만큼은 일상이 희망으로 뒤바뀐 날이었다. 침통한 상황에서 일상이 가져다주는 소중함을 새롭게 깨닫는 날이기도 했다.

대합실은 희미하게 불을 밝힌 의료구호 천막 바로 앞에 자리 잡고 있었다. 대합실 앞에 도착한 용만은 두리번거리며 매제와 여동생을 찾았다.

"형님, 여깁니다."

매제가 걸어 나오며 손을 들었다. 그의 뒤로 모포를 둘러쓴 여동생이 보였다. 용만은 차마 여동생의 얼굴을 바라볼 자신이 없었다. 시선을 피하기 위해 주위를 둘러보던 용만은 믿을 수 없는 현실에 잠시 할 말을 잃었다. 사고 발생 16시간이 지나 있었지만 사고대책상황실 하나 보이지 않았다. 겨우 보이는 건, 작은 천막에서 실종자 가족들의 항의를 받는 경찰만 있을 뿐이었다. 계급으로 보아 파출소장 같았다. 어떻게 이럴 수 있는지 도무지 이해할 수 없었다. 대참사가 일어날 수도 있는 상황에 현장 최고 지휘관이 파출소장이라니….

"이게 지금 뭐 하는 거지?"

"저도 잘 모르겠습니다."

용만의 침통한 물음에 매제의 분에 받친 대답이었다.

분통 터지는 일은 여기에서 그치지 않고 시간이 지날수록 계속해서 일어났다.

팽목항 부두에선 모포를 두른 실종자 가족들이 돌아오지 않는 가족을 기다리며 침통한 얼굴로 바다만 바라보고 있었다. 별빛 하나 보이지 않는 하늘에서 부슬비가 내리기 시작했다. 하지만 실종자 가족들은 차가운 비를 맞으며 시커먼 바닷가에서 시선을 거두지 않았다. 가끔 오가는 배들의 불빛만 보일뿐, 시커먼 바다는 그대로 암흑이었다. 마치 실종자 가족들의 마음을 대변하려는 것처럼.

"조 서방, 성원 엄마하고 같이 저 안에 좀 들어가 있어."

용만이 가리킨 곳은 의료구호용 천막이었다.

"아닙니다. 형님이 들어가 있으세요."

"나는 괜찮으니까 빨리 성원 엄마 데리고 들어가."

매제가 여동생을 데리고 의료구호 천막에 들어가려고 할 때였다. 갑자기 사람들의 발걸음 소리가 요란하게 울리며 한곳으로 쏜살같이 달려가고 있었다. 누군가 온 것 같았다. 용만도 사람들이 달려가는 곳으로 뛰었다. 도착해 보니 작은 천막 안에서 사람들의 질문 공세를 받고 있는, 사십 후반 정도로 보이는 비쩍 마른 남자가 눈에 들어왔다. 용만은 사람들을 헤치며 앞으로 몸을 들이밀었다.

"직책이 어떻게 되시죠?"

용만이 다급하게 물었다. 마치 그 남자가 어떤 해답을 제시하기라도 할 것처럼.

"해경 정보과…"

해경 정보과장이라고 말하는 것도 같았고, 해경 정보부 소속이라고 말하는 것도 같았다. 사람들의 시끄러운 소리에 남자의 목소리가 잘 들리지 않았지만, 해경 간부인 것만은 분명해 보였다.

"그럼, 해경에서는 실종자들을 살리기 위해 뭘 준비하고 있습니까?"

뒤에서 들려오는 질문이었다.

"우리가 파악한 바로는 가라앉고 있는 배에 에어포켓이 존재하고 있다는 사실을 파악했습니다."

"그럼, 에어포켓에 남아 있는 산소로 실종자들이 얼마나 버틸 수 있겠습니까?"

앞으로 튀어나온 용만이 물었다.

"여러 가지 상황을 고려해야 하기 때문에… 확답을 드릴 수 없어 죄송합니다. 그래서…."

"아니, 확답이 중요한 게 아니라 실종자들이 최대한 버틸 수 있게 산소라
도 주입해야 되는 거 아닙니까?"

연이어 질문하는 용만의 얼굴에 일말의 희망이 스쳐 지나갔다.

"최대한 빠른 시간 안에 조치를 취하겠습…."

남자의 대답이 끝나기도 전에 뒤에서 실종자 가족으로 보이는 사내가 앞
으로 튀어나오며 해경의 멱살을 움켜잡았다.

"아니 그럼, 지금까지 뭐 했어! 네 자식이 저기 있다고 생각해 봐. 빨리 하
란 말이야!"

여러 사람이 격분해 있는 남자를 뜯어 말렸다.

그 시각, 뭍으로 나온 어부 찬구는 해경 간부의 말에 하마터면 소리를 지
를 뻔했다. 해경 간부의 브리핑이 지나가던 그의 발걸음을 세웠던 것이다.
연 이틀을 사고 해역에서 구조 작업에 참여한 그는 몹시 지쳐 있었지만, 자
신의 마을에서 일어난 사고를 외면하며 쉴 수는 없었다. 사고 해역에서 보
았던 실종자 가족들의 슬픈 눈동자를 결코 잊을 수 없었기 때문이다. 비록
늙은 몸이지만 실종자 가족들에게 조금이라도 도움을 주고 싶었다. 자신이
목격한 바로는 사고 당일 오후 5시경 가라앉은 세월호에서 다량의 공기가
빠져나오고 있다는 상황을 두 눈으로 본 것 같았다. 그것이 맞는다면 이미
선내에는 공기가 거의 바닥났을 것이라는 것을 짐작할 수 있는 양이었다.

찬구는 회의를 품지 않을 수 없었다. 해경은 그것을 다른 것으로 본 것일
까? 만약 그게 아니면 해경은 거짓말을 하고 있는 게 분명했다. 무엇 때문
에 저런 거짓말을…. 지금까지의 구조 방식이 과연 얼마만큼의 효과를 볼
수 있을지 의심스러웠다. 지금까지 자신이 사고 해역에서 보았던 구조 방식
은 효과를 볼 수 있는 방식이 아닌 것 같았다. 구조자가 한 명도 없다는 게
그것을 증명하지 않는가. 에어포켓을 염두에 둔 구조 방식? 무언가 미진한

생각이 찬구를 앞으로 나서게 만들었다.

"해경 양반, 지금의 구조 방식을 고수하겠다는 말이오?"

"네? 무슨 말씀이신지…."

"지금, 세월호 안에 과연 어느 정도의 에어포켓이 존재하고 있다고 생각하는…."

그때 한 무리의 사람들이 해경 간부의 천막으로 밀려들며 소란이 일었다. 찬구의 질문은 소음 속으로 묻혔다. 뒤로 빠지는 그의 눈 속에 사고 해역이 담겨 있었다.

"그때 해경은 왜 그렇게 소극적이었을까."

혼잣말을 하는 찬구는 고개를 가로저었다. 자신이 사고 해역에서 지켜본 바로는 너무나 어처구니없는 사고 수습의 극치였다. 실종자 수색을 위해 잠수요원이 본격적으로 투입된 시간도 납득하기 어려웠다. 사고 발생 8시간이 지난 후에야 잠수부들이 투입되기 시작했다. 세월호가 선수를 제외하고 사실상 완전히 침몰된 시간은 오전 11시를 조금 넘긴 시간이었다. 실종자 구조를 위해 잠수요원 투입이 시급한 상황이었다.

당시 사고 해역의 기상 조건이 좋지 않았다는 것은 자신도 잘 알고 있었다. 하지만 아무리 기상 조건이 좋지 않았다고 하더라도 너무 많은 시간을 허비했다는 사실을 부정할 순 없었다. 결국 생존 가능성이 높은 시간대를 전부 놓처버린 셈이었다. 그리고 더 분통이 터지는 일은, 채 20여 명이 안 되는 구조요원들이 겨우 두세 차례 투입되는 데 그쳤다는 사실이었다. 그런데 언론에서는 수백 명의 구조요원이 투입되었다고 연일 보도하고 있었다. 대체 무엇을 위해, 누구를 위해 거짓말을 일삼는단 말인가. 이 거짓 보도가 실종자 가족들의 가슴을 두 번, 세 번 찢어놓는 것과 무엇이 다르단 말인가. 과연 실종자 가족들은 이 사실을 얼마나 알고 있을까.

찬구는 자신을 스치고 지나가는 사람과 눈이 마주쳤다. 아주 잠깐이었지만 그는 자신을 스치고 지나가는 그의 눈빛을 영원히 잊을 수 없을 것 같았다. 모든 희망을 잃은 듯한 참담한 눈빛…. 친구의 눈시울이 붉어졌다.

그렇게 무심한 바다와 팽목항은 희망을 잃어버린 사람들의 눈물과 울음소리를 외면하고 아침을 맞이하기 위해 준비를 하고 있었다.

5

흐릿한
세상

　온몸이 천 근 같은 느낌이었다. 머리가 멍하다 못해 어지러웠고, 다리가 심하게 저려왔다. 사람들의 발걸음 소리와 웅성거리는 말소리가 들려왔다. 용만은 천 근 같은 눈꺼풀을 들어올렸다. 주위를 바라보니 대합실 화장실 옆 처마 밑이었다. 쪼그려 앉은 자세 그대로 깜빡 잠이 든 모양이었다. 용만은 휴대전화를 꺼내 시계를 바라보았다. 한 시간 정도 잠이 든 것 같았다.

　일어서려던 그는 잠시 주춤거렸다. 불편한 자세로 오래 있다 보니 혈액순환이 제대로 되지 않은 것 같았다. 간신히 땅을 짚고 일어선 용만이 제일 먼저 바라본 것은 파도가 철썩이는 바다였다. 사고가 난 해역은 눈으로 바라볼 수 없는 먼 거리에 있어서인지 전혀 보이지 않았다. 그도 그럴 것이 팽목항에서 사고 해역까지는 배 시간으로 한 시간 이상이나 떨어져 있는 거리였다. 정말로 성원이가 저 너머 먼 바다에 있단 말인가. 도무지 믿을 수 없고, 도무지 인정할 수 없었다. 제발 살아만 있어다오. 용만은 마음속으로 빌고 또 빌었다.

　슬픈 시선을 내리니 부둣가에서 모포와 담요를 두른 사람들이 침통한 표정으로 먼 바다만 바라보는 모습이 보였다. 이 모습은 용만이 쌩뚝항을 떠날 때까지도 전혀 변함이 없는 모습이었다. 용만은 태어나 처음으로 사람의 뒷모습이 그렇게 슬프게 보일 수도 있다는 것을 알았다. 순간 눈시울이 붉어지며 눈물이 핑 돌았다. 겨우 감정을 수습한 용만은 매제와 여동생을 찾아 부둣가로 천천히 발걸음을 옮겼다.

그때 뒤에서 매제의 목소리가 들려왔다.

"형님, 어디 계셨습니까?"

"어, 저기에서…"

용만은 뒷말을 급히 삼켰다. 비록 한 시간이지만 잠을 잤다는 말을 매제에게 하고 싶지는 않았다.

"성원 엄마는?"

답변이 궁색한 용만은 얼른 말을 돌렸다.

"저기 앉아 있습니다. 커피 드실래요?"

따뜻한 커피를 양손에 든 매제가 여동생이 앉아 있는 부둣가로 발걸음을 옮기며 물었다.

"아냐, 난 됐어."

담요를 두르고 부둣가에 앉아 있는 여동생의 왜소한 몸이 더욱 작게 보였다. 먼 바다를 응시하고 있는 모습이 너무 슬퍼 보였다.

"애들하고는 통화해 봤어?"

성원이 동생 아름이와, 막내 성록이를 묻는 것이었다. 용만은 집에 있는 아이들이 걱정되었다.

"집에 있대."

여동생이 먼 바다에서 시선을 돌리지 않고 힘없이 말했다.

"둘이만 집에 있다고? 정은이가 데리고 갔다고 했잖아."

정은이는 아이들이 어렸을 때부터 자주 왕래를 해가며 아이들을 잘 챙겨

주고 있었다.

"그냥, 좀 불편한가 봐."

용만은 어린 아름이가 막내 성록이를 돌보고 있다고 생각하니 가슴이 미어지며 눈물이 핑 돌았다. 그러나 동생에게 눈물을 보이고 싶지 않아 용만은 돌아서서 담뱃불을 붙였다.

"큰오빠, 어젯밤에 실종자 가족 몇 명이 민간 어선을 빌려서 사고 해역으로 나가 봤대. 그런데 배는 이미 가라앉아 잘 보이지 않았다는 소리가 있어. 어떡하면 좋아?"

여동생이 울먹이며 말했다.

"괜찮을 거야. 에어포켓이 존재하고 있다고 했으니까 괜찮을 거야."

용만은 어떻게든 모든 불길한 상황을 성원이와 연결 짓고 싶지 않았다.

잔뜩 찌푸린 하늘에서 부슬비는 계속해서 이어지고 있었다. 내리는 부슬비가 비참한 현실을 더욱 비참하게 만들어주는 것 같았다. 그것은 앞으로 벌어질 더욱 비참하고 분통 터지는 현실을 예고해 주는 것이기도 했다.

그로부터 몇 시간이 흐른 후, 대합실에 사고 대책 관계자들이 지휘하는 사고대책상황실이 차려졌고, 그 옆 의료구호용 천막을 지나 부둣가 제일 가까운 지점에 역시 천막으로 지어진 가족대책본부가 설치됐다. 실종자 가족들이 기다렸다는 듯이 해경과 사고 대책 관계자들로 보이는 사람들에게 질문 공세를 쏟아 놓았다.

"지금, 구조 작업은 어떻게 돼 가고 있어요?"

"왜, 좋은 소식이 들려오지 않는 겁니까?"

"구조 장비와 인력은 얼마나 투입돼 있는 겁니까?"

쏟아지는 질문에 한 남자가 마이크를 들었다. 잘 차려입은 정복과 계급장으로 보아 해경의 고위 간부인 것 같았다.

"한 명의 실종자라도 더 구하기 위해 우리 해경은 최선을 다하고 있습니다. 그리고 지금 사고 해역에는 십수 대의 헬기와 함정이 투입돼 있고, 여러분께 좋은 소식을 전해 드리기 위해 최선을 다하고 있으니 조금만 더 기다려 주시기 바랍니다."

빗방울이 점점 더 굵어지기 시작했다.

"이렇게 되면 구조가 더 어려워지는 건 아닐까?"

실종 학생 학부형으로 보이는 사람의 탄식 섞인 말이었다. 용만은 태어나 지금까지 하늘이 이렇게 원망스러운 적이 없었다.

"우리도 사고 해역으로 나가서 구조 작업이 어떻게 진행돼 가고 있는지 볼 수 있게 해 주세요."

누군가의 요구였다.

한참 시간이 흐른 후, 비교적 규모가 큰 선박이 부둣가에 모습을 드러냈다. 승객과 화물을 동시에 실을 수 있는 선박 같았다.

"내가 먼저 나갔다 올 테니까 조 서방은 성원 엄마 잘 챙기고 있어."

여동생의 충격을 생각하지 않을 수 없었던 용만은 매제와 여동생을 뒤로하고 선박에 몸을 실었다. 잠시 후, 실종자 가족들을 태운 선박이 차가운 비바람을 맞으며 사고 해역으로 천천히 움직이기 시작했다. 바닷바람은 차갑고 매서웠다. 흩날리는 비바람이 화물칸에서 먼 바다를 응시하는 용만의 얼굴을 할퀴고 지나갔다. 하지만 용만은 추위를 잊은 것처럼 그 자리에서 한참이나 움직이지 않고 있었다. 그러나 그의 몸이 떨리는 것으로 보아 결코 추위를 잊은 게 아닌 것 같았다. 그렇게라도 하면 조카의 고통을 조금이나마 줄여줄 수 있다고 생각하고 있는 모양이었다.

이윽고 한 시간여를 달리던 배가 서서히 속도를 줄이기 시작했다. 아마도 사고 해역에 도착한 것 같았다. 화물칸에 있던 용만은 부리나케 선수(船首) 쪽으로 달렸다. 선수 쪽에서 앞을 바라보던 용만은 하마터면 그 자리에 주저앉을 뻔했다. 비바람과 희뿌연 해무(海霧) 너머로 보이는 세월호는 이미 거의 가라앉아 보이지 않았다. 선수인지 선미인지 알 수 없는 부분만 바다 위로 간신히 고개만 내밀고 있을 뿐이었다. 여기저기서 탄식과 통곡이 터졌다. 엄마, 아빠와 자식의 이름을 부르며 그 자리에 주저앉는 사람이 있었고, 마치 넋 나간 사람처럼 그 자리에서 움직이지 않는 사람들도 있었다.

용만은 울음도 나오지 않았다. 아니, 울음을 참고 있는 듯 침 삼키는 소리가 크게 들렸다. 용만은 떨리는 손으로 담배를 찾아 물었다. 라이터를 쥔 손이 심하게 떨리는가 싶더니 고개가 힘없이 떨어졌다. 이내 그의 어깨가 들썩이기 시작하고, 얼굴이 심하게 일그러지며 입술에 경련이 일었다. 미처 불을 붙이지 못한 라이터가 그의 손을 빠져나가 흐릿한 바닷속으로 가라앉았다. 모두가 흐릿한 세상이었다. 마치 현실감이 느껴지지 않는 다른 세상에 와 있는 느낌이었다. 용만은 그렇게 흐릿한 세상에서 고개를 숙인 채 소리를 죽여 가며 울었다.

용만이 사고 해역을 뒤로하고 팽목항으로 들어섰을 때는 어느새 바다가 시커먼 색으로 변해 있는 시간이었다. 여동생과 매제를 찾고 있던 용만은 사람들의 뛰는 발걸음 소리에 시선을 던졌다.

"저기, 배가 들어오고 있대요!"

"형님, 저기로 가 봐야겠습니다."

누군가의 소리와, 언제 다가왔는지 매제의 소리가 겹쳐서 들렸다. 말을 마친 매제가 시선을 던진 곳은 대합실 부두에서 조금 떨어져 있는 작은 부두였다. 그 부두는 생존자가 아닌 사망자가 들어오는 부두였다. 팽목항은 두 개의 부두로 나뉘어 있었다. 실종자 가족들이 기다리고 있는 생존자가 들어오는 부두와, 누구도 기다리고 있지 않고 바라보기조차 싫은 사망자가 들어오는 부두. 당연히 실종자 가족들은 모두 하나의 부두에서만 가족을 기다리고 있었던 것이었다. 매제의 시선과 실종자 가족들이 급하게 뛰어가고 있는 것으로 보아 아마도 사망자가 들어오고 있는 중인 것 같았다.

"언제부터 들어오기 시작했어?"

조카를 어떤 식으로든 사망자와 연결시키고 싶지 않았던 용만은 사망자라는 말을 빼고 물었다.

"조금 됐습니다."

아마도 사고 해역에 나가 있는 동안 사망자를 인양한 해경은 큰 동요를 우려해 선박엔 알리지 않고 부두로 운구하고 있었던 것 같았다. 실제로 사고 당일 자식을 구조해 달라며 바다로 뛰어드는 사람을 용만은 두 눈으로 직접 목격했었다. 용만은 고개를 돌려 몹시 초췌해진 모습으로 우비를 입고 있는 여동생을 바라보았다. 여동생은 그저 말없이 사람들이 뛰고 있는 방향으로 흐느적거리는 발걸음을 천천히 옮겨가고 있었다. 그 모습은 마치 얼이 빠져 있는 것 같았다.

불과 5분도 채 안 되는 거리에 있는 부두와 부두 사이. 그러나 부두까지 가는 시간은 마치 영원처럼 느껴졌고, 무서운 지옥 속으로 뛰어 들어가는 기분이었다. 빗물을 흠뻑 먹은 흙길은 곳곳이 진흙탕이었다. 실종자 가족들은 진흙탕을 첨벙거리며 부두로 뛰었다. 도무지 현실 같지 않은 현실이 실종자 가족들의 의식을 완전히 사로잡고 있는 듯했다.

'성원이는 아닐 거야. 성원이는 살아 있어. 성원이는 아니야!'

용만은 속으로 몇 번을 외치며 지옥과도 같은, 아니 지옥보다 더 지옥 같은 부두에 도착했다.

"자, 사망자를 천천히 확인시켜 드릴 테니까 옆으로 줄을 서 주세요."

해경 간부로 보이는 사람이 실종자 가족들을 향해 외쳤다.

이윽고 들것에 실린 사망자가 부두를 떠나 가족들이 기다리고 있는 곳으로 천천히 운구 되어 오고 있었다. 그 모습은 마치 느리게 움직이는 화면처럼 느껴졌다. 차라리 도착하지 않았으면 하는 바람이 실종자 가족들의 눈

속에 배어 있었다. 하지만 주검이 실린 들것은 실종자 가족들의 바람을 저버리고 바로 눈앞에 도착했다. 그것을 지켜보는 용만은 심하게 뛰는 가슴을 손으로 눌렀다.

실종자 가족들이 주검을 확인하기 위해 순식간에 들것으로 몰렸다. 밀치고 밀리는 다툼이 벌어졌다. 하지만 그 다툼은 무엇을 빼앗기 위한 다툼이 아니었다. 누구를 이기기 위한 다툼도 아니었다. 오로지 내 가족이 아니기를 바라고, 지옥 같은 시간에서 빨리 벗어나고 싶은 다툼이었다. 밀고 밀리는 상황은 점점 통제가 불가능할 정도로 심해졌다.

"먼저 성별을 말씀해 주세요!"

보다 못한 용만이 외쳤다.

"아, 네. 학생으로 보이는 여자입니다!"

짧게 대답한 해경이 성별을 말했다.

자신의 가족이 아닌 것을 안도한 사람들이 뒤로 빠졌고, 제발 내 자식이 아니기를 바라는 가족들은 들것의 천이 벗겨지기를 기다렸다. 카메라를 짊어진 기자들이 분주하게 오가며 실종자 가족들과 사망자가 누워 있는 들것을 연이어 카메라에 담고 있었다. 잠시 후, 천이 벗겨짐과 동시에 어디선가 비명과도 같은 소리가 터져 나왔다.

"아악! 우리 아이야. 우리 아이라구!"

사망자의 엄마로 보이는 여자가 소리치며 들것을 부여잡았다.

"아니야! 우리 애가 아니라구."

아이의 아빠로 보이는 남자는 자식을 몰라보진 않았을 것이다. 그저 감당할 수 없는 현실을 부정하고 싶었을 것이다. 이를 지켜보는 다른 가족들의 입에서도 울음이 터져 나왔다. 그렇게 사망자와 가족을 태운 운구차가 비 내리는 팽목항에서 멀어져 갔다.

그 후에도 사망자가 몇 명 더 운구되어 왔다. 용만의 가족이 바라던 대로 성원이는 사망자 부두로 들어오지 않았다. 그러나 이 바람은 고통과 분노와 처절함의 시간을 연장시켜 주는 것에 지나지 않는다는 사실을 용만의 가족은 물론이려니와 전체 실종자 가족들은 전혀 짐작조차 못하고 있었다.

"우리 성원이는 살아 있어. 분명히 살아 있을 거야."

"성원이 옷 잘 챙겨놔, 구조돼서 오면 집으로 데려가서 같이 밥 먹어야지."

매제의 말에 용만이 한마디를 덧붙였다. 여동생이 힘없이 고개를 끄덕였다. 생각해 보니 녀석과 같은 밥상에서 밥을 먹어 본 기억이 아련하게 느껴졌다. 같은 밥상에서 밥을 먹을 수 있는 일상, 그 소소한 일상이 용만에겐 간절히 바라는 소원으로 바뀌어 있었다. 성원이는 살아서 구조의 손길을 기다리고 있는 게 분명했다. 용만의 가족은 그렇게 믿고 있었다.

다시 팽목항으로 돌아오니 대합실 옆으로 대형 텔레비전이 설치돼 있었다. 방송은 세월호 침몰 해역을 집중 조명하며 수많은 조명탄이 연이어 터지고 있는 상황을 계속해서 보도해 주고 있었다. 함정과 구조요원들이 파도와 싸우며 사투를 벌이고 있는 모습이 대형 화면을 가득 채우고 있었다.

화면을 바라보던 용만은 문득 이상한 생각이 들었다. 저렇게 구조 작업이 활발히 진행돼 가고 있는데 어째서 생존자 소식은 들려오지 않고 있단 말인가. 도무지 이해하기 힘든 현실에 가슴만 타들어갈 뿐이었다.

같은 날, 서울.

불이 모두 꺼진 방 안에는 컴퓨터 모니터가 어스름한 빛을 쏟아놓으며 좁은 방 안을 밝히고 있었다. 컴퓨터 앞에 앉은 정근호는 밤늦은 시간까지 키보드를 쉬지 않고 두드리고 있었다. 올해 사십 중반을 넘긴 그는 언제나 단아한 모습의 아내와 늦은 나이에 얻은 초등학생 아들을 둔 전직 대학교수였다. 그는 온라인상에서 신분을 감추고 특정인과 잘못된 정치 행태를 비판하는 글을 쓰는 취미를 가지고 있었다. 하지만 지금은 그것을 취미로 할 시국이 아니었다. 이제 그것에 뚜렷한 목적의 성격을 부여해야 했다.

그가 제일 아쉬워하는 것은 사회적인 권위가 점점 사라지고 있다는 사실이었다. 그는 진정한 존중과 존경을 동반한 권위는 실종되고, 위선된 권위가 득실대며 이 사회를 점령하고 있다고 생각했다. 그것은 곧 사회적인 추락이고 국가적인 추락이었다. 진실이 실종된 사회, 거짓이 진실로 탈바꿈하는 사회에서 무엇을 얻을 수 있고, 무엇을 바랄 수 있겠는가. 키보드를 두드리던 근호는 자신도 모르게 이를 악물었다.

그는 통제와 제재가 힘든 온라인을 마음껏 활용하고 있었다. 비록 온라인을 통해 주관적인 내용을 피력하고 있었지만 그것은 그가 택한 최선의 길이었고, 사회적인 부정을 고발할 수 있는 최고의 수단이었다. 또한 지금까지 자신을 믿고 따라주는 사람들이 있었기에 학교에서의 부당한 해고도 얼마든지 견딜 수 있게 해 주는 안식처이기도 했다. 사회적인 권위가 바로 서야 국가가 바로 선다. 이것은 그의 지론이자, 인생관이었고, 자식한테 물려줄 최고의 유산이었다.

"거짓이 진실로 탈바꿈하게 놔둘 순 없어!"

근호는 혼잣말을 강하게 외쳤다. 한참을 키보드에 열중해 있던 그때, 휴대전화가 빛을 발하며 울리기 시작했다. 발신자 번호를 확인하는 그의 어두워 있던 얼굴에 화색이 돌았다. 표정으로 보아 몹시 기다리고 있던 전화인 듯했다.

"네, 아버지. 거기 상황은 어떤가요?"

한참 통화를 하던 그의 얼굴이 다시 어두워졌다.

"아니 어떻게 그런 말도 안 되는 일이…."

근호는 하마터면 아버지 앞에서 큰 소리를 지를 뻔했다. 그만큼 아버지의 애기는 그의 참기 힘든 분노를 자극시키기에 충분한 것 같았다.

"네, 아버지, 거기 상황을 계속 지켜보시고 다시 연락 주세요."

"그럼, 또 연락하마."

전화를 끊은 근호는 아버지의 상황 설명을 바탕으로 온라인에 게재하기 위해 글을 만들기 시작했다.

아들과 통화를 끝낸 친구는 주변을 둘러보며 팽목항에서 자신이 할 일을 찾고 있었다. 그가 바라보고 있는 팽목항은 전쟁이 할퀴고 간 참혹한 현장과도 같은 모습이었다. 그는 세상의 종말을 생각해 보지 않았지만, 만약 세상의 종말이 찾아온다면 지금의 모습과 다를 게 없을 것 같다고 생각했다. 실종자 가족들은 분명히 그렇게 보일 것이다. 사지에 빠져 돌아오지 않는 가족을 바로 눈앞에서 바라봐야만 하는 심정이 어찌 그보다 못할 수 있겠는가. 끊임없이 들려오는 울음소리와 전화기 소리, 그리고 기자들의 카메라 소리는 전혀 현실감이 느껴지지 않았다. 마치 몽환 속에서 일어나는 비현실적인 세상. 이 모든 것들이 어우러진 팽목항은 누구도 빠져나갈 수 있지만, 누구도 빠져나가기 힘든 몽환의 세계였다.

친구는 문득 무탈함에 감사라는 말이 떠올랐다. 동시에 떠오르는 생각은 세월호 사고 해역이었다. 만약, 내 아들이 거기에 있었다면 나는 아마 미쳐 버렸을 것이야. 친구는 마치 몹쓸 생각을 한 듯 고개를 가로저었다. 언제나 아들만 생각하면 항상 미안한 마음뿐이었다. 변변치 못한 살림에 어부라는 직업의 특성상 며칠씩 집에 가지 못한 적이 허다했지만, 아들은 아주 잘 자라주었다.

'대학교수, 아무나 할 수 있는 일이 아니지. 암 그렇고말고.'

그는 아들이 비록 해고된 대학교수지만 언젠가 복직을 하리라 믿고 있었다. 그래서 마음속의 아들은 언제나 대학교수였다. 아들은 지금까지 단 한 번도 자신을 실망시킨 적이 없었다. 흐릿한 미소가 입술을 스치고 지나감과 동시에 한 남자가 눈에 들어왔다. 우비도 걸치지 않고 차가운 비를 온몸으로 받으며 먼 바다를 응시하는 남자. 실종자 가족인 듯했다. 친구는 남자의 슬픈 뒷모습을 말없이 바라보았다. 그의 의식은 이미 남자 앞으로 가 있었지만 몸은 그 자리에서 전혀 움직일 수 없었다. 세상 그 어떤 말로도 남자를 위로해 줄 수 없다는 사실을 알았기에…. 친구는 조명탄이 터지는 사고 해역을 말없이 응시했다.

6

지옥의 부두로
들어오는 가족들

또다시 하루가 흘러갔는지, 아니면 시간이 흘러가지 않았는지 용만은 짐작할 수 없었다. 이틀이 흘러간 것도 같았고, 단 하루도 흘러가지 않은 것도 같았다. 휴대전화의 날짜는 분명 변해 있었다. 그러나 용만은 흘러가는 시간을 바라보고 싶지 않았고, 다만 붙잡고 싶었다. 아니, 가능하다면 사고 이전으로 시간을 되돌리고 싶었다. 용만은 태어나 처음으로 흘러가는 시간을 원망했다.

전국에서 자원봉사들이 팽목항으로 몰려들기 시작했다. 길 양옆으로 대형 천막이 곳곳에 설치되고, 급식소가 여러 군데 차려졌다. 의약품과 식료품을 구비한 천막과 휴대전화 충전소가 곳곳에 설치됐다. 이 모습을 지켜보는 용만의 얼굴에 고마움과 불안감이 교차했다. 가족 대기소가 차려진다면 이곳에서 오래 머무를 수도 있다는 얘기 아닌가. 그렇다면 구조 작업이 오래 걸릴 수 있다는 얘기도 된다. 그럼, 성원이는? 또 친구들은? 차가운 바닷속에서 얼마를 더 버텨야 한단 말인가. 용만은 정말 인정하기 싫은, 아니 인정하고 싶지 않은 현실이 닥칠까 봐 입술이 바짝바짝 타들어갔다. 용만은 담배를 또 찾아 물었다. 줄담배였다. 평소 한 갑 정도를 피우는 그의 흡연양이 팽목항에 들어섬과 동시에 거의 두 배로 늘어 있었다.

'내가 할 수 있는 일이 정말 이렇게도 없단 말인가.' 용만은 속으로 중얼거렸다. 정말이지 용만은 아무것도 할 수 없었다. 용만이 할 수 있는 일은 사고대책상황실과 가족대책본부를 오가며 추이를 지켜보는 게 전부였다. 건물이 무너졌다면 연장을 집어 들고 건물 안으로 들어갔을 것이다. 그것이 안 되면 그에 버금가는 어떤 행동을 취할 수도 있다. 차가 전복됐다면 이 역시 다르지 않았을 것이다. 그러나 현실은 너무 가혹했다. 아무것도 할 수 없고 고작 지켜보는 게 최선이었다. 어떻게 아무것도 할 수 없는 최선이 있을 수 있고, 어떻게 이런 현실이 있을 수 있단 말인가. 용만은 하늘이 원망스러웠다.

그렇게 용만이 하늘을 원망하고 있을 때였다. 실종자 가족들이 어떤 남자의 소리에 환호성을 지르고 있었다. 구조자가 들어오고 있단 말인가. 용만은 소리가 나는 방향으로 급히 발을 놀렸다.

"우리 딸 친구한테서 카톡이 왔어요."

사람들의 환호성으로 보아 아마도 세월호 안에서 카톡이 전송된 것 같았다.

"큰오빠, 지금 배 안에 생존자가 많대."

여동생의 얼굴에 화색이 돌았다.

"제가 카톡 내용을 간략히 말씀드리겠습니다."

휴대전화를 쥐고 있던 남자는 카톡 내용을 천천히 읽어 나갔다.

〈우리는 지금, 식당 칸에 갇혀 있어요. 저하고 같이 있는 친구들은 ○○이, △△이…. 그리고 바로 옆 칸에서도 소리가 들려요. 아무것도 안 보이고 너무 무섭고 추워요. 제발 빨리 우리 좀 살려 주세요.〉

자식의 이름이 호명된 가속은 기뻐서 환호성을 실렀고, 호명되지 않는 가족들은 다시 한 번 이름을 불러달라고 소리쳤다.

"이름 좀 다시 불러주세요!"

이미 두 번이나 들었지만 용만은 그냥 돌아설 수 없었다. 마치 열 번, 백 번을 들으면 조카의 이름이 나올 것 같다고 생각하고 있는 것 같았다. 역시 세 번째의 호명에도 고대하던 녀석의 이름은 없었다.

"옆 칸에도 많이 있다고 하니까…."

용만의 말에 여동생이 돌아섰다.

이윽고 사람들이 해경 간부를 붙잡고 카톡의 내용을 말했다.

"네, 저도 전해 들어서 알고 있습니다. 사실 여부를 파악하고 있으니까 기다려 주세요."

그렇게 또 기다리는 시간이 이어졌다. 밤이 깊어갈 무렵이었다.

"형님, 성원 엄마 어디에 있습니까?"

매제가 물었다.

"같이 안 있어서 잘 모르겠는데. 그런데 왜?"

"사망자가 계속 들어온답니다."

"전화해 봐."

또 한 번의 지옥이 펼쳐지기 시작했다. 아, 이 지옥에서 언제 벗어날 수 있으려나.

'성원아, 제발 여기로 들어오지 말아다오.'

사망자 부두로 뛰는 용만은 속으로 몇 번을 말했다.

"형님, 잠깐만이요."

매제가 뛰는 용만을 불렀다.

"성원 엄마가 가족 대기소에다 놓고 온 게 있다는데요."

"이 사람아, 지금 무슨 소릴 하는 거야. 우리는 다시 가족 대기소로 돌아갈 거야. 성원이는 저기로 들어올 리가 없어. 그러니까 우리는 사망자만 확인하고 다시 가족 대기소로 돌아가야지."

"아, 맞습니다. 제가 실언했네요."

부두에 도착하니 사람들이 두 줄로 길게 늘어서 있었고, 사망자를 실은 들것이 줄과 줄 사이로 통과하고 있었다. 연이어 터지는 비명과 울음소리. 들것의 천이 벗겨질 때마다 다리에서 힘이 빠져 나가며 심장이 오그라드는 것 같았다. 실종자 가족들의 입에서 안도의 숨과 긴장의 숨이 연이어 터졌다. 만약 지옥의 숨소리가 존재한다면 지금과 다를 게 없을 것 같았다.

잠시 후, 사망자와 가족을 실은 운구차가 팽목항을 벗어나기 시작했다.

"운구 되어 온 시신은 전부입니다. 사고 현장에서 수습되는 대로 말씀드리겠습니다."

해경의 목소리가 아득하게 들렸다.

가족 대기소로 돌아온 용만은 점점 불안해지는 마음을 다잡을 수가 없었다. 아니 어쩌면 마음의 준비를 해야 될 것만 같았다. 용만의 눈 속으로 아이들이 스치고 지나갔다. 아름이는 죽음에 대한 인식이 어느 정도 있을 것이다. 하지만 이제 막 초등학교 1학년생 성록이는? 유난히도 형을 좋아하고 잘 따르는 성록이다. 성록이에게 형의 죽음을 어떻게 설명해야 한단 말인가.

'내가 왜 이런 생각을 하는 거야?'

용만은 몹쓸 생각을 떨쳐 버리려는 듯 자리를 박차고 가족 대기소에서 빠져 나왔다.

"왜 사망자만 들어오고 생존자는 안 들어오는 거야? 지금, 구조 작업을 제대로 하고 있긴 하는 거야?"

혼잣말을 내뱉은 용만은 가족대책본부로 발을 옮겼다. 가족대책본부 앞에는 사람들로 넘쳐났고, 질문 공세가 계속해서 이어지고 있었다.

"지금 구조 작업은 어떻게 진행돼 가고 있나요?"

"생존자를 확인한다면 어떻게 구조를 할 건지 대책은 뭡니까?"

"계속해서 구조요원들을 투입해 최선을 다하고 있습니다."

해경 간부의 입에서는 연신 최선을 다하고 있다는 상투적인 답변만 흘러나왔다.

그 무렵, 용만은 도저히 이해할 수 없는 분통 터지는 소식을 접할 수 있었다. 그것은 다름 아닌 해경이 민간 잠수부들의 접근을 차단하고 구조 활동을 막는다는 소식이었다. 또한 구조하러 들어가겠다는 해군특수부대 UDT를 해경이 막아버렸다는 소식도 같이 들어왔다. 해경은 민간 잠수부들의 안전을 고려하지 않을 수 없었을 것이다. 하지만 해군특수부대 UDT는 왜 막았단 말인가. 해경과 해군은 한마음 한뜻으로 구조에 만전을 기해야 하지 않는가. 시간을 지체할수록 생존 확률은 낮아진다. 이 자명한 사실을 모를 리가 없을 것이다. 그리고 이를 총지휘하는 구조 당국은 도대체 지금 무엇을 하고 있단 말인가? 과연 박근혜 정부가 출범 초기에 국정 전략으로 내건 재난 대응 체계는 제대로 작동하고 있는 것인가? 모든 게 분통 터지는 물음표밖에 없었다. 왜 언론에서는 이런 보도를 하지 않고 있단 말인가. 도무지 이해하기 어려웠다.

"우리가 사고 해역에 나가본 바로는 구조 인력이 턱없이 부족한 거 같습니다. 대체 해경은 뭘 하고 있는 겁니까? 말로만 최선을 다하고 있는 게 아닌가요?"

쏟아지는 질문에도 해경 간부의 입에서는 희망을 찾아보기 어려운 답변만 흘러나왔다.

용만은 가족대책본부를 빠져나와 대합실 옆, 대형 텔레비전 앞으로 느리게 발걸음을 옮겼다. 사람들로 넘쳐나기는 여기도 다르지 않았다. 마련된 의자에는 빈자리를 찾을 수 없었다. 연 며칠을 얼마나 걸었고, 얼마나 서 있었는지 다리가 저리며 허리가 끊어질 것처럼 아팠다. 용만은 하는 수 없이 축축한 땅바닥에 털썩 주저앉았다. 텔레비전에서는 온통 세월호 사고 뉴스만 방영되고 있었다. 그런데 뉴스는 수백 명의 구조 인력과 장비가 투입돼 생존자 구조에 만전을 기하고 있다고 사실과는 다른 희망적인 보도만 연일 방영될 뿐이었다. 화면 속의 리포터는 마치 앵무새처럼 같은 멘트만 보도하고 있었다.

빈자리를 확인한 용만이 일어서서 자리를 옮기려고 할 때였다. 그는 들려오는 리포터의 보도에 그 자리에서 움직이지 않고 서 있었다. 아니, 움직일 수 없었다.

"새로 들어온 소식입니다. 지금 잠수부들이 선내로 진입해 식당 칸으로 진입하는 데 성공했다는 소식입니다. 또한 침몰한 세월호에 공기 주입을 병행하고 있다고 합니다."

사람들이 웅성거리기 시작했다. 용만은 그 자리에서 사고 해역에 나가 있는 학부형과 통화를 시도해 보았다. 신호만 갈 뿐 통화는 이루어지지 않았다. 사고 해역은 휴대전화 통화가 원활히 이루어지는 곳이 아니었다. 용만은 계속해서 통화를 시도했다. 하지만 통화는 끝까지 이루어지지 않았다. 그래도 용만은 휴대전화를 내려놓을 수가 없었다. 그때, 별안간 뒤에서 분노로 가득 찬 한 남자의 목소리가 들려왔다.

"저거, 다 거짓말이야!"

그 남자의 손에는 휴대전화가 들려 있었다. 사고 해역에 나가 있는 가족과 통화했음을 짐작할 수 있었다. 용만은 어리둥절했다. 보도의 내용이 거짓말이라니…. 용만은 믿을 수가 없었다. 뭐가 어떻게 돌아가고 있는지 도저히 짐작조차도 할 수 없었다.

"지금 통화가 됐는데 에어 장비는 도착하지도 않았대요. 그리고 텔레비전에는 조명탄이 계속 터지고 있는데 저기를 직접 보세요. 어니에 소명탄이 터지고 있습니까?"

사람들이 고개를 돌려 먼 바다를 바라보았다. 남자의 말처럼 사고 해역에선 조명탄 하나 터지고 있지 않았다.

용만은 망연자실함에 그 자리에 주저앉았다. 지금 전 국민이 세월호 사고 방송을 지켜보고 있을 것이다. 언론이 전 국민에게 거짓말을 보도한단 말인가. 어떻게 이런 일이…. 정부는 지금 이 시간에 무엇을 하고 있단 말인가. 혹시 정부의 언론 통제가 이루어지고 있는 것은 아닐까? 그게 아니라면 방송 3사가 전부 똑같은 보도만 하고 있진 않을 것이다. 용만은 갑자기 세상이 무서워졌다. 아니 대한민국이 무서워졌다.

"단 한 명의 실종자라도 더 구하기 위해 구조요원들의 긴박한 사투가 계속되고 있습니다."

그래도 텔레비전에서는 활발한 구조 활동을 계속 보도하고 있었다.

"그만해! 시발! 구조 안 하고 있다고! 달랑 여섯 명 있다고!"

한 남자의 외침에 급기야 실종자 가족들의 분노가 폭발했다. 대형 텔레비전이 땅으로 뒹굴고, 분노의 발길이 곳곳에 설치된 방송 장비를 걷어찼다. 둔탁한 꽝음과 찢어지는 듯한 굉음이 팽목항의 밤을 삼켰다. 위협을 느낀 기자들이 뒤로 빠졌다. 다행히 폭력으로까지 이어지지는 않았다. 아주 잠깐 사이에 벌어진 일이었다. 그렇게 방송 3사에 대한 불신은 계속해서 깊어졌다. 아니, 깊어질 수밖에 없었다.

급히 돌아선 용만은 가족대책본부로 향해 달렸다. 불과 몇 걸음 안 되는 거리였지만 용만은 그 짧은 거리를 숨이 차도록 뛰었다. 가족대책본부 앞에서 여동생과 매제가 앞을 주시한 채, 해경 간부의 입을 주시하고 있었다.

"어떻게 돼 가고 있는 거야?"

"사고 해역에 투입된 민간 구조사가 조명탄이 없어서 작업을 못하고 있대."

여동생이 힘겹게 말했다.

"그럼, 그동안 구조 작업을 못하고 있었단 말이야?"

"경비정 서치라이트로 하고 있었대."

용만은 할 말을 잃었다.

"대체 조명탄은 언제 지원되는 거냐구요! 조명탄 하나도 준비하지 못하고 무슨 구조 작업을 한다는 거예요? 당신 가족이 저 안에 있다고 생각해 봐. 제발 내 자식을 살려달라고!"

한 실종자 가족의 절규에 가까운 외침이었다.

해경 간부는 조명탄을 허가받는 데 몇 분이 걸리고, 몇 분 후에나 사고 해역에 도착할 수 있을 것이라고 말했다. 용만은 분명히 들었다. 해경 간부가 언급한 구체적인 시간을. 하지만 용만은 시간이 귀에 들어오지 않았다. 촌각을 다투는 시점에서 절차를 따지는 구조 당국의 대처를 이해할 수 없기 때문이었다. 정말 실종자들을 살릴 마음이 있는지 없는지 그것을 따져 묻고 싶었다. 과연 조명탄이 도착하면 제대로 된 구조 작업을 한다는 말인가. 꼬리에 꼬리를 무는 의심은 더욱 깊어질 수밖에 없었다. 용만은 몸을 돌렸다. 그 후에 사고 해역에서 제대로 된 구조 작업이 진행되고 있었는지는 알 수 없었다.

실종자 가족들은 점점 이성을 잃어갔다. 아니, 이미 이성을 잃은 상태로 보아야 했다. 초동 대처 대실패와 안일한 대처, 무엇이 급선무인지도 모르는 정부, 연일 터지는 오보와 거짓 보도들. 과연 세상 어느 부모가, 세상 어느 가족이 이성을 회복할 수 있단 말인가.

그 시각, 쓰레기를 들고 있던 친구는 믿을 수 없는 현실에 휴대전화를 꺼내 들었다. 대학교수인 아들에게 이 사실을 알려야 했다. 실종자 가족들을 위해 자진해서 쓰레기 치우는 일을 하고 있는 그의 손에는 쓰레기가 들려 있었다. 이내 그의 손을 빠져나간 쓰레기가 다시 바닥을 뒹굴었다.

그렇게 구조 성과 없는 하루가 또다시 지나가고 있었다.

서울.

"네? 그렇게 돌아가고 있다구요?"

아버지와 한참 통화를 하는 동안 근호의 숨소리가 점점 거칠어졌다. 전화기를 움켜쥔 손이 파르르 떨리기도 했다. 이윽고 수화기를 내려놓은 그는 담배를 들고 베란다로 향했다. 그의 입에서 나온 담배 연기가 밤하늘 속으로 자취를 감추었다.

"아빠, 또 담배 피워?"

언제 나왔는지 아들 녀석이 반쯤 열려 있는 베란다로 고개를 빠끔 내밀었다.

"이거 하나만 피우고 안 피울게."

잽싸게 담배를 비벼 끈 근호는 아들을 보자, 굳어 있던 얼굴을 펴고 살며시 미소를 지었다. 그의 얼굴이 묘하게 일그러졌다.

"피, 또 거짓말. 선생님이 거짓말하면 나쁜 사람이라고 했어."

"그래, 창현아, 아빠가 미안."

아들을 번쩍 들어 올린 근호는 귀여운 아들에게 연신 뽀뽀 세례를 퍼부었다.

"당신, 또 애 앞에서 담배 피웠어요?"

언제 나왔는지 잠옷 차림의 아내 신미란이 곱게 눈을 흘겼다.

"아니, 그게 아니라…."

근호는 멋쩍게 뒷머리를 긁적였다.

"그나저나, 요즘 세월호 사고로 전 국민이 실의에 빠져 있고, 늦장 대응과 초동 대처 대실패에 분노를 품고 있는데, 동료 교수들 사이에선 어떤 얘기들이 오가고 있나요? 들리는 소문에는 언론의 보도 내용이 사실이 아니라는 말도 있어요. 그게 사실이라면…."

"괜한 유언비어에 현혹되지 마. 아직까진 확실히 밝혀진 게 없잖아. 그래서 우리 교수들도 말을 아끼고 있는 분위기야."

근호는 아내에게도 최대한 말을 조심하고 싶었다. 몇 사람을 거치면 없던 일도 있던 일이 되고, 있던 일도 없던 일이 될 수 있는 게 말이었다. 특히 지금과 같은 어수선한 시국에 확인되지 않은 정보를 가지고 한쪽으로 치우치는 경향은 자칫 크나큰 실수로 돌아올 수 있다고 판단했다. 감성이 풍부한 아내는 한쪽으로 치우칠 경향이 충분했다.

"그 어린것들이 차가운 바닷속에서 얼마나 춥고 무서움에 떨면서 엄마, 아빠를 얼마나 부르고 있을지…."

아들을 품에 안은 미란의 눈망울이 금세 촉촉하게 젖어 들었다.

"아버님이 팽목항에서 자원봉사를 하고 계시다는데, 나도 시간을 내서 내려가 봐야겠어요. 자식을 키우는 입장에서 이대로 가만히 있기에는…."

"당신이 내려가기 전에 내가 먼저 내려갔다 와야겠어. 확인해 볼 것도 있고 해서."

"그럼 우리 같이 내려가요."

"아니야, 창현이 잘 돌보고 있어."

말을 마친 근호는 몸을 돌려 자신의 서재로 향했다. 미란은 서재로 들어가는 남편을 불러 세우고 싶었지만, 어느새 자신의 품에서 잠든 아들이 그것을 말렸다.

서재로 들어온 근호는 컴퓨터와 마주 앉았다. 이윽고 특정 사이트에 접속한 그는 회원들의 댓글을 일일이 검토해 보았다. 눈살을 찌푸리게 만드는 댓글이 가끔 있었지만, 아직까진 드러내놓고 세월호 실종자 가족들을 비방하는 내용은 없었다. 그렇지만 그는 이제부터 서서히 드러날 것이라고 생각했다. 근호가 접속한 사이트는 극우주의로 이름난 사이트였다. 모두가 다 그런 건 아니었지만, 일부 회원들의 성향은 극우주의가 뭔지도 모르는 말뿐인 극우주의자인 것처럼 보였다. 오로지 비판을 향한, 비판을 위한 글들이있고, 비판을 수단과 목적으로 알고 있는 그 이상, 그 이하도 아닌 것 같았다. 잠시 깊은 숨을 내쉰 근호는 키보드를 향해 손가락을 움직이기 시작했다.

7

정체 모를
선박 인양 전문가

　이즈음, 모두가 직계가족들로만 이루어진 실종자 가족대표단이 구성되기 시작했다. 그것은 실종자 가족으로 위장해 들어온 정부 기관원들이 있다는 소문에 근거한 것이었고, 그것이 사실이라면 그들의 접근을 최대한 막기 위한 조치이기도 했다. 정부 기관원들이 이곳에 들어온 이유도 치안 목적 외에 다른 목적이 있는 것으로 실종자 가족들은 생각하고 있었다. 참으로 슬프고 잔혹한 현실이었다.

　부둣가 구석에 쪼그려 앉은 용만은 초점 없는 시선으로 먼 바다만 바라보고 있었다. 그의 푸석한 얼굴과 바짝 마른 입술은 팽목항에 처음 도착했을 때와 비교가 되지 않을 정도로 거칠게 보였다. 일교차가 큰 팽목항의 날씨도 용만의 푸석한 모습에 일조를 한 것 같았다.

　'대체, 지금 며칠이 흘러간 거야.'

　휴대전화를 확인하는 용만은 변경된 날짜에 점점 희망을 잃어갔다. 벌써 사고 발생 3일째였다. 그러나 여전히 생존자 소식은 들려오지 않고, 사망자 소식만 속속 들어오고 있었다. 실종자 가족들이 희망을 품었던 카톡의 메시지도 모두 다 가상의 인물이 만들어낸 허위 정보라고 해경은 밝혔다. 날이 갈수록 모두가 희망을 잃게 만드는 소식뿐이었다. 실종자 가족들에게 힘을 실어주는 사람들은 어떤 이익도 바라지 않고 오로지 도움을 주고 싶어 모여든 자원봉사들이었다. 해경도, 언론도, 정부도 실종자 가족들에겐 아무 도움이 되어 주지 못했다. 용만은 그렇게 생각했다. 아니 그렇게 생각할 수밖에 없었다.

그렇게 팽목항의 시간은 수백 명이 움직이며 내는 발소리와 울음소리를 흡수한 채, 계속해서 흘러가고 있었다. 실종자 가족들의 간절한 염원 또한 흡수한 채, 시간은 천천히 움직이지도 않았고 멈추지도 않았다.

부둣가 구석에서 일어서려던 용만의 몸이 순간 주춤하며 땅을 짚었다. 쪼그린 자세로 너무 오래 앉아 있었던 탓이었다. 겨우 땅을 짚고 일어선 용만은 힘 빠진 두 다리를 간신히 움직여 가족대책본부로 향했다. 가족대책본부 앞이 웅성거리고 있었다. 무언가 있는 것 같았다.

"잠깐만요. 앞으로 좀 갑시다."

용만은 사람들을 밀치며 앞으로 나갔다.

"지원자를 받습니다. 여기 있는 분이 선박 인양 전문가라고 합니다. 이분을 모시고 사고 해역으로 가야 하는데, 같이 가실 분 계신가요?"

학부모대표단의 한 사람이 마이크를 잡은 채 좌중을 둘러보았다. 그의 옆에는 작은 키에 오십 중반 정도 돼 보이는 시커먼 얼굴의 남자가 서 있었다. 웃을 때 드러나는 빠진 앞니와 시커먼 얼굴이 뱃사람 같기도 하고, 노동 현장의 잡부 같기도 한 얼굴이었다.

"제가 같이 가겠습니다."

용만이 주저하지 않고 번쩍 손을 들었다. 뒤를 이어 여러 명의 지원자가 손을 들었지만, 함정의 승선 인원이 있었기에 용만과 세 명의 지원자만 갈 수 있었다. 그들은 곧바로 선박 인양 전문가와 사고 해역으로 출발하기 위해 또 하나의 부두로 출발했다.

"가라앉는 세월호를 지탱해가며 거의 흔들림 없이 빠른 시간 안에 세월호를 인양할 수 있다고 합니다. 그 과정에서 구조요원이 신속하게 선내로 진입해 들어갈 수 있다고 하니, 일단 이분을 사고 해역까지 안내해서 현장을 보여주시고 오면 됩니다. 타고 가실 함정 이름은 ○○○입니다."

학부모대표단 한 사람이 부두로 출발하는 용만에게 간단히 설명하고 함정의 이름을 말했다.

이날 날씨는 아주 쾌청했다. 분명히 아주 쾌청한 날이었다. 하지만 용만의 눈에는 여전히 흐릿한 날씨 그대로였고, 그에게 날씨는 영원히 흐릿한 날씨만 계속될 것 같았다. 용만은 정말이지 흐릿한 날씨에서 어서 빨리 벗어나고 싶었다.

잠시 후, 해경이 운전하는 승용차를 타고 팽목항과 조금 떨어진 작은 부두에 도착하니 자그마한 함정 한 척이 부두에서 막 출항하고 있었다.

"저거 놓치면 안 돼!"

누군가의 외침에 용만과 일행이 함정을 향해 전력으로 뛰었다.

"거기, 배 세워요!"

용만이 막 출항하는 함정을 향해 소리쳤다. 용만의 외침을 들은 함정이 요란한 엔진 소리를 내며 멈췄다. 용만과 일행이 막 함정에 올라타려고 할 때였다. 믿을 수 없는 일이 바로 눈앞에서 펼쳐졌다. 일반인으로 보이는 남자들과 여자가 함정의 조타실에서 막 내려서며 목소리를 크게 높였다.

"저 사람들 태우면 안 됩니다. 빨리 출발하세요!"

일반인으로 보이는 남자가 소리쳤다. 남자의 외침에 열렸던 안전 고리가 다시 닫혔다.

"우린 실종자 가족입니다. 여기 이분을 모시고 사고 해역으로 가야 해요."

그러나 함정의 안전 고리는 열리지 않았고, 함정의 엔진 소리가 다시 요란

해섰나.

"저 사람들 무조건 태우면 안 됩니다. 빨리 출발하세요!"

일반인 남자가 조타실을 향해 외쳤다. 용만은 함정에서 자신의 일행을 거부하고 있는 사람들의 행동을 도저히 이해하기 어려웠다. 마침내 용만의 분노가 폭발했다.

"야! 이 개새끼야! 우린 실종자 가족이라구. 빨리 배 돌려!"

함정은 용만과 일반인의 중간에서 출발하지 못하고 엔진 소리만 요란하게 높였다. 용만의 입에서는 계속해서 욕설이 터졌다. 그렇게 몇 분이 흐른 후, 함정이 천천히 후진해 안전 고리를 열었다. 용만 일행이 잽싸게 함정에 올랐다.

"너, 뭐 하는 놈인데 나한테 욕하고 그러는 거야! 이따가 보자."

"내가 몇 번이나 말했잖아. 우린 실종자 가족이라구!"

용만과 일반인이 서로 노려보고 있자, 일반인 일행으로 보이는 여자가 나섰다.

"당신들은 아무리 봐도 이 배에 탈 사람들처럼 안 보여요."

여자가 용만 일행을 향해 사납게 눈을 치켜떴다. 하지만 서로의 오해는 쉽게 풀렸다. 함정에 탑승해 있던 일반인들은 진도체육관에서 온 실종자 가족들이었고, 그들은 용만 일행을 정부 기관원으로 착각하고 있었던 것이었다. 그리고 용만에게 욕설을 들은 남자는 진도체육관의 실종자 가족 대표였다. 실종자 가족들은 그렇게 사복 차림으로 곳곳에 배치된 듯 보이는 정부 기관원들을 몹시 경계하고 있었던 것이었다.

"저 사람은 사고 해역으로 가면 안 됩니다!"

진도체육관 대표가 선박 인양 전문가를 가리켰다.

"왜요? 알기 쉽게 얘기해 봐요."

용만이 물었다.

"저 사람, 이상한 사람입니다. 체육관에 와서 뭐라고 한 줄 아세요? 선박 인양하는 데 많은 돈을 요구했습니다. 그것도 선금으로요. 물론 돈은 중요하지 않지만 저 사람은 선박 인양 전문가가 아니에요. 어디서 주워들은 풍월로 진도체육관에 왔다가 그게 안 통하니까 팽목항으로 간 겁니다."

용만은 진도체육관 대표의 말을 믿고 싶지 않았다. 아니, 대표가 착각하고 있는 것이라고 믿고 싶었다.

"그래도 일단 여기까지 왔으니까 사고 해역으로 같이 나갑시다."

용만 일행은 지푸라기라도 잡고 싶은 심정이었다.

"저 사람이 팽목항에 가서 뭐라고 말했는지 모르지만, 저 사람한테 선불까지 지급하면서 선박 인양을 절대로 맡길 수 없습니다. 저 사람은 돈만 노리고 온 사람이에요."

선박 인양 전문가는 진도체육관 실종자 가족들의 사나운 눈초리에도 시종일관 미소 띤 얼굴을 계속 유지했다. 용만은 그의 미소 띤 얼굴이 왠지 모르게 미덥지 못했지만, 그렇다고 뿌리치기엔 너무나 절박한 심정이었다.

"지푸라기라도 잡고 싶은 게 우리 가족의 심정 아닙니까? 일단 빨리 출발합시다."

우여곡절 끝에 그들은 선박 인양 전문가를 태우고 사고 해역으로 나갈 수 있었다. 한참을 달려 사고 해역에 도착한 그들은 뭔가 이상함에 눈을 크게 떴다. 그들이 바라보고 있는 해역은 세월호 침몰 해역이었다. 하지만 세월호의 흔적은 전혀 찾아볼 수 없었다. 믿을 수 없는 현실에 고개를 이리저리 돌려보았지만 세월호는 어디에서도 찾아볼 수 없었다. 간신히 고개를 내밀고 있던 세월호는 이미 모두 잠겨 형체를 찾아볼 수 없었던 것이다. 그리고 그 주변에는 선박용 리프트백(선체 부양을 위한 공기주머니) 하나 보이지도 않았다.

"배가 안 보여! 배가 안 보인다구! 우리 애들 이제 어떡해!"

진도체육관 대표가 울부짖었다.

용만은 망연자실함에 그 자리에서 움직일 수 없었다. 눈물도 나오지 않았다. 마치 시간이 정지된 것처럼 세상이 정지된 느낌이었다. 귀에서 윙 소리가 들리는 것도 같았고, 뭐라고 형언할 수 없는 이상한 느낌에 사로잡혔다. 그렇게 한동안 넋 나간 모습으로 있던 용만이 간신히 눈을 돌렸다.

'구조 당국은 지금까지 뭘 하고 있었던 거야? 이런 것도 예상하지 못하고. 우리 애들을 다 죽일 생각인가? 아니, 처음부터 구조할 생각이 없었던 거야. 구조할 생각이 있었다면 이렇게까지 될 순 없었을 거야.'

용만이 구조 당국을 원망하고 있을 때, 한 통의 전화가 걸려왔다. 사업차 베트남에 나가 있는 남동생한테서 걸려온 전화였다. 통화 버튼을 누르는 순간 주체할 수 없는 눈물이 쏟아지기 시작했다.

"형! 형!"

남동생은 형을 계속해서 불렀지만, 쏟아지는 눈물 때문에 용만의 말이 제대로 흘러나올 리가 없었다.

"우리, 성원이… 성원이…"

용만은 울음 가득한 목소리로 간신히 말했다. 이내 어깨가 심하게 떨리며 울음소리가 격해지기 시작했다.

"형이 그렇게 힘없이 울고 그러면 어떡해."

"배가… 없어. 배가… 안 보인다구."

남동생도 충격을 받았는지 한동안 아무 소리도 들려오지 않았다.

"대체 구조 당국에서는 지금까지 뭘 하고 있었대? 진작 어떤 조치를 취했어야지."

남동생의 분노로 가득 찬 말이었다.

"형, 무조건 힘을 내야 돼. 그리고 나도 한국으로 갈 테니까 그렇게 알고 있어."

남동생과 간신히 통화를 마친 용만은 매제에게 통화를 시도했다.

"지금… 배가 완전히 가라앉았어. 빨리 대표단에게 가서 사실을 알려."

"알겠습니다."

뛰어가는 매제의 발소리가 전화기 너머에서 들려왔다.

그렇게 야속한 시간은 계속해서 흘러가고 있었다.

"유족 대표이신 것 같은데 어떻게 결정하실래요?"

선박 인양 전문가가 테이블에 마주 앉은 용만에게 물었다.

"말조심하세요. 우리는 실종자 가족이지, 유족이 아닙니다. 그리고 나는 대표도 아니구요."

용만이 눈을 치켜뜨며 말했다. 실실 웃으며 말하는 선박 인양 전문가의 모습에 용만의 주먹에 힘이 들어갔다. 하지만 그는 어디까지나 용만이 믿어야만 될 사람이었다. 용만과 몇 마디를 더 나눈 선박 인양 전문가는 자신이 무슨 작가라고 말하기도 했고, 교육자라고 말하기도 했으며 심지어는 박사라고 말하기도 했다. 어딘지 모르게 신뢰감을 찾을 수 없는 말장난 같았다. 웃을 때 드러나는 빠진 앞니가 불신을 더욱 가중시키는 것도 같았다.

'정말 이 사람을 믿어도 된단 말인가.'

지푸라기라도 잡고 싶던 용만이 낙담하고 있을 때였다.

"이 개새끼야! 당신, 전문가도 아니잖아. 그리고 웃지 마. 여기가 잔칫집이야?"

갑판에 나가 있던 진도체육관 대표가 들어오며 소리쳤다.

"그렇게 웃지 말라구!"

이내 갑판에 나가 있던 다른 가족들이 합세하며 고성이 오갔다. 선박 인양 전문가의 옷에서 우두둑거리는 소리와 함께 단추가 떨어져 내렸다. 그 모습을 바라보는 용만은 어떤 행동도 취하지 않았다. 그저 멍한 시선으로 소란스러운 현장을 지켜볼 뿐이었다. 마치 자기 자신과는 아무 상관없는 모습처럼 보였다.

"너는 왜 보고만 있어? 너도 한패 아냐?"

진도체육관 대표가 용만의 멱살을 움켜잡고 흔들기 시작했다. 마구 흔드는 진도체육관 대표의 성난 행동에도 용만의 멍한 시선은 풀어지지 않았다.

"왜 이러세요. 이분은 우리랑 같이 온 분이에요."

용만 일행이 중재에 나섰다. 이어서 함정의 해경들이 소란스러운 소리에 조타실의 문을 열고 뛰어나왔다.

"여기서 이러시면 안 됩니다!"

해경의 중재로 실종자 가족들에게서 벗어난 선박 인양 전문가는 해경이 휴게실로 사용하고 있는 곳으로 들어갈 수밖에 없었다. 휴게실로 내려가는 선박 인양 전문가의 뒷모습을 바라보는 용만은 순간 그 사람이 세상에서 가장 부럽다는 생각이 들었다. 그는 적어도 실종자 가족이 아니므로.

'과연 이 흐릿한 세상에서 벗어날 수 있을까?'

힘없이 의자에 주저앉은 용만의 어깨가 조금씩 들썩였다. 그렇게 용만은 한동안 테이블에 고개를 박은 채 들지 않았다. 어쩌면 그는 모든 것을 잊고 그대로 잠이 들고 싶었는지도 모른다. 잠에서 깨어나면 기나긴 악몽에서 벗어나기라도 할 수 있는 것처럼.

"이제 돌아가야 할 시간입니다."

해경의 소리에 용만은 뜨고 싶지 않은 두 눈을 간신히 들어올렸다.

"이제 돌아가야 할 시간입니다."

재차 말한 해경은 조타실로 향했다. 곧 이어 요란한 엔진 소리가 파도에 흔들리는 함정을 가득 채웠다. 실종자 가족들이 일제히 갑판으로 뛰어나갔다.

"우리 애들, 이제 다 죽었어! 가망이 없어. 가망이 없다구!"

진도체육관 대표가 울부짖듯 말했다.

"그런 소리 하지 마! 그런 소리 하지 말라구!"

용만이 체육관 대표를 향해 소리쳤다.

"두 분은 왜 그렇게 감정적으로만 나가려고 하세요?"

용만 일행이 시종일관 감정으로 대립하는 진도체육관 대표와 용만을 번갈아 보았다.

함정이 천천히 움직이기 시작했다. 갑판에 주저앉은 실종자 가족들은 자식의 이름을 부르고 가족의 이름을 불렀다. 하지만 무심한 바다는 실종자 가족들의 절규를 외면하는 것 같았다.

사고 해역을 뒤로하고 부두에 도착한 실종자 가족들은 해경의 안내 차량을 찾아 주차장으로 향했다. 진도체육관 일행과 팽목항의 용만 일행이 서로 인사를 하고 돌아서서 걷고 있을 때였다. 어디에 있었는지 모습을 볼 수 없었던 진도체육관 대표가 용만의 앞길을 막아섰다. 용만은 순간 긴장했지만, 진도체육관 대표의 얼굴은 적대감이 전혀 느껴지지 않는 얼굴이었다. 그 얼굴은 금방이라도 눈물을 쏟을 것 같은 슬픈 얼굴이었다. 그의 슬픈 눈동자를 바라본 용만이 먼저 악수를 청하자, 그가 용만을 와락 끌어안으며 말했다.

"잘 가라. 나중에 보자."

"미안하다. 욕해서."

비록 나이와 이름을 알 수 없는 처음 본 사이였지만 그 순간만큼은 어떤 친구보다도 가깝게 느껴졌다. 진도체육관 대표와 용만은 그 자리에서 한참을 흐느껴 울었다. 차량의 경적 소리에 두 사람은 발길을 돌렸다.

"여기 제 명함입니다. 빨리 결정해서 연락 주세요."

선박 인양 전문가는 팽목항으로 향하는 해경의 차량에 오르자, 또 다시입을 놀리기 시작했다. 명함을 받아든 용만은 아무 말 없이 차창 너머만 바라보았다. 그렇게 십여 분을 달려 팽목항에 도착한 용만 일행은 가족대책본부로 뛰었다. 용만의 얼굴을 보고도 아무 말 하지 않는 학부모대표단의 얼굴이 무거워 보였다. 아마도 진도체육관을 통해 선박 인양 전문가가 믿기 힘든 사람이란 것을 들은 모양이었다. 또한 세월호가 이미 가라앉았다는 것도 알고 있는 듯했다.

"구조 당국에서는 어떤 조치를 취한다고 합니까?"

용만이 물었다.

"최대한 빠른 시간 안에 조치를 취한다고 했긴 했는데…."

용만은 학부모대표단의 말이 끝나기도 전에 돌아섰다. 역시 구조 당국은 용만의 예상을 벗어나지 않았다.

"무슨 이런 ×같은…."

욕설을 내뱉은 용만이 가족 대기소를 향해 힘없는 발걸음을 옮길 때, 식판을 들고 빈자리를 찾고 있는 선박 인양 전문가가 눈에 들어왔다. 그 자리에 선 용만은 그 모습을 한참 바라보았다. 잠시 후, 빈자리를 찾은 선박 인양 전문가는 빠진 앞니를 드러내며 밥을 먹기 시작했다. 그의 얼굴에선 연신 미소가 떠나지 않았다. 문득 용만은 그가 건네준 명함이 떠올랐다. 잠시 명함을 바라본 용만은 그 자리에서 명함을 갈기갈기 찢어발겼다.

8

청와대로 향하는
실종자 가족들

구조 성과 없는, 아니 생존 여부도 확인하지 못하는 시간은 또 흘러갔다. 그러나 피를 말리는 사망자 소식은 속속 들어오고 있었다. 한 가지 달라진 게 있다면 지금까지 시신이 들어올 때마다 모든 가족이 숨을 죽이며 확인해야 했던 잔혹한 확인 절차를 덜어준 것이었다. 사고 해역에서 시신 수습과 동시에 옷차림과 성별, 추정 나이와 인상착의를 통보받아 가족대책본부 앞에 설치된 화이트보드 판에 기재되는 방식이었다. 용만이 부두에서 가족 대기소로 막 들어서려고 할 때, 가족 대기소에 설치된 스피커에서 신원이 밝혀진 사망자의 이름이 흘러나오고 있었다.

"삼가 고인의 명복을 빕니다."

순간 가족 대기소의 사람들이 모두 숨을 죽였다. 짧은 순간 매제와 여동생을 바라본 용만은 얼른 고개를 돌려 스피커의 소리에 귀를 기울였다.

"○번째 희생자입니다. 사망자의 주머니에서 학생증이 발견됐습니다. 이름은⋯."

잠깐의 정적과 내 자식이 아니라는 안도의 숨소리가 들렸다. 그리고 뒤를 이어 들려오는 비명. 너무나 잔혹한 현실에 사망자의 엄마로 보이는 여사가 쓰러졌다. 곧바로 쓰러진 엄마를 들쳐 업은 가족이 간단히 짐을 챙겨 가족 대기소를 빠져나갔다.

"시신이 수습되는 대로 다시 소식을 전해드리겠습니다."

스피커의 목소리가 꺼짐과 동시에 귀에 들어오는 소리는 구조 상황을 보도하는 뉴스였다. 뉴스는 처음부터 지금까지 한결같은 보도만 내보내고 있었다. 몇백 명이 투입된 구조 작업과 파도를 헤치며 사투를 벌이는 장면. 그러나 그것은 짜깁기 보도였다. 용만이 직접 사고 해역으로 나가 목격한 바로는 매스컴의 보도는 터무니없는 거짓말이었다. 그것은 수시로 사고 해역을 드나드는 다른 실종자 가족들의 증언에서도 확인할 수 있었다. 누구의 간섭도 받지 않고 진실을 보도해야 하는 언론이 거짓을 보도하고 있는 것이었다. 대체 누구를 위한 보도이고 누구를 위한 거짓이란 말인가.

'있는 그대로를 보도하란 말이야!'

속으로 외친 용만은 더 이상 텔레비전을 바라보고 있을 수 없었다. 가족대책상황실 앞에 도착한 용만은 혹시나 하는 마음에 사망자 신원이 적혀 있는 보드 판을 살펴보았다. 용만의 눈에 제일 먼저 들어온 것은 2학년 5반의 사망자 명단이었다. 다른 이유는 없었다. 성원이가 2학년 5반이었기 때문이었다. 용만은 제발 저기에 성원이의 이름이 기재되지 않기를 빌고 또 빌었다. 하지만 용만은 그때 그 기도를 하지 말았어야 했다. 절반만 이루어진 기도. 그것은 차라리 하나도 이루어지지 않은 기도보다 더 가혹했다는 걸 알기까지는 며칠이 더 걸려야 했다.

"큰오빠, 록이가 자꾸 여기에 오고 싶다고 한대."

언제 왔는지 여동생이 옆에 서 있었다.

"록이가 여기 와서 형이 없는 걸 알면 어떻게 하려구?"

"아름이가 그러는데 록이도 형이 배 타고 나간 걸 알고 있고, 형이 탄 배가 물속에 가라앉았다는 것도 알고 있대."

눈물이 핑 돌았다. 아무 말도 할 수 없었다. 좁은 방 안에서 그 어린것들 둘만 있는 모습을 떠올리니 가슴이 미어졌다. 여동생이 힘없는 발을 돌려 파도가 철썩이는 부두로 향했다. 철썩이는 파도가 여동생의 왜소한 체구와 슬픈 대조를 이루었다.

그렇게 또 얼마의 시간이 흘렀다. 용만이 가족 대기소를 향해 발걸음을 옮기고 있을 때였다. 갑자기 사람들이 술렁이기 시작했다. 용만의 걸음이 빨라졌다.

"식당까지 들어가는 통로를 확보했대요!"

누군가의 외침에 용만의 얼굴에 화색이 돌았다.

"정말이야?"

가족 대기소로 돌아온 용만이 매제에게 다급하게 물었다.

"세월호 진입에 성공했다고 합니다."

매제가 환하게 웃으며 대답했다. 그러나 잠시 후, 오보라는 소식과 함께 잠수 활동에 어려움이 크다는 청천벽력과도 같은 소식이 다시 들려왔다. 욕설을 내뱉는 가족과 쓰러지는 가족이 속출했다.

"이런 개새끼들! 지금 대체 뭐 하는 거야!"

용만이 부르짖으며 가족 대기소를 뛰쳐나갔다. 그의 뛰는 발걸음은 분노로 가득 차 있었고, 눈에서 흐르는 분노의 눈물이 안경을 적셨다. 용만은 부두를 벗어나 한참을 뛰었다. 입에서는 금방이라도 숨이 넘어갈 것처럼 헉헉대는 숨소리가 계속 들렸지만 용만은 멈추지 않았다. 부두가 점점 멀어졌다. 이때 그의 얼굴은 모든 것을 버리고 팽목항을 떠나고 싶은 얼굴이었다. 팽목항은 전혀 다른 세상이었다. 현실과 너무 동떨어진 세상이었고, 있어서는 안 될 세상이었다. 아니 처음부터 존재하지 말았어야 할 세상이었다. 팽목항을 한참 벗어난 용만의 두 다리가 마침내 그 자리에 멈췄다. 헉헉대는 숨소리에 이어 입술에 경련이 일었다. 그는 아무도 보지 않는 곳에서 소리 내어 울었다.

이윽고 울음을 멈춘 그는 이미 어둠으로 물든 세상 속으로 발걸음을 옮길 수밖에 없었다. 그곳에서 얼마나 있었는지 알 수 없었지만, 시간은 이미 캄캄한 어둠 속으로 달려가고 있었다. 팽목항으로 다시 들어서니 가족대책본부 앞에서 실종자 가족들에게 둘러싸인 해경 간부가 눈에 들어왔다.

"조명탄을 연신 터트리며 구조 작업을 하고 있지만, 시야 확보에 많은 어려움이 있습니다."

"그럼 어떤 대책을 강구하고 있나요?"

해경 간부가 어떤 대책을 세우고 있다고 말했지만 소란스러운 소리에 잘 들리지 않았다.

"그럼 오징어잡이 채낚기 어선이라도 투입하면 어떻습니까?"

한 실종자 가족의 주장은 즉각적으로 실행에 옮겨질 것 같았다.

"아니, 저 정도는 구조 당국에서 미리미리 준비를 했어야 되는 거 아닌가? 어떻게 이런 거까지도 우리가 생각해야 하는 거냐구. 대체 구조 당국에서는 배 안에 갇힌 사람들을 살리기 위해 어떤 대책을 세운 거야?"

누군가의 혼잣말에 용만의 입에서 비통한 숨이 터졌다. 그렇게 생사를 가르는 시간은 계속해서 흘러가고 있었지만, 여전히 희망의 소식은 들려오지 않았다. 한참을 부두에 앉아 있던 용만은 다시 사고대책상황실로 향했다.

"사고 발생 70시간이 넘게 지났는데도 지금까지의 성과는 뭐가 있는 겁니까! 단 한 명도 구조하지 못했잖아요. 어떻게 이럴 수가 있는 겁니까! 초동 대처를 잘했으면 이런 일이 안 일어났잖아요!"

"최선을 다하고 있습니다. 정말 죄송합니다."

실종자 가족의 분노 어린 질문에 해경 간부는 연신 죄송하다는 대답만 연발했다.

"지금까지 해경은 배 선체만 만지고 돌아온 거 아니냐구요!"

다수의 실종자 가족들이 울부짖었다.

"여러 가지 기술적인 문제가 있고, 현장 상황이 매우 안 좋습니다. 그리고 우리가 사용하는 산소통은 일반적인 산소통이라 30분밖에 사용할 수 없는 한계가 있습니다."

"그럼, 내려갔다 올라오는 시간을 제외하면 실제 수색 시간은 5분에서 10분밖에 안 되는 거 아닙니까? 그럼 애초에 다른 방법을 찾았어야 되는 거 아니냐구요!"

실종자 가족들의 외침은 공허한 메아리였다.

"민간 잠수부는 시신을 봤다고 하는데 왜 해경은 못하고 있는 겁니까? 해경이 안 되면 해군으로 넘겨야 되는 거 아닙니까? 당신 자식이 세월호에 있다고 한다면 처음부터 이렇게 하진 않았을 겁니다."

그 와중에도 기자의 마이크는 말하고 있는 사람들을 향해 계속해서 움직이고 있었다. 대체 무엇을 보도하려는지 분통 터지는 일이 아닐 수 없었다.

"거기, 방송국 기자님들 카메라 끄세요. 찍으면 뭐 해요? 방송에 내보내지도 않을 건데. 차라리 그냥 다 나가세요. 나가라구요!"

누군가가 기자들을 향해 심하게 불만을 터트렸다. 언론이 대체 이곳으로 온 목적이 무엇인지 의심스러웠다.

"생존자 소식은 대체 언제 들어오는 겁니까?"

뒤에 있던 용만이 앞으로 나서며 해경 간부를 향해 물었다.

"최선을 다하고 있으니 조금만 더 기다려 주십시오."

상투적인 답변만 계속됐다.

용만은 분통이 터질 지경이었다. 간신히 감정을 수습한 용만이 또 물었다.

"그럼, 좋아요. 배 안에서 생존자가 확인된다면 어떻게 무사히 수면 위로 구조할 수 있는지 방법은 뭡니까?"

"그선, 너러 가시 현상 상황을 고려해야 뇌기 때문에…"

"제가 알기로 생존자가 있더라도 수압 차가 있기 때문에 올라오는 도중에 죽을 수도 있다고 알고 있습니다. 대체 생존자를 살리기 위해 어떤 대책을 세우고 있는 겁니까?"

"그것도 준비를 하고 있는 중입니다."

용만은 희망 없는 답변에 돌아설 수밖에 없었다. 벌써 사고 발생 4일이 거의 지나가고 5일이 가까이 오고 있는 시점에서 생존자를 살리기 위한 뚜렷한 대책 하나 없이 모든 게 준비 중이었다. 너무나 분통이 터진 용만은 카톡을 실행해 구조 당국의 안일한 대책을 작성하기 시작했다.

〈정부는 우리 애들을 살릴 생각을 하고 있지 않습니다. 아직까지 뚜렷한 대책 하나 없습니다. 너무나 분통이 터져서 미치겠습니다. 이 사실을 널리 알려주세요.〉

구조 당국의 안일한 대책을 작성한 용만은 지인들에게 카톡을 전부 전송했다. 카톡을 받은 지인들이 하나둘 답장을 보내기 시작했다.

〈지켜보는 우리도 분통이 터지는데 당사자는 오죽하겠니.〉
〈정말, 눈물이 앞을 가려서 못 보겠습니다.〉
〈구조 당국, 지금까지 뭐 하고 있었던 거야?〉

부둣가로 자리를 옮긴 용만은 카톡 답장을 확인하며 시커멓게 물든 먼 바다를 멍한 시선으로 응시했다. 한참을 앉아 있던 용만이 자리를 털고 일어서려고 할 때, 누군가 한 사람이 대합실에 설치된 사고대책상황실에서 뛰어나오고 있었다. 어두운 관계로 얼굴 식별이 어려웠다. 무언가를 직감한 용만의 걸음이 빨라졌다.

"우리는 기다릴 만큼 기다려왔습니다. 하지만 이제는 더는 기다릴 수 없습니다. 모든 게 준비 중이고 뚜렷한 대책 하나 없습니다. 구조 당국에서 말한 에어포켓은 없었습니다. 구조 당국에서 말한 에어포켓은 기름통이었다고 합니다. 모든 지휘 체계는 처음부터 잡혀 있지 않았습니다. 여기서 연락하면 다른 데로 돌리고 또 거기가 연락되면 또다시 기다리기 일쑤입니다. 어디서 지휘를 하고 있는지 도대체 알 수 없습니다. 여기 상황실에서 상급 기관에 연락해도 연락이 없습니다. 우리가 직접 청와대로 갑시다. 거기에 가서 언론과 경찰이 처음부터 거짓으로 일관하고 있다는 걸 알리고, 우리의 의견을 관철시켜야 합니다. 이대로는 도저히 안 됩니다. 이대로 보고만 있으면 우리 애들 다 죽습니다. 여러분, 청와대로 갑시다!"

그의 말이 끝나자마자 용만은 각 가족 대기소를 돌며 청와대로 가야 한다는 입장을 피력하기 시작했다.

"우리는 청와대로 가야 합니다. 지금 이대로 보고만 있을 수 없습니다. 지금 상급 기관과는 연락도 안 되고…"

용만의 말이 끝나기도 전에 누군가가 반대 의사를 표하고 나섰다.

"청와대로 간다고 해서 해결될 문제가 아닙니다. 그렇게 감정적으로만 나가면 우리한테 더 불리해질 수도 있다는 걸 알아야 합니다. 그리고 당신은 몇 반, 누구 아빠입니까?"

"2학년 5반 조성원이 삼촌 되는 사람입니다. 저는 성원이 아빠이구요."

보고 있던 매제가 거들고 나섰다.

"대표를 맡았으면 모두가 공감할 수 있게 확실히 해야 되는 거 아닌가요?"

실종자 엄마로 보이는 여자가 용만에게 따지듯 물었다.

"저는 대표가 아닙니다. 단지 청와대로 가야 한다는 입장을 말씀드리는 겁니다. 그리고 대표단은 직계가족으로만 구성된 거 아시지 않습니까."

그렇게 팽목항에는 청와대로 가야 한다는 가족과 아직은 더 지켜봐야 한다는 가족으로 갈렸다.

"좋습니다. 앞으로 한 시간 후에 청와대로 가는 버스가 도착한답니다. 가실 분들은 주차장으로 나오시고 그렇지 않으신 분들은 남아 계시면 됩니다."

말을 마친 용만은 다른 가족 대기소를 돌아 혼자 주차장으로 향했다. 매제와 여동생은 구조돼서 올 수 있는 성원이의 소식을 듣기 위해 팽목항에 남아 있어야 했다. 이윽고 주차장에 들어서니 시동을 걸고 있는 대형 버스가 눈에 들어왔다. 버스에 오른 용만은 창가에 자리 잡아 아무 표정 없이 수많은 눈알만 깜빡이는 무심한 밤하늘을 바라보았다. 정말 원망스러운 하늘이었다. 용만이 피곤한 눈을 감으려고 할 때 전화가 걸려왔다. 여동생에게서 걸려온 전화였다.

"큰오빠, 오빠는 충분히 했어. 그냥 여기에 있어도 돼. 지금 가면 언제 올지도 모르는데…. 정 그렇다면 성원 아빠하고 내가 갈 테니까 빨리 버스에서 내려."

"아냐, 너하고 조 서방은 거기에 있어. 성원이 소식 들어오는 대로 바로 연락 줘야지. 그리고 오빠는 무조건 가야 돼. 오빠가 돌아다니면서 말했는데 오빠가 안 가면 사람들이 뭐라고 생각하겠어?"

드디어 버스가 움직이기 시작했다. 용만은 매제와 여동생을 뒤로하고 달리는 버스에 몸을 맡겼다.

9
서울

　그 시각, 자신의 서재에서 사이트를 검토하던 근호는 무엇을 발견했는지 들고 있던 펜을 집어 던졌다.

　"이건, 아니야. 어떻게 이럴 수가 있어?"

　자신도 모르게 큰 소리를 쳤는지 아내가 서재로 뛰어 들어왔다.

　"왜 그러세요? 무슨 일 있어요?"

　근호는 눈짓으로 모니터를 가리켰다. 미란이 천천히 출처를 알 수 없는 글을 읽어 내려갔다.

　〈지금, 분개한 세월호 실종자 가족들이 청와대로 향하고 있다. 이는 구조 당국과 정부를 불신하는 것이고, 목숨을 걸고 사고 해역에 투입된 구조요원들을 부정하는 행위이다. 모든 일은 절차와 과정, 제반 사항이 필요한 것이다. 하지만 실종자 가족들은 모든 절차를 무시하고 자신들의 입장만 피력하고 있다. 모든 일은 질서 속에서 이루어져야 한다. 난국일수록 질서를 지켜야 하고 그것을 받아들여야 한다. 그렇지 않으면 이 사회는 무너진다. 질서를 무시한 행위, 질서를 무너뜨리는 행위가 정당한 수상저럼 받아들여신나번 사회 시스템이 위엽을 빚을 수 있고, 붕괴될 수 있는 것이다. 대한민국의 사회 시스템을 붕괴시키려는 집단은 오직 하나뿐이다. 종북 좌파 세력, 이는 곧 이성을 잃은 세월호 실종자 가족들을 선동하는 종북 좌파 세력이 있다는 증거이다. 그들은 세월호 가족들의 격앙된 감정을 이용해 자신들의 목적을 관철시키려 하고 있다. 실종자 가족들은 어서 빨리 이성을 회복해 선동 세력의 마수에서 벗어나야 할 것이다. 순수한 마음으로 대한민국 국민이 실종자 가족들의 아픔을 공감하고 어루만질 수 있게 판단하길 바란다.〉

읽기를 마친 미란이 분한 얼굴로 근호를 바라보았다.

"자식을 살려달라고 외치는 실종자 가족들을 종북 좌파 세력으로 몰아가고 있어요. 어떻게 이럴 수가 있죠? 그리고 이 글을 지지하는 엄청난 댓글이 실리고 있어요. 정말 너무들⋯."

근호의 얼굴이 몹시 붉어졌다.

"이제부터 움직이기 시작한 거야."

"네? 누가 말인가요?"

"세월호 사고는 부정할 수 없는 현 정부의 아킬레스건이야. 괜히 어설프게 대처했다간 두고두고 발목이 잡힐 것은 자명한 사실이고."

"그 말은 최대한 현 정부를 지키기 위한 수단이란 말인가요? 너무 위험한 발상 같은데."

"남북 분단이 계속해서 대치되는 한, 서로 다른 이념은 자신들의 세력을 펼칠 수 있는 최고의 수단이고 국민을 통합시켜 지휘할 수 있는 막강한 무기야."

"당신은 마치 현 정부 관계자가 이 글을 작성하기라도 한 것처럼 말하네요."

"현 정부 관계자가 작성했건, 아니면 다른 누군가가 작성했건, 그것은 중요하지 않아. 아마도 현 정부는 이 글에 대해 국민을 현혹시키는 유언비어에 휩쓸리지 말라고 성명을 발표하지 않을 가능성이 크다고 보아야 해."

"그럼 묵시적으로 이 글을 지지한다고 생각한다는 말인가요? 국민을 위해서 존재해야 할 정부가 무엇을 위해서…."

"무엇을 위해서겠어?"

미란이 알겠다는 듯 고개를 끄덕였다. 근호의 이마가 꿈틀하며 움직였다.

"그리고 또 의심스러운 건, 사실을 보도해야 할 언론이 편파적인 보도만 하고 있어. 여기에는 필시 중대한 목적이 숨어 있고, 그 목적은 국민의 눈과 귀를 파고들겠지."

"그건 너무 앞서가는 주장이 아닐까요?"

"그럴 수도 있겠지. 하지만 내 말이 사실이라면 아마도 여기에서 멈추지 않고 어떠한 방법으로든 실종자 가족들과 국민을 분산시킬 공산이 커. 어떻게 분산시킬지 그것을 지켜봐야지."

"현태 씨를 한번 만나보는 게 어떨까요?"

김현태는 현재 청와대 고위 공무원으로 재직하고 있는 근호의 대학 친구였다.

"현태를 만나기 전에 팽목항에 한번 내려갔다 와야겠어. 아버지를 만나서 그동안의 얘기를 들어 봐야지."

"그게 순서일 거 같네요. 참, 어머님 기일(忌日)도 얼마 남지 않았네요."

의자를 돌린 근호가 미란의 손을 잡았다.

진도체육관.

용만이 탄 버스가 진도체육관에 도착한 시간은 새벽 2시를 조금 넘기고 있었고, 날짜는 20일로 변경돼 있었다. 벌써 사고 발생 5일째로 접어들고 있는 중이었다.

이윽고 주차장으로 들어선 버스가 거친 숨소리를 넘추고 소용했었다. 시끄러운 발걸음 소리에 감겨 있던 용만의 눈이 떠졌다. 아마도 잠들어 있었던 것 같았다. 눈을 비빈 그는 고개를 들어 흐릿한 시선으로 차창 너머를 바라보았다. 민가와 외떨어진 높은 곳에 위치한 진도체육관이 어둠 속에서 몸을 웅크리고 방문자들을 바라보고 있는 듯했다. 지친 몸을 움직여 버스에서 내리려던 용만은 순간 발을 주춤거렸다. 수많은 사람들로 넘쳐나는 주차장은 그야말로 인산인해와 같았다. 팽목항과 비교해서 좁은 공간이라 그렇게 보이는 것도 같았다. 진도체육관 가족들과 합심해 청와대 행이 준비돼 있음을 알 수 있었다.

용만은 사람들의 틈을 비집고 한곳에 자리를 잡았다. 용만이 진도체육관에 발을 디딘 것은 이번이 처음이자 마지막이었다. 그도 그럴 것이 팽목항과 진도체육관의 거리는 자동차 시간으로 40분 이상이나 떨어져 있는 거리였고, 처음부터 팽목항에 자리 잡은 용만은 진도체육관에 갈 일이 없었다. 아마도 용만은 진도체육관에 있었다면 답답한 마음에 팽목항으로 이동했을 것이다. 이곳에서도 자원봉사자들은 제 몸을 아끼지 않고 부지런히 움직이고 있었다. 정말 고마운 사람들이었다.

용만은 문득 자신에게 자문해 보았다.

'내가 만약 실종자 가족이 아니라면 여기에 와서 저 사람들처럼 할 수 있을까?'

대답을 자신 있게 할 수 없었던 용만은 자원봉사자들을 향해 고개를 숙였다. 잠시 자리를 지키고 있던 용만은 발을 움직여 체육관 안으로 들어섰다. 주위를 둘러보니 수많은 가족들이 좁은 자리를 차지한 채, 겨우 담요 한 장에 몸을 눕히고 있었다. 초점 없는 눈으로 허공을 응시하는 사람들도 보였다. 한쪽에서 울음소리와 한숨소리가 동시에 들려왔다. 팽목항을 그대로 축소시켜 옮겨놓은 듯했다. 용만은 들려오는 소리에 몸을 돌려 주차장으로 향했다.

"여기, 반별로 서 주세요."

2학년 5반 피켓을 발견한 용만은 제일 앞에 서서 담배를 물었다. 목구멍이 칼칼하고 입술이 심하게 갈라져 있었지만, 용만은 담배를 연신 피워댔다.

"2학년 5반 누구 아빠죠?"

피켓을 들고 있던 학부형이 물었다.

"조성원이 삼촌입니다."

"네? 삼촌이요?"

학부모가 아니면 곤란하다는 느낌을 받은 용만이 눈을 치켜뜨며 말했다.

"삼촌이면 청와대도 갈 수 없다는 겁니까?"

"아닙니다."

용만의 서슬에 얼른 자리를 옮긴 학부형은 뒷줄로 가 인원 체크를 계속했다. 인원 체크가 끝나고 한참 시간이 흘렀지만 버스는 도착하지 않고, 하늘에서 또다시 비가 내리기 시작했다. 정말 지긋지긋한 비였다. 하늘도 실종자 가족들을 외면하고 있는 것만 같았다.

"여기 우비라도 입고 가세요."

자원봉사자들이 부지런히 오가며 실종자 가족들을 위해 우비를 나눠 주었다.

"정말 고맙…"

용만은 이 짧은 한마디를 끝까지 할 수 없었다. 눈시울이 붉어지며 눈물이 핑 돌았기 때문이었다. 자원봉사자가 슬픈 눈으로 용만을 잠시 응시하더니 살며시 고개를 숙여 보이고 등을 보였다. 왜소한 자원봉사자의 등이 그렇게 크게 보일 수 없었다. 용만은 그 커다란 자원봉사자의 등을 향해 깊이 고개를 숙였다.

기다림의 시간은 초조하고, 불안하기만 했다. 시침은 분침이 되고 분침은 초침이 되어 마구 달음박질하고 있었다. 실종자 가족들이 웅성거리기 시작했다.

"이대로 기다릴 수 없습니다. 걸어서라도 청와대까지 갑시다. 여러분, 동참해 주세요!"

누군가의 외침에 수많은 실종자 가족들이 주차장을 벗어나 언덕을 내려 걷기 시작했다. 그때 한쪽에서 여자들의 목소리가 들려왔다.

"우리 애들 다 죽인다! 우리 애들 살려내라!"

"정부는 우리 애들 살려내라!"

옆으로 조금 떨어져 걷는 여자들은 엄마들로만 구성된 것 같았다. 이 모습을 바라본 용만은 순간 몸에서 일어나는 어떤 전율을 느꼈다. 차라리 이대로 대한민국이 망해버렸으면 좋겠다는 생각까지 하게 됐다. 지금까지 단한 명도 살려내지 못하는 나라가 무슨 나라인가. 용만은 대한민국 사람으로 태어난 걸 저주했다. 용만이 느낀 전율은 저주의 전율이었다. 용만이 마음속으로 대한민국을 저주하고 있을 때, 언덕을 뛰어오르는 수많은 발걸음소리가 어두운 새벽을 흔들었다. 시선이 모두 한곳으로 쏠리는가 싶더니 경찰 병력이 실종자 가족들의 앞을 막아섰다. 경찰 병력은 어떤 말도 하지 않고 그 자리에서 진을 치기 시작했다.

"우리의 길을 막지 마!"

실종자 가족이 외쳤다. 돌연한 사태에 기자들의 수많은 카메라가 빛을 발하며 부지런히 움직였다.

"여러분, 이러시면 안 됩니다. 정부에서도 최선을 다하고 있다고 하니 조금만 기다려 주세요."

경찰 간부로 보이는 사람이 앞으로 나서며 말했다.

"대체 언제까지 기다려야 하는데? 우리 애들 다 죽는다구!"

"우리는 어떤 폭력도 행사하지 않고 청와대까지 갈 테니까 우리 길만 막지 마."

경찰 간부가 곤혹스러운 표정을 지었다.

"그러면 대통령하고 전화 연결해서 통화를 하게 해 주세요. 왜 이렇게 구조를 안 하고 있는지 직접 답변을 들어봐야겠습니다."

"여러분, 지금 시간이 몇 십니까?"

그와 동시에 분노의 욕설이 터지기 시작했다.

"지금 시간이 몇 시냐고? 시발, 우리 애들이 지금 다 죽어가고 있어. 그런데 국정 최고 책임자가 이 난리통에 잠을 자고 있단 말이야?"

"국민도 잠을 안 자고 있어!"

"도대체 우리 애들을 살릴 생각이 있는 거냐구, 없는 거냐구!"

경찰 간부는 자신의 말실수를 알아챘는지 한동안 아무 말이 없었다. 그렇게 경찰 병력과 실종자 가족들의 대치는 계속됐다.

"자, 여러분, 이렇게 합시다. 해수부장관님이 곧 오신답니다. 일단 말씀을 듣고 움직이도록 합시다."

누군가의 목소리였다. 실종자 가족들 틈에서 들려왔는지, 아니면 다른 곳에서 들려왔는지 진원지를 찾기 힘들었다. 경찰 병력은 한 치의 흐트러짐 없이 그 자리에 못 박힌 듯 서 있었다.

그렇게 경찰과 실종자 가족들이 대치하고 있을 때, 해수부장관이 모습을 드러냈다. 하지만 장관에게서도 만족할 만한 대책을 들을 수 없었다. 이에 실망한 실종자 가족들이 앞으로 나가기 시작했다. 즉각적으로 경찰 병력이 뭉쳐 있는 실종자 가족들을 뚫기 시작했다. 밀고 밀리는 상황이 펼쳐졌다. 기자들의 카메라가 빛을 뿌리며 분주하게 움직였다. 의경으로 구성된 듯 보이는 젊은 경찰 병력이 실종자 가족들과 맞붙었다.

"가족 여러분, 폭력은 행사하지 마세요!"

"절대로 폭력은 안 됩니다!"

실종자 가족들 틈에서 나오른 외침이었나.

그때, 의경의 머리에서 모자를 벗긴 학부형으로 보이는 남자가 모자를 구기려 했다.

"모자 돌려주세요. 애네들은 잘못한 거 하나도 없어요. 모자 그냥 주세요."

용만이 모자를 들고 있는 사람에게 말했다.

경찰 병력과 실종자 가족들이 서로의 진영을 확보하기 위해 힘겨루기를 계속했다.

"지나가게 해 주세요."

젊은 의경이 앞서 있던 용만 앞으로 뛰어들며 말했다.

"우리도 안 돼. 우리가 왜 이러는지 몰라? 지금 배 안에서 죽어가고 있는 애들이, 니 동생뻘 되는 애들이야. 그런 애들이 지금 다 죽어가고 있다구."

말하는 용만의 눈에서 눈물이 흘렀고, 앞으로 나가려던 젊은 의경의 눈에서도 눈물이 흘렀다. 하지만 서로 간의 양보는 있을 수 없었다. 밀고 밀리는 상황에서 공통적인 한 가지는 흐르는 눈물이었다. 모두가 지쳐갈 무렵, 누군가의 외침에 실종자 가족들의 고개가 일제히 한곳으로 쏠렸다.

"총리가 왔다!"

이윽고 검은색 차량에서 총리가 모습을 드러냈다. 건장한 경호원들이 총리를 에워싸며 순식간에 총리 앞으로 몰려든 실종자 가족들을 빠른 눈초리로 훑으며 경계하기에 바빴다. 기자들이 작동하는 카메라 셔터 소리와 불빛이 부지런히 움직였다.

"여러분, 우리 정부도 실종자들을 구조하기 위해 최선을 다하고 있으니 조금만 기다려 주세요. 이렇게 감정적으로만 나간다고 해서 해결될 문제가 아닙니다."

총리가 실종자 가족들에게 사정하듯 말했다.

"언제쯤 선내로 진입해서 실종자들을 구조할 생각입니까? 정부의 구체적인 대책 좀 말씀해 주세요."

"그건, 여러 가지 현장 상황을 고려해야 하기 때문에 이 자리에서 말씀드리기가 어렵습니다. 하지만 우리 정부도 실종자들을 구조하기 위해 최선을 다하고 있습니다."

실종자 가족의 질문에 총리가 어렵게 대답했다. 사고 발생 첫날부터 지금까지 일관된 답변의 연속이었다.

"처음부터 최선을 다한 결과가 겨우 이거란 말이야?"

경찰 병력의 제지로 뒷전에 자리 잡은 용만의 분에 받친 외침이었다.

"지금 벌써 사고 발생 5일째입니다. 생존자를 발견한다면 어떻게 구조할 건가요?"

순간 총리가 약간 곤혹스러운 표정을 지었다.

"그건 기술적인 문제이고 전문적인 문제라 이 자리에서 답변을 드리기가 어렵습니다. 하지만 우리 정부도 최선을 다하고 있습니다."

총리는 최선을 다하고 있다는 말만 연거푸 되풀이했다.

"애들이 살아 있다고 해도 올라오는 도중에 죽을 수도 있다고 합니다. 어떤 대책이 있는 겁니까?"

"그것 또한 기술적인 문제이고, 전문적인 문제입니다."

총리의 대답 어디에서도 희망을 찾아볼 수는 없었다.

"그럼, 아무런 대책도 없이 여기에 온 이유가 뭡니까?"

용만의 목소리는 더 큰 목소리에 묻혔다.

"우리의 길을 막는 이유가 뭡니까? 우리는 폭력도 시위도 하지 않고 조용히 움직일 겁니다. 우리가 원하는 건 단 한 가지에 대한 대답입니다. 구조 당국은 시종일관 거짓말만 되풀이하면서 우리를 현혹시켰습니다. 이젠 대통령이 직접 우리한테 대답해 줘야 합니다. 우리 자식들이 지금 배 안에서

다 숙어가고 있어요. 우리 애들을 살릴 생각이 있는지 없는지 그것을 내밀해 줘야 합니다. 그러니 길을 열어 주세요."

"우리의 길을 막지 마세요!"

분에 받친 실종자 가족들이 다시 움직이기 시작했다. 즉각적으로 경찰 병력이 진을 치고 불상사를 대비했다. 위기를 느낀 경호원들이 총리를 즉각 차량에 태우고 문을 걸어 잠갔다. 이에 실종자 가족들이 총리의 차량을 에워싸자, 총리의 차량은 실종자 가족들에게 갇혀 움직일 수 없는 상황이 펼쳐졌다.

"자, 여러분, 차량에 손대지 마세요. 절대로 차를 파손해선 안 됩니다. 우리는 이 자리에서 정부의 확실한 대책이 나올 때까지 기다려야 합니다. 자 모두 손을 잡으세요."

모두가 동의하는 얼굴이었고, 손을 맞잡은 실종자 가족들의 인간 사슬이 총리의 차량을 더욱 군건하게 가두었다. 용만은 이렇게 해서라도 뚜렷한 대책이 나온다면 며칠이라도 밤을 새우며 기다릴 작정이었다.

"대체 정부는 지금까지 어떤 대책을 세우고 있었습니까?"

"우리의 앞길을 막았으면 대책이라도 가지고 왔어야 하는 거 아닙니까?"

"우리나라 두 번째 정치인이란 분이 고작 이런 얘기를 하려고 여기에 오신 겁니까?"

차량을 둘러싼 실종자 가족들은 총리를 향해 정부의 안일한 대책을 성토하기에 바빴다. 하지만 총리는 눈을 감은 채 어떤 미동도 하지 않았다. 지친 실종자 가족들이 그대로 땅바닥에 주저앉아 총리의 차량을 더욱더 움직일 수 없게 만들었다. 기자들이 눈을 감고 있는 총리의 얼굴을 연신 찍어댔다. 실종자 가족들과 경찰 병력, 총리의 차량은 그 자리에서 서로의 자리만 지키고 있었다. 그러나 극도로 지친 실종자 가족들의 몸과 마음은 시간이 지날수록 확연히 표가 나기 시작했다. 쏟아지는 졸음을 못 이겨 그대로 땅바닥에 주저앉아 조는 사람들과 자리를 이탈해 폐건축물에 몸을 기대는 사람들이 늘어나기 시작했다.

'이렇게 지체할수록 우리만 손해인 거 아닌가?'

용만이 현재 상황에 회의를 품고 있을 때, 날카로운 여자의 비명이 들려왔다. 용만은 소리가 나는 방향으로 고개를 돌렸다.

"여러분, 속지 마세요!"

누군가의 목소리였다. 풀어지지 않을 것 같은 인간 사슬을 풀기 위한 꼼수인 것 같았다. 그때 또 이상한 소리가 들리기 시작했다. 생존자를 발견했다는 소리인 것도 같았고, 구조했다는 소리인 것도 같았다. 그러나 주위의 반응으로 보아 그것 또한 꼼수라고 짐작됐다.

어디선가 새벽닭이 우는 소리가 들렸고, 캄캄했던 세상이 점점 밝아지기 시작했다. 몇 시간 동안 차가운 땅바닥에 앉아 있었는지 짐작하기 어려웠다. 실종자 가족들은 점점 더 지쳐갔다. 자리를 이탈하는 사람들이 점차 늘어났다. 그때 어떤 연유인지 굳건하게 보였던 인간 사슬이 풀리면서 길이 만들어졌다. 총리의 차량이 만들어진 길에서 천천히 움직이기 시작했다. 총리와 무슨 약속을 했는지 아니면 지친 가족들이 또 한 번 정부를 믿어 보기로 한 것인지 용만은 정확한 내용을 알 수 없었다. 용만은 멀어지는 총리의 차량을 말없이 응시하고 있었다.

10

조카를
알아보지 못하는 삼촌

승용차의 와이퍼가 부지런히 움직였다. 옅은 안개가 드리운 팽목항은 가는 비가 내리고 있었다. 팽목항에 도착한 근호의 눈에 제일 먼저 들어온 것은 한산한 부두였다. 시설물과 배가 입항에 있는 것으로 보아 분명히 배가 들어오는 부두였지만 이상하게도 부두는 한산했다. 흙탕물이 즐비한 거대한 공터에 수많은 차량과 한산한 부두는 뭔가 맞지 않는 것처럼 보였다. 그도 그럴 것이 근호가 도착한 부두는 사망자를 운구해 오는 부두였고, 실종자 가족들은 절대로 이곳에서 가족을 기다리지 않았다. 근호의 두리번거리는 표정으로 보아 그는 그것을 모르고 있는 것 같았다.

이윽고 빈자리를 찾아 승용차를 주차한 후 근호는 차에서 내렸다. 비를 머금은 차가운 기운이 훅 끼쳐 왔다. 4월 중순을 넘긴 날씨라곤 믿어지지 않을 정도로 온몸으로 끼쳐 오는 바닷바람은 몹시 차가왔다. 그는 건물이 보이는 방향으로 걸음을 재촉했다. 부지런히 걷던 그는 무엇을 보았는지 잠시 서서 한곳을 응시했다. 희미하게 보이는 사람의 형상이 그의 시선을 붙잡은 것이었다. 여자인 듯 보이는 사람은 전혀 움직임 없이 한곳을 바라보고 있었다. 우산도 없이 비를 맞고 있는 여자의 몸이 떨리는 것처럼 보였다. 아마도 실종 학생의 엄마인 것 같았다. 근호는 자신도 모르게 여자 앞으로 천천히 걸음을 옮겼다.

여자가 인기척을 느꼈는지 몸을 돌렸다. 순간 근호는 그 자리에서 움직일 수 없었다. 비에 흠뻑 젖어 있는 여자는 몹시 떨고 있었고, 눈물과 빗물로 얼룩진 얼굴은 마치 넋이 나간 사람처럼 보였다. 금방이라도 쓰러질 것처럼 보이는 여자가 근호의 시선을 스치고 지나갔다. 눈시울이 붉어진 근호는 여자의 뒷모습에서 시선을 뗄 수 없었다. 여자가 시야에서 벗어날 때까지 잠시 그 자리에 서 있던 근호는 전화기를 빼들었다.

"아버지, 저 지금 도착했습니다."

간신히 감정을 수습한다고 했지만 목소리는 약간 갈라져 나왔다. 아버지와 간단히 통화를 마친 근호는 붉은 물이 질펀한 흙길을 걸었다. 곳곳에 남아 있는 흙탕물을 피해 걷던 그는 무슨 생각을 했는지 잠시 그 자리에 멈춰 자신의 운동화를 바라보았다. 어느새 붉은 물을 잔뜩 머금은 운동화가 제 색깔을 알아보기 어려울 정도로 더럽혀져 있었다. 질펀한 흙길과 그것으로 더럽혀진 운동화를 내려다보던 그는 실종자 가족들을 교묘하게 종북 좌파 세력으로 몰아가고 있는 기사를 떠올려 보았다.

짐작컨대 정부는 자신들의 안일함으로 발생한 질펀한 흙길을 감추려고 할 것이다. 하지만 질펀한 흙길로 인해 더럽혀진 운동화는 이미 제 색깔을 찾을 수 없게 됐다. 현 정부가 진정 국민을 위한 정부라면 질펀한 흙길을 감출 것이 아니라 그것을 국민에게 공개해야 한다. 그래야만 국민적 공감대가 그것을 치유하고 덮을 수 있는 것이다. 정부는 또 다른 질펀한 흙길을 양산하지 않기 위해서라도 그것을 감추지 말아야 한다. 진정 국민을 위한 정부라면… 근호는 끊임없이 밀려드는 생각을 뒤로하고 다시 걷기 시작했다.

잠시 후, 그의 눈에 무수히 움직이는 사람들과 곳곳에 설치된 대형 천막이 눈에 들어왔다. 대합실 옥상에 자리 잡은 십수 대의 기자들의 카메라가 그의 눈살을 찌푸리게 만들었다. 과연 누구를 위한 언론인가. 그의 눈길이 곧바로 부두로 향했다. 부두 가까이에 서 있는 실종자 가족들의 시선은 모두 한곳으로 쏠려 있었다. 가족이 돌아오지 않는 바다…. 잠시 애절한 눈으로 실종자 가족들을 바라본 근호가 시선을 돌리려고 할 때였다.

"이제, 왔구나."

언제 다가왔는지 그의 아버지가 살며시 어깨를 감싸주었다. 아버지를 바라보는 근호는 순간 가슴이 뭉클했다. 두툼하고 딱딱한 손의 감촉. 그 손은 아들인 자신을 부양하기 위한 손이었지, 아버지 자신의 영달을 위한 손이 아니었다. 순간 아버지의 두툼하고 딱딱한 손의 감촉이 아주 포근하게 느껴졌다.

근호는 자신을 스치고 지나가는 한 남자의 침통한 옆얼굴을 바라보았다. 가족의 생사를 기다리는 아버지의 마음. 세상 그 어떤 기다림이 이보다 더 슬픈 기다림이 있단 말인가. 그는 아버지와 함께 있는 극히 일상적인 자신의 모습에 너무나 미안한 생각이 들었다.

"아버지, 그간, 잘 지내셨…."

근호는 뒷말을 급히 삼켰다. 앞서 느꼈던 미안한 마음이 일상의 뒷말을 삼키게 만들었다.

"저기를 바라보렴, 저기가 세월호 침몰 해역이야."

아버지가 가리킨 곳은 눈으로 보이지 않았지만, 가리키는 방향으로 보아 그리 먼 거리는 아닌 듯했다.

"저기는 가족이 돌아오지 않고 있는 바다야. 결코 먼 거리가 아니지. 하지만 거리는 중요하지 않아. 여기 있는 실종자 가족들에겐 가족이 돌아오지 않고 있는 저 바다가, 세상 그 어느 바다보다도 더 먼 바다로 보일 것이니까."

친구는 시종일관 먼 바다를 응시하며 나지막이 말했다.

잠시 후, 부두에서 벗어난 두 사람은 실종자 가족들의 가족 대기소를 돌아보고, 방파제 길을 따라 한참을 걸었다. 두 사람의 눈에 몇몇 민가가 눈에 들어왔다. 근호는 문득 뭔가 다름을 느꼈다. 팽목항에서 불과 얼마 떨어지지 않은 거리였지만, 분위기는 점점 다르게 느껴졌다. 지나가는 사람들의 표정과 모습은 일상의 모습과 별반 다르지 않게 보였다.

"근호야, 여기 있는 사람들의 표정은 팽목항과는 사뭇 다르게 보이지?"

무겁게 고개를 끄덕이는 근호는 아버지가 왜 자신을 이곳으로 데려왔는지 짐작할 수 있었다.

"이곳과 멀리 떨어져 있는 국민들은 언론의 보도를 믿을 수밖에 없고, 그게 바로 언론의 힘이라는 걸 말씀하시려는 거죠?"

고개를 끄덕이는 친구가 아들의 손을 가볍게 잡았다.

진도체육관에서 하룻밤을 꼬박 새운 용만은 진도체육관 정문을 빠져나가 단원고 교감 선생님이 목을 매 자살했다는 야산을 바라보고 있었다. 그때 누군가의 부름에 용만이 고개를 돌렸다.

"저, 담배 하나 빌려주실래요?"

군데군데 해진 우비가 그의 몸에서 떨어질 것처럼 보였다. 아마도 지난 새벽의 상흔인 것 같았다.

"빌려드리면 갚으실래요?"

담배를 받아든 남자가 슬픈 미소를 지어 보였다.

"저기가 단원고 교감 선생님이 자살한 곳이랍니다."

"네, 들어서 알고 있습니다."

'모두 다 내 잘못이다. 내가 수학여행을 추진했다. 내 몸을 불살라 세월호 침몰 해역에 뿌려 달라.' 단원고 교감 선생님의 유언이었다. 이백여 명의 제자들을 세월호 안에 남겨둔 채 살아 나왔다는 죄책감을 못 이겨 자살했다는 소식을 용만은 뒤늦게 들을 수 있었다. 두 사람은 안봉안 아무 말 없이 소나무가 즐비한 야산만 바라보았다.

"저기, 버스가 오네요."

돌아보니 팽목항과 진도체육관을 왕래하는 버스가 언덕길을 올라 주차장으로 들어가고 있었다. 뒤늦게 버스에 오른 용만은 자리가 없음을 확인하고 의자 팔걸이에 몸을 살짝 기댔다.

"혹시 실종자 가족이신가요?"

중년의 여자가 물었다. 푸른색의 조끼를 입고 있는 것으로 보아 자원봉사자인 것 같았다. 용만이 고개를 끄덕이자, 여자는 즉각 자리를 양보했다.

"아닙니다. 괜찮습니다."

"아니에요. 제가 안 괜찮아요. 조금이라도 쉬시면서 힘을 내셔야죠."

슬픈 미소의 얼굴이 천사 같았다.

"정말 고맙습니다."

콧날이 시큰해졌다.

마지못해 자리를 양보받은 용만은 자리에 앉자마자 깊은 잠 속으로 빠져들었다.

"삼촌, 내 손 꼭 잡아."

성원이의 손을 꼭 잡고 용만은 미끄러운 길을 간신히 걸었다. 허리가 불편해 제대로 움직일 수 없던 용만은 여동생 집에서 잠시 요양하고 있었고, 이날 동네 의원에 물리치료를 받으러 가는 중이었다.

"성원아, 조금 천천히 가자."

"삼촌, 내가 업고 갈까?"

"네가 이놈아, 삼촌을 어떻게 업어?"

"삼촌은 내가 항상 어린애인 줄 아나 봐."

배시시 웃은 성원이가 등을 내밀었다. 성원이의 넓은 등판을 바라보는 용만은 순간 놀라우면서도 대견스러웠다. 어느새 고등학교에 진학한 녀석의 뒷모습은 마치 다 자란 성인같이 보였고 듬직했다. 그러고 보니 자신보다 키가 한 뼘 이상이나 더 큰 녀석을 자신은 늘 어린애로 착각하고 있었던 것이었다. 용만을 업은 성원이가 의원을 향해 가뿐하게 걸었다.

"삼촌, 밥 좀 많이 먹어야겠다. 몸무게가 너무 가벼운데. 그리고 나 포경수술 한 거 알고 있잖아. 나도 이제 어른이야. 하하하."

"자랑할 걸 자랑해라, 이놈아."

용만은 녀석의 머리를 가볍게 쥐어박았다. 이윽고 횡단보도를 건너 의원에 도착한 성원이가 용만을 내려놓고 뒤로 돌아 어디론가 향했다.

"성원아, 어디 가?"

용만의 부름에도 녀석은 무엇이 급한지 발걸음을 멈추지 않았다.

"성원아, 삼촌 여기 있잖아."

순간, 용만은 소스라치게 놀랐다. 대낮처럼 환했던 세상이 갑자기 시커먼 세상으로 변해 있었고, 사라진 성원이는 어디에서도 찾을 수 없었다. 이어서 이리저리 흔들리는 몸과 무수히 들리는 발걸음 소리. 용만은 도무지 정신을 차릴 수 없었다.

"대체, 이게 뭐란 말이야."

짧은 외침과 동시에 용만은 눈을 번쩍 들어올렸다. 바라보니 이미 팽목항에 도착한 버스가 정차해 있었고, 사람들이 쿵쿵거리며 버스에서 내려서고 있었다. 용만은 비로소 자신이 꿈을 꾸었다는 사실을 알았다. 불과 1년 전의 일이 꿈으로 나타난 것이었다. 그는 자신의 손을 바라보았고, 가슴을 만져 보았다. 그의 행동으로 보아 무엇을 느끼려는 것 같았다. 그것은 생각할 필요도 없이 자신의 손과 가슴에서 성원이의 따뜻한 체온을 느껴보려는 것이었다. 버스를 내리는 그의 눈에서 두 줄기의 뜨거운 눈물이 흘러내렸다.

"형님, 오셨습니까."

푸석한 얼굴의 매제가 용만 앞으로 다가서며 말했다.

"어, 성원이 소식 들어온 거 없지?"

"아직… 없습니다."

용만의 눈길이 사망자 명단을 훑고 지나갔다. 명단을 확인하는 그의 눈빛은 기적이 일어나지 않는 한 생존자가 없을 수도 있다는 것을 받아들이는 눈빛이었다.

"식사라도 하셔야죠."

"아냐, 생각 없어."

그러고 보니 어젯밤부터 먹은 것은 커피 몇 잔이 전부였다. 하지만 시장기는 전혀 느껴지지 않았다.

"여기, 커피라도 마셔."

다가온 여동생이 용만에게 커피를 건네며 다시 말했다.

"큰오빠, 진도체육관에서 있었던 일은 대강 들어서 알고 있어. 그래서 우리도 준비하고 있어."

"준비라니?"

"어제 간 사람들만 너무 고생했다고 남아 있던 가족들이 오늘 가기로 했어."

"청와대로?"

여동생이 고개를 끄덕이고 몸을 돌렸다.

"큰오빠!"

다시 몸을 돌린 여동생이 주머니에서 쪽지를 건넸다.

"이게 뭐야?"

"성원이 옷차림…. 우리… 갔다 올게."

이제는 여동생과 매제도 자식의 시신만이라도 찾아야 한다고 생각하고 있는 것 같았다. 목이 울컥 멘 용만은 잘 갔다 오라는 말을 할 수가 없었다. 눈물을 감추려고 돌아선 용만의 얼굴에 기자의 카메라가 지나갔다.

여동생과 매제가 진도체육관으로 출발하고 얼마의 시간이 흘렀을까. 사망자 인양 소식이 속속 들어오고 있었다. 공교롭게도 2학년 5반 학생들이 대거 인양되기 시작했다. 입술이 바짝바짝 타들어가는 용만은 도저히 가족 대기소에 머무르고 있을 수 없었다. 한달음에 사고대책상황실에 도착한 용만은 화이트보드 판을 주시했다. 신원이 밝혀지지 않은 사망자의 추정 나이와 옷차림을 살폈다. 성원이는 없었다. 아니 정확히 말하면 녀석은 있었다. 분명히 있었다. 그러나 용만은 녀석을 알아보지 못했다. 제발 사망자 명단에 성원이의 이름이 기재되지 않기를 바랐던 며칠 전 기도가 절반만 이루어진 셈이었다. 자신이 올렸던 기도가 얼마나 참담한 기도였는가를 알기까지는 며칠을 더 기다려야 했다. 그렇게 녀석을 바로 앞에 두고 돌아서는 용만을 검푸른 바다가 말없이 바라보았다. 마치 그것을 일깨우기라도 하려는 것처럼.

정말 붙잡고 싶은 시간만 계속해서 흐르고 있었다. 어느새 청와대를 향했던 가족들이 돌아오고 있었다.

"성원이 소식 들어온 거 없죠?"

용만 옆에 선 매제가 물었다.

"아직…."

용만의 가족은 화이트보드 판을 바라보면서도 성원이를 전혀 알아보지 못했다. 이미 싸늘한 시신으로 들어와 엄마, 아빠를 기다리고 있는 녀석을 용만의 가족은 전혀 알아보지 못한 채, 희망의 끈을 붙잡고 있었던 것이었다.

"근데 왜 이렇게 빨리 왔어?"

"진도대교에서 기다리고 있던 경찰들의 제지로 못 갔습니다."

"경찰들이 그렇게 많이 왔었나?"

용만은 팽목항에 있었던 관계로 실종자 가족과 경찰 병력이 진도대교에서 얼마나 처절한 싸움을 벌였는지 짐작도 하지 못하고 있었다.

처음에는 성살들을 뚫기 위해 남자들이 나섰는데, 아무래도 누식 일세와 젊은 애들을 감당하기 어려웠습니다. 보다 못한 여자들이 앞으로 나섰습니다. 제아무리 경찰이라고 해도 여자들의 몸을 함부로 건드릴 수 없다고 판단한 거였죠. 그런데 바로 여경들이 출동하더라구요."

"그런 대책 하나는 기가 막히게 빨리 세우는군."

용만의 한마디는 분명 누군가를 비판하는 것 같았다.

그렇게 또 야속한 시간은 계속해서 흘러갔다. 구조 성과 없는 밤이 깊어지면서 여자들로 구성된 엄마들이 나서기 시작했다.

"여기, 엄마들 앞으로 나오세요."

마이크를 잡은 여자가 사뭇 진지한 표정으로 말했다. 곧이어 엄마들이 모이기 시작했고, 이를 지켜보는 흰 가운의 의료진들이 서서히 엄마들 곁으로 움직였다. 혹시 모를 사고에 대비한 것 같았다. 환하게 불이 밝혀진 가족대책본부 앞은 순식간에 자식을 기다리는 엄마들로 가득 채워졌다. 기자들의 카메라 불빛이 일제히 엄마들을 집중 조명했다. 이 모습을 지켜보는 용만은 자리를 차지하기 위해 앞으로 나서려고 했지만, 기자들의 카메라와 근처에 운집해 있는 수많은 가족들의 틈을 뚫고 들어갈 수가 없었다. 그는 할 수 없이 먼발치에서 엄마들을 지켜보았다.

마이크를 잡은 엄마가 구조 당국의 안일한 대책을 규탄하는 구호를 외치자, 뒤를 이어 엄마들이 구호를 따라 외쳤다. 그렇게 잠깐 시간이 흐른 후, 누군가의 입에서 자식의 이름을 부르는 소리가 들렸다.

"○○아, 거기서 빨리 나와. 엄마가 이렇게 기다리고 있잖아."

"○○아, 그 추운데서 왜 이렇게 안 나오고 있어."

"○○아, 엄마랑 같이 집에 가서 밥 먹자."

삽시간에 울음바다가 만들어졌다. 감정을 못 이겨 쓰러지는 엄마들이 속출했고, 쓰러진 엄마를 업고 뛰는 의료진의 눈에서도 눈물이 흘렀다. 이를 지켜보는 용만의 눈에서도 주체할 수 없는 눈물이 계속 흘렀다. 용만은 도 저히 더 이상 지켜볼 수가 없었다. 몸을 돌린 용만은 부두를 뒤로하고 서서 히 걸었다. 그는 또 간절히 빌었다. 이번에는 하늘이 아닌 구조 당국이었다. 그의 입에서 어울리지 않은 존칭이 흘러나왔다.

"구조 당국님, 제발 우리 성원이 좀 살려주십시오."

또 날이 밝았다. 날이 밝았는데도 용만은 가족 대기소에서 나오지 않고 있었다. 가족 대기소의 분위기는 시간이 지날수록 자포자기의 분위기로 변 해가고 있는 것 같았다. 모포를 머리끝까지 올린 용만은 눈을 감은 채 들려 오는 소리에 귀를 기울였다. 문득 용만은 들려오는 소리가 이상하다는 생각 이 들었다. 그것은 분명 참담한 이곳과 결코 어울리지 않는 말투와 웃음소 리였기 때문이었다. 궁금증을 참지 못한 용만이 모포를 살짝 내려 웃음소 리가 들려오는 곳으로 눈을 돌렸다. 한쪽에 모여 있는 사람들은 모두가 여 자들이었고, 말하는 여자들의 얼굴엔 모두 웃음이 가득 담겨 있었다.

"우리 애는요, 오지랖이 얼마나 넓었는지 아세요? 우리 애 친구들이 올 때 마다 내가 얼마나 음식을 준비해야 했는지 일주일이 멀다하고 친구들을 집 으로 데려와서는…."

"우리 애는 모자가 얼마나 많은지 몰라요. 어떤 때는 친구들이 밤늦게 모 자를 빌리러 오기도 하고…."

모두 다 웃는 얼굴이었다. 순간 용만은 무언가 느껴지는 게 있었다. 저것 은 자식의 기억을 더듬어 참담한 현실을 부정하기 위한 수단인 것 같았고, 어쩌면 다시는 볼 수 없을 것 같은 자식을 조금이라도 붙잡아두고 싶은 심 정인 것도 같았다. 용만은 엄마들이 마음의 준비를 하고 있는 것이라고 생 각했다. 다시 모포를 끌어올린 용만은 성원이와의 추억을 더듬어 보았다. 그러나 도무지 이렇다 할 추억이 떠오르지 않았다. 애써 기억을 더듬은 용만이 간신히 한 가지를 떠올렸다. 이어서 녀석의 목소리가 귓전으로 늘리는 것 같았다.

"삼촌, 나 방학했는데 집에 와서 용돈 좀 줘."

웃음과 울음이 동시에 담긴 용만의 얼굴이 기묘하게 일그러졌다. 머리끝까지 뒤집어쓴 모포가 약간 흔들리는 것 같았다. 간신히 감정을 수습한 용만이 사고대책상황실로 향했다. 팽목항에서 6일째를 맞은 용만의 얼굴은 시커멓게 그을려 있었고, 인정 없는 바다는 그의 얼굴과 가슴을 더욱 시커멓게 만들어 가고 있었다. 사고대책상황실 앞에 들어선 용만은 뭔가 다름을 알아챘다. 수많은 방송용 카메라가 눈에 띄게 줄어 있었다. 용만은 그 이유를 알 수 있을 것 같았다. 그때 마침, 학부모로 보이는 남자가 카메라를 짊어진 한 기자에게 삿대질을 하며 소리를 높이고 있었다.

"카메라 치워요! 당신들 여기 있는 사실을 있는 그대로 보도하는 것도 아니잖아. 지금까지 우리한테 한 인터뷰는 왜 안 보내주고 있는 건데? 그런 거짓 방송 하려면 카메라 치워요. 부숴버리기 전에."

"자, 여러분! 우리는 이제 더 이상 우리나라 기자들을 믿을 수 없습니다."

대표단의 구성원으로 보이는 한 남자가 마이크를 잡고 외쳤다.

"여기 있는 우리나라 기자들은 앞으로 찍지 마세요. 카메라 당장 거두세요. 그리고 우리는 이제 외신 기자만 상대할 겁니다. 외신 기자들 앞으로 나오세요."

남자의 말에 국내 기자들이 물러나고 외신 기자들의 방송 장비가 사고대책상황실 앞으로 설치되기 시작했다.

"외신 기자님들, 여기 있는 그대로를 보도할 거면 그대로 있으시고, 아니면 뒤로 물러나 주세요."

언론에 대한 불신이 극도로 치달은 실종자 가족들이 돌아다니면서 기자들을 몰아냈다.

그 시각, 어머니의 제사를 지낸 근호는 서울로 향하기 전, 다시 한 번 팽목항에 들렀다. 가족 대기소를 돌며 실종자 가족들과 몇 마디를 나눈 후 그는 주차장으로 향했다. 근호는 남자가 연신 말하는 '우리나라'라는 말을 되짚어 보았다. 우리나라, 우리나라. 그는 속으로 몇 번을 부르짖었다. 그러자 평소에 느낄 수 없는 감정이 목구멍까지 치고 올라왔다. 과연 여기 있는 실종자 가족들이 우리나라 사람인가, 아니면 다른 나라 사람인가. 설령 이들이 다른 나라 사람들이라고 해도 언론은 중립을 지켜야 한다. 저 남자는 이 와중에도 우리나라를 말하고 있다. 그러나 언론은, 정부는 가족의 생사를 위해 몸부림치는 이 사람들을 과연 우리나라 사람들로 생각하고 있는 것인가. 무엇이 이 사람들을 이렇게 만들었단 말인가. 근호의 목구멍이 뜨거워졌다. 팽목항을 뒤로하고 주차장으로 향하던 그는 이미 색깔을 잃어버린 자신의 운동화를 다시 한 번 내려다보았다. 운동화를 한참 바라보던 그의 눈가가 촉촉하게 젖어드는 것 같았다.

11

청와대 고위 공무원
김현태의 시각

막 서울로 진입하려던 근호의 승용차가 방향을 틀어 과천 정부청사로 향했다. 그의 행동으로 보아 약속이 정해지지 않은 누군가와 만나고 싶은 모양이었다. 잠시 후, 정부청사 앞에 차를 세운 그는 휴대전화를 꺼내 통화를 시도했다. 하지만 상대방의 전화는 계속 통화 중이었다. 서울로 오기 전부터 시도했던 통화는 쉽게 이루어지지 않고 있었다. 그도 그럴 것이 모든 공무원들은 비상시국에 대비해 비상대기 상태였고, 업무의 초점은 거의 세월호 사고에 맞춰져 있었다.

근호도 그것을 모르는 바가 아니었다. 하지만 참담한 팽목항의 상황과 실종자 가족들을 직접 보고 온 그는 청와대 고위 공무원으로 재직하고 있는 친구 현태의 목소리라도 꼭 듣고 싶었다. 그 참담한 마음이 집으로 향하던 그의 발길을 이곳으로 돌렸던 것이다.

십여 번의 통화 시도에도 끝내 통화를 할 수 없었던 근호는 지친 발을 이끌고 자신의 승용차로 향했다. 안락한 승용차의 쿠션이 그의 피곤한 몸을 포근히 감싸 주는 것 같았다. 순간 그는 무엇이 생각났는지 자세를 바로 했다. 근호는 귓전으로 들리는 소리에 의식을 집중했다. 그것은 팽목항의 파도 소리에 실린 실종자 가족들의 울음소리였다. 잠깐 느꼈던 편안함이 너무 미안하게 느껴졌다.

그때 현태로부터 전화가 걸려왔다. 어렵게 약속 시간을 잡은 그는 바로 약속 장소로 향했다. 식당에 들어선 근호는 두리번거리며 현태를 찾았다. 하지만 현태의 모습은 아직 보이지 않았다. 두리번거리던 그의 눈에 빈자리가 들어왔다. 먼저 자리를 잡은 그가 물 한 잔을 마시고 컵을 내려놓을 때 현태가 모습을 드러냈다.

"근호, 오랜만이야."

손을 내미는 현태의 얼굴은 반질반질하게 윤기가 흘렀다. 잘 빗어 넘긴 그의 머리가 고위 공무원의 직책과 잘 어울려 보였다. 근호가 그의 손을 살며시 잡았다 놓았다.

"무슨 일로 나를 보자고 했나?"

"나, 팽목항에 내려갔다 왔네."

"그렇구먼. 자네가 전화를 했을 때 이미 짐작은 했었어. 자네라면 능히 그러고도 남을 사람이지."

"그러고도 남을 사람이라니?"

"아니야, 별 뜻 없이 한 말이야."

이윽고 테이블에 식사가 오자 두 사람은 한동안 아무 말 없이 식사에만 열중했다. 하지만 근호는 숟가락을 몇 번 움직이더니 이내 테이블에 살며시 내려놓고 현태의 먹는 모습을 유심히 바라보았다.

"왜, 더 먹지 않고…."

"별로 생각이 없네."

"근호, 자네가 지금 무슨 생각을 하고 있는지 나도 알아."

"그럼, 한 가지 물어보겠네. 자네는 청와대 고위 공무원이니 이번 세월호 사고 대책에 대해 잘 알고 있을 것이라 믿네.

현태가 숟가락을 내려놓고 근호와 눈을 맞추었다.

"사고 당일부터 청와대에서는 무슨 대책을 세우고 있었던 건가? 자네도 알다시피 지금까지 구조자가 단 한 명도 없어. 아니, 생존자 확인도 못하고 있어. 이게 대체 어찌된 일인가."

현태가 얼굴을 조금 찌푸리는 것처럼 보였다. 그도 그럴 것이 그는 근호와 같은 질문을 수도 없이 받아왔기 때문이었다.

"청와대가 지금 두 손 놓고 가만히 보고만 있다고 생각하나? 우리도 최선을 다하고 있네. 하지만 그게 말처럼 쉬운 일이 아니야. 생각해 보게. 예를 들어서 중소기업 안에도 수많은 부서가 존재하고 있어. 즉 업무 분담이지. 총무부에서 하는 일을 다른 부서에서 알 수 있다고 생각하나? 우리 국민들은 무슨 일만 터지면 청와대 운운하며 대통령까지 물러나라고 하는데 지극히 감정적이고 몰지각한 발상이야."

"이봐, 현태. 내가 묻는 건, 그 위급 상황에 재난 대책이 제대로 작동했는가를 묻는 거야."

현태가 잠시 뜸을 들인 후 입을 열었다.

"어떤 대답을 원하는 건가. 좋아, 그렇다면 이 자리에서 분명히 말해 두겠네. 청와대는 재난대책컨트롤타워가 아니야. 이 사실은 자네뿐만이 아니라 우리 국민이 알고 있어야 해. 그리고 사고는 지금 이 시간에도 일어나고 있고, 앞으로도 계속 일어날 것이야. 그때마다 정부가 사고의 모든 책임을 져야 하고 대통령이 물러나야 한다는 말인가? 말도 안 되는 억지일 뿐이야. 그렇게 감정적으로만 세상을 바라본다면 국가의 존립 자체가 위협에 처할 수 있어. 이성을 저버리고 감정을 앞세운 행동은 합리적인 결과를 도출할 수 없는 법이야."

순간 충격을 받은 근호는 어떤 말도 할 수 없었고, 어떤 행동도 취할 수 없었다. 어떻게 고위 공무원의 입에서 저런 말이 나올 수 있는가. 잠시 멍하니 있던 근호는 현태를 똑바로 응시했다. 그의 눈동자는 마치 전의에 불타는 것처럼 빛을 뿜었다.

"지금, 그걸 말이라고 하는가? 자네 말대로 사고는 언제 어디에서도 일어날 수 있는 게 사고야. 하지만 사후 대책이 중요했어. 우왕좌왕으로 초동 대처 대실패를 불러왔고, 늦장 대응으로 실종자들을 구조할 수 있는 시간을 전부 놓쳐 버렸어. 초동 대처와 구조를 누가 해야 하는가. 피해자가 해야 하는가? 아니면 실종자 가족들이 해야 하는가? 그건 국민의 안전과 생명을 보호해야 하는 정부의 책임인 동시에 의무인 것이야. 의무와 책임을 다하지 못한 정부, 국민의 안전과 생명을 보호해주지 못하는 정부는 존재할 가치가 없어."

"이봐, 근호!"

참다못한 현태가 언성을 높이며 눈을 사납게 치켜떴다.

"내 얘기 아직 안 끝났어!"

근호가 언성을 높여 현태의 사나운 눈초리를 맞받았다.

"자네, 조금 전에 재난대책컨트롤타워가 청와대가 아니라고 말했지. 좋아, 그렇다고 해 두지. 설령 청와대가 재난대책컨트롤타워가 아니라고 하더라도 진정 국민을 위한 정부라면 재난대책컨트롤타워의 작동 상태를 수시로 점검하고 관리해 만반의 준비를 했어야 해. 국민의 생명과 직결된 대책을 소홀히 했다는 건, 어떤 이유로도 용납될 수 없고 명백한 직무유기를 한 셈이야."

근호의 전의에 불타는 눈빛은 쉽게 걷히지 않았다.

"이봐, 근호. 자네의 직설적이고 감정적인 말투는 여전하군. 자네가 왜 교수직에서 물러날 수밖에 없었는지 생각해 봤나?"

"여기서 왜 내 과거를 꺼내고 그러는가. 말 돌리지 말게."

"내가 말하고 싶은 건… 좋아, 초동 대처 실패와 늦장 내응은 우리 정부도 뼈저리게 느끼고 있는 부분이야. 그래서 대통령은 이미 지나간 뼈아픈 과거를 인정하고 그것을 치유하고자 자진해서 진도체육관으로 내려갔어. 그곳에서 실종자 가족들을 직접 만나 마치 자신의 일인 양 같이 슬퍼하고 위로하면서 사고 수습에 만전을 기하겠다고 약속했지. 우리 정부도…"

"자네, 말 한번 잘했네."

근호가 현태의 말을 자르며 나섰다.

"대통령은 진도체육관을 방문하고 팽목항은 방문하지 않았어. 아마도 측근들이 대통령의 팽목항 방문은 위험하다고 판단했겠지. 자네도 부인하지 못할 것이야. 하지만 팽목항의 실종자 가족들은 대통령의 방문을 애타게 기다리고 있었어. 그 상황에서 실종자 가족들이 누구를 믿고 누구를 의지할 수 있겠나. 실종자 가족들의 비통함을 모르는 정부의 그릇된 판단이야. 이것이 과연 과거의 치유를 염두에 둔 정부라고 볼 수 있겠나?"

이미 현태의 얼굴은 금방이라도 폭발할 것처럼 붉게 변해 있었다. 하지만 말문이 막힌 그는 근호만 노려본 채 미동도 하지 않았다.

"이봐, 현태. 국가는 국민을 보호해야 한다는 개념은 동서고금을 막론한 절대개념인 것이야. 이 절대개념을 벗어난 사회질서는 유지될 수 없고, 존재할 수도 없는 법이지. 지금 국민적 분노의 시선이 정부를 향해 있어. 이것이 무엇을 말하고 있는지는 자네도 잘 알 것이야. 정부를 불신하는 국민과, 국민의 불신을 이성을 배제한 감정으로 받아들이는 정부는 양립할 수가 없는 것이네. 즉 국민의 감정적인 대응이 국가 존립의 위협이 될 수 있다는 논리는 국민이 만든 것이 아니라 정부가 자초한 것이야."

"뭐? 정부가 자초한 것이라고? 이봐, 근호!"

화를 참지 못한 현태는 자신도 모르게 고성을 터트렸다. 사나운 눈으로 잠시 근호를 바라본 현태는 주변을 의식했는지 목소리를 약간 낮추었다.

"어떠한 이유로도 폭력적인 방법은 용납될 수 없어. 모두가 공감하기 어려운 개념 논리를 앞세워 불순의 감정을 가지고 세월호 사고를 정부의 책임인 양 유언비어를 터트리는 세력은 엄단 조치를 할 것이야. 이는 곧 사회질서를 무너뜨리면서 국가를 부정하는 행위이고, 결코 용납될 수 없는 폭력적인 방법이라는 것을 근호 자네도 명심해야 해."

"지금 나를 위협하는 건가?"

"잘 알고 있는 사실을 위협으로 받아들이는 자네의 말투부터 고쳐야 해. 그것 또한 언어적인 폭력이야."

"언어적인 폭력이라구?"

잠시 말을 멈춘 근호가 깊은 숨을 내쉬고 다시 입을 열었다.

"이봐, 지금 안전과 생명의 보호에 위기를 느낀 성난 군중의 외침을 국가를 부정하는 행위라고 말했나? 자네는 뭘 몰라도 한참을 모르고 있어. 국가를 떠난 국민은 있을 수 없고, 국민을 떠난 국가는 존재할 수 없어. 하지만 정부는 달라. 성난 군중의 외침은 국가를 부정하는 게 아니라 정부를 부정하는 것이야. 다시 한 번 말하지만 의무와 책임을 다하지 못한 정부는 더이상 존재할 가치가 없어."

화를 참지 못한 현태가 테이블을 내리치고 일어섰다. 그의 주먹 쥔 손이 부르르 떨렸고, 이를 앙다문 모습이 가까스로 감정을 통제하는 것 같았다.

"근호, 세상이 그렇게 자네 뜻대로만 돌아갈 것이라고 생각하나? 예나 지금이나 자네의 근성은 하나도 변하지 않았어. 그런 삶은 자네만 고달플 뿐이야."

"자네도 말을 돌리는 버릇은 여전하군. 아니 그전보다 더 능숙해진 것 같아."

"난 바빠서 이만 가 봐야겠네. 다음에 보세."

말을 마친 현태는 바쁜 걸음으로 식당을 벗어났다. 근호는 현태의 뒷모습에서 결코 좁혀질 것 같지 않은 이질감을 느낄 수밖에 없었다.

가속 대기소를 나와 누군가로 양하년 용만의 눈에 학부모내뇨난의 안 사람과 대화를 주고받는 매제가 들어왔다.

"조 서방, 여기 있었네?"

"형님, 나오셨습니까."

자리에 다다른 용만이 학부모대표단의 한 남자에게 고개를 숙였다.

"과연, 구조 당국이 처음부터 구조할 생각이 있었을까요?"

용만이 땅바닥에 주저앉으며 학부모대표단의 남자에게 물었다. 용만이 물은 것은 세월호가 침몰하자 구조 당국은 구조 대책이 아닌 인양 대책으로 방향을 잡고 있었다는 소문에 근거한 것이었다.

"처음부터 구조 대책은 없었을 겁니다. 에어포켓도 거짓이었고, 연일 투입되는 구조 장비도 생존자를 구조하기에 적합하지 않은 장비들만 있었으니까요."

남자가 무겁게 대답했다.

"맞습니다. 이건 구조 작업이 아니라 인양 작업이었다니까요."

매제가 분에 받쳐 말했다.

"우리나라 기자들도 문제입니다. 매스컴을 보면 전부 다 해경의 브리핑 내용만 방송에 내보내고, 우리의 입장은 전혀 내보내지 않고 있잖아요. 그렇다고 해경이 브리핑의 내용대로 구조 작업을 하고 있는 것도 아닌데. 도대체 누구의 사주를 받고 있는지…."

남자는 속이 타는지 담배를 빼 물고 연신 말했다.

"생존자가 있다고 하더라도 수면까지 올라오는 도중에 수압 차로 인해 죽을 수도 있다고 합니다. 해경은 생존자를 발견하면 훈련을 시켜 수면으로 구조한다고 하는데, 하지만 생각해 보세요. 배 안에서 며칠을 굶고 지친 사람들에게 단 몇 분간의 훈련으로 구조할 수가 있다는 건, 어불성설이고 현실적으론 불가능하답니다."

"구조 당국은 처음부터 알고 있었을 겁니다. 그래서 구조가 아닌 인양 쪽으로 방향을 잡았던 거고."

"모든 수단과 방법을 동원해 최선을 다한다고 말했죠. 그리고 사고 당일 몇백 명의 잠수사가 동원됐다고도 했죠. 하지만 모두 다 허위로 밝혀졌잖아요."

용만은 모두가 울화통이 터지는 매제와 남자의 대화를 더 이상 듣고 싶지 않았다. 자리를 털고 일어선 용만이 힘없는 발걸음으로 다시 가족 대기소로 향했다.

그렇게 또 얼마나 시간이 흘러갔을까. 용만에게 팽목항은 시간 속에 존재하는 세상이 아니었다. 아니, 그렇게 되길 소망했다. 그러나 팽목항은 아랑곳없이 자신만의 시간을 계속 돌리고 있었다.

그즈음, 실종자 가족들에게 또 하나의 희망적인 소식이 들려왔다. 다이빙벨이 그것이었다. 다이빙벨이라는 생소한 용어를 처음 접한 용만은 그것을 어떤 용도로 사용하는지 몰랐다. 하지만 지금까지의 구조 작업과는 다른 획기적인 구조 방식이 될 거라는 것쯤은 짐작할 수 있었다.

"다이빙벨이 어떤 건가요?"

"특수한 잠수 장비랍니다. 유속에 상관없이 물속에서 오랜 시간 동안 버틸 수 있고, 무엇보다도 잠수 시간이 20시간이나 가능하다고 합니다. 다이빙벨이 투입되면 우리 아이들의 생존 여부를 알 수 있다고 들었어요."

용만의 물음에 한 남자가 대답했다.

"그리고 다이빙벨을 가져오신 분이 직접 잠수해서 구조 활동 상황을 실시간으로 우리한테 보여주겠답니다. 그분은 억대의 자비를 들여 이곳으로 왔다고 하네요."

"억대의 자비요?"

용만은 만약 그 사람이 앞에 있었다면 큰절이라도 올리고 싶은 심정이었다.

"그러면 어서 빨리 투입시켜야죠."

"해경의 허가가 떨어지면 바로 투입할 수 있다고 합니다."

"무슨 또 허가를 받아야 한다는 겁니까? 시간을 다투는 시급한 상황에서 절차쯤은 생략하든가, 아니면 현장 지휘관의 권한으로 넘기든가 해야지 또 시간을 지체한다는 말입니까?"

용만의 불만은 당연한 것이었다. 울분이 터지는 상황은 사고 당일부터 지금까지 하나도 달라진 게 없었다. 그렇게 실종자 가족들은 울분이 터지는 상황에서도 다이빙벨의 투입을 기대하며 희망의 끈을 놓지 않았다. 이미 싸늘한 시신으로 들어와 있는 성원이를 까맣게 모르고 있는 용만의 가족도 다이빙벨의 투입을 기대하며 제발 살아 있기만을 두 손 모아 염원하고 있었다. 절대로 이루어질 수 없는 희망의 끈을 놓지 않은 채.

'성원아, 조금만 참고 기다려라. 다이빙벨이 곧 투입된다고 하니까 조금만 기다려. 꼭 살아 나와서 멋지게 무용담을 들려줘야지. 너, 삼촌한테 자랑하는 거 엄청 좋아하잖아. 그러니까 이놈아, 꼭 살아서 나와야 한다. 너한테 가벼운 삼촌, 또 한 번 업어줘야지. 아니, 거기서 살아 나오면 삼촌이 업어줄게.'

"하하하."

속말을 멈춘 용만은 마지막에 가서 자신만이 들을 수 있는 작은 소리로 웃었다. 그것은 분명 의심할 여지가 없는 웃음이었다. 비참한 상황에서 결코 어울리지 않을 것 같았지만, 그 웃음 속에는 그만이 바라고 원하는 무언가가 있었다. 그것은 오로지 조카의 생존을 위한 바람과 소원이 담긴 그만의 주술적인 의미가 깃든 것이었다. 그의 웃음은 모든 신(神)들에게 바라고 또 바라는 주술적인 의미가 담긴 주문에 가까웠던 것이었다. 간신히 웃은 용만이 일어서려고 할 때 전화가 걸려왔다.

"큰오빠, 지금 아름이하고 록이가 오고 있대."

아마도 아이들을 돌보고 있던 아버지가 데리고 오는 모양이었다. 용만이 아버지를 떠올리는 순간, 동시에 떠오르는 사람이 있었다. 돌아가신 어머니였다. 그 순간 안도의 감정과 슬픈 감정이 동시에 교차했다. 성원이를 유난히도 좋아하시던 어머니였다.

'만약, 엄마가 여기 있었다면…'

생각만 해도 끔찍했다. 용만은 떠오르는 생각을 멈추려고 했지만 쉽지 않았다. 어머니가 돌아가신 게 천만다행이라는 불효막심한 생각까지 들 정도였다. 생사를 모르는 녀석의 실종과, 이 모습을 지켜봐야 하는 어머니. 끊임없이 녀석의 이름을 목 놓아 부르는 어머니. 감성이 풍부한 어머니는 평소에도 눈물이 아주 많은 분이었다. 그런 어머니는 분명 쓰러져 일어나지 못했을 것이다. 용만은 그런 상황을 감당할 자신이 없었다.

"큰오빠, 듣고 있어? 큰오빠?"

용만이 무수히 떠오르는 생각으로 대답이 없자, 여동생이 재차 불렀다.

"어."

용만의 대답은 단 한마디였다. 아름이와 성록이가 오고 있다는 사실에 어떤 말도 할 수 없었다. 차라리 타고 오는 버스가 고장 나서 오지 못했으면 하는 생각까지 들 정도였다. 어쩌면 그것은 생각이 아니라 바람이었는지도 모를 일이었다. 그렇게 또 몇 시간이 흘러 용만의 바람을 깨고 아름이와 성록이가 도착했다.

"아버지, 오셨어요?"

아버지에게 간단히 인사한 용만은 얼른 옆으로 돌아서 쪼그려 앉아 성록이와 눈을 맞추었다. 그런데 이상하게도 어떤 감정이 일어나지 않았다. 그것은 녀석의 평소와 같은 표정이 감정을 자극하지 않은 것 같았다. 하지만 녀석은 표정만 평소와 같았을 뿐 행동은 분명히 달랐다. 며칠씩이나 떨어져 있던 엄마와 아빠를 보면서도 웃음을 지어 보이지 않았고 눈을 맞추지도 않았다. 평소 같았으면 한달음에 달려가 엄마 품에 안겼을 녀석이었다.

"록아, 삼촌 손잡아야지."

일어선 용만의 손으로 성록이의 작은 손이 들어왔다. 앙승맞고 보느라운 손이었다. 순간, 용만의 눈에서 주체할 수 없는 눈물이 숫구치기 시작했다. 녀석의 작은 손을 잡고 가족 대기소로 향하는 용만은 터져 나오는 울음을 참을 수가 없었다. 양옆으로 즐비하게 늘어선 구호용 천막 길이 너무나 길게 느껴졌다. 용만의 손을 꼭 잡은 성록이는 아무 말 없이 앞만 보고 걸었다. 녀석의 꾹 다문 작은 입술은 가족 대기소로 들어갈 때까지도 끝까지 열리지 않았다. 가족 대기소로 들어온 성록이는 어떻게 알았는지 핫팩(휴대용 손난로)을 덥석 집어 들더니 성원이의 사진 앞으로 다가갔다. 잠시 형의 사진을 물끄러미 바라본 녀석은 핫팩을 형의 사진에 살며시 올렸다. 떨어지지 않을 것 같은 녀석의 입에서 한마디가 흘러나왔다.

"형아, 물속에 있어서 춥지? 이거 덮어 줄게."

아들을 서울로 올려 보낸 친구는 가족 대기소와 부두를 부지런히 오가며 쓰레기 수거를 게을리하지 않았다. 부지런히 오가는 그의 손에는 쓰레기가 한가득 들려 있었고, 집게를 잡은 손은 시커멓게 변해 있었다. 쓰레기는 치워도 치워도 끊임없이 나와 그의 손을 바삐 움직이게 하였다. 그는 잠시 자신의 손에 들린 쓰레기봉투를 내려다보았다. 찌그러진 깡통과 먹다 버린 음식물이 봉투 안에서 뒤죽박죽 섞여 있었다. 그것은 분명 쓰레기였다. 하지만 쓰레기는 재활용을 거쳐 다른 모습으로 거듭날 수 있는 기회가 주어질 수 있다. 그 기회를 놓친다면 쓰레기는 영원히 쓰레기로 남을 것이다.

이윽고 쓰레기에서 눈을 뗀 친구의 시선이 브리핑을 하고 있는 가족대책본부로 향했다. 가족대책본부 앞은 운집해 있는 실종자 가족들로 가득 차 있었다. 아마도 해경의 구조 작업 브리핑이 시작되고 있는 것 같았다. 친구의 두 발이 사고대책본부 앞으로 천천히 움직였다. 그의 손에서 버리지 않은 쓰레기봉투가 몹시 흔들렸다. 자리를 잡은 친구는 해경의 브리핑 내용에 귀를 기울였다.

"오늘 최고의 수색 성과를 거두기 위해서 총력을 펼치려고 했지만 기상 조건이 여의치 못한 관계로 수색 성과를 올리지 못한 점 양해 말씀 드리겠습니다."

해경 간부의 브리핑 내용에 많은 가족들과 찬구의 입에서 깊은 한숨이 흘렀다.

'그럼 기상 조건이 좋았던 날은 구조 성과를 올리기 위해 어떤 노력을 했단 말인가. 초동 대처만 잘하고 우왕좌왕만 안 했어도 지금과 같은 상황은 벌어지지 않았어!'

찬구는 튀어나오려던 말을 간신히 참고 속말로 대신했다.

"우선 브리핑 자료를 말씀드리겠습니다. 금일 구조 작업은 함정 192척, 해상기 31대를 동원하여 해상 수색을 실시하였고, 수중 가이드라인을 설치했습니다. 그 이후, 강한 조류로 인하여 수중 수색에 상당한 제약을 받았습니다…"

브리핑을 듣고 있는 찬구는 속이 부글부글 끓었다. 해경의 브리핑 내용은 한결같았다. 말만 조금 다를 뿐 내용은 변함이 없었다. 정말 구조 작업에 최선을 다하고 있다는 말인가. 구조 작업은 최악의 상황으로 치닫기 전에 신속하게 이루어졌어야 했다. 이미 배가 가라앉은 상황은 최악의 상황이다. 최악의 상황이 펼쳐지기 전에 모든 장비와 구조 인력을 최대한 급파해 최악의 상황을 지연시켜야 했다. 과연 대한민국이라는 나라에 세월호 침몰을 지연시킬 만한 장비와 기술이 없단 말인가. 찬구는 심히 의심스러웠다. 만약 충분한 구조 장비와 기술이 있었는데도 불구하고 제대로 된 지휘 체계가 잡혀 있지 않아 임무를 수행하지 못했다고 한다면, 그것은 명백한 국가적 직무유기에 해당되고, 국가적 수치를 드러낸 셈이었다. 또한 구조 장비와 기술이 없었다고 한다면 그것은 대한민국이라는 나라가 국민의 안전 대책에 너무 소홀한 나라임을 자처하는 것이었다. 국가는 국민을 위해 존재한다. 그렇지만 전 국민이 지켜보고 있는 팽목항 어디에서도 국가의 존재 이유를 찾기 힘들었다.

찬구는 무수히 떠오르는 생각으로 해경의 브리핑 내용이 더 이상 귀에 들어오지 않았다. 반면 그의 눈으로 너무나 위급했던 사고 해역이 잠시 들어왔다가 사라졌다. 눈을 내린 그는 잠시 쓰레기봉투를 내려다보았다. 이내 등을 돌리는 그의 손에서 쓰레기봉투가 출렁거렸다.

"오빠, 오빠, 일어나 봐."

용만은 정은이가 부르는 소리에 머리까지 덮고 있던 모포를 살며시 내렸다. 사촌 동생 정은이는 초등학교 1학년과 2학년의 어린 아들 둘을 키우는 엄마였지만, 아이들을 친정집에 맡기고 팽목항에 내려와 있었다. 용만은 정은이만 생각하면 늘 미안한 마음이 앞섰다. 정은이는 조카들을 제 자식처럼 귀여워해주고 잘 챙겨주며 자주 왕래를 했었다. 하지만 언제부턴가 관계가 소원해졌다. 용만은 몇 달 전에 성원이를 불러놓고 말한 바 있었다.

"성원아, 정은 이모가 너희들 잘 챙겨준 거 알고 있지? 그러니까 정은 이모한테 전화라도 가끔 해 줘."

"나도 그러고 싶은데, 막상 전화하려고 하면 할 말이 없어서 그게 잘 안 돼."

"그래도 이놈아, 정은 이모가 많이 서운해하고 있으니까 연락 한번 해야지. 그리고 너 어렸을 때 정은 이모하고 팔씨름도 많이 했었잖아. 이제는 네가 팔씨름을 거뜬히 이길 수 있으니까 전화해서 팔씨름 한번 하자고 그래."

"알았어. 전화 한번 할게."

성원이가 배시시 웃으며 대답했다.

"자, 삼촌하고 약속해."

하지만 녀석은 용만과의 약속을 지키지 못할 것처럼 보였고, 녀석의 이모는 사랑하는 조카의 전화를 영원히 받을 수 없을 것처럼 느껴졌다.

"오빠!"

재차 부르는 정은이의 소리에 용만은 불길한 생각을 멈추고 몸을 일으켰다.

"죽이라도 좀 먹어."

바라보니 자원봉사자들이 가족 대기소를 부지런히 오가며 죽과 음식을 나눠주고 있었다. 그것을 증명이라도 하듯 십여 개의 침상 밑에는 포장도 뜯지 않은 음식과 색깔이 변해가는 음식물이 수북이 쌓여 있었다. 하지만 실종자 가족들에게 수북이 쌓인 음식물은 별 의미가 없는 것처럼 보였다.

"생각 없어."

다시 자리에 누우며 힘없이 말한 용만의 눈에 초췌한 여동생의 모습이 들어왔다. 순간 용만은 무엇을 생각했는지 다시 몸을 일으켰다.

"죽 좀 줘 봐."

죽을 받아든 용만은 천천히 숟가락을 움직였고, 김밥의 포장을 풀었다. 맛 자체를 전혀 느낄 수 없었다. 그렇지만 용만은 음식물을 계속해서 목구멍으로 넘겼다.

"자, 너도 먹어."

마지못한 여동생이 힘없는 손을 움직여 죽을 떠먹기 시작했다. 용만은 연신 눈물을 보이며 제대로 밥을 먹지 못하고 있는 여동생을 챙기고 싶었던 것이다. 억지로 죽과 김밥을 목구멍으로 넘기던 용만의 입에서 기침이 터졌다. 한 번 터진 기침은 쉽사리 가라앉지 않았다. 기침은 결코 급히 삼키는 음식물에 의한 영향만은 아닌 것 같았다. 눈물을 보이고 싶지 않은 용만은 급히 몸을 돌렸다.

"록이는?"

다시 돌아선 용만이 기침 섞인 목소리로 물었다.

"다른 가족 대기소로 갔어."

성록이는 이곳저곳을 분주하게 오가며 제 한몫을 하기에 바빴다. 자원봉사자들과 금세 친해진 녀석은 각 가족 대기소를 돌아다니며 신발 정리를 하고 있는 모양이었다. 형의 실종으로 실의에 빠져있을 것만 같았던 성록이는 팽목항으로 온 지 얼마 지나지 않아 아이의 모습으로 돌아가 천진난만하게 행동하고 있었다. 용만은 성록이의 밝은 모습에 한결 마음이 놓이는 거 같았다. 그때 마침 무릎까지 내려오는 자원봉사자의 푸른색 조끼를 입은 성록이가 가족 대기소 안으로 들어섰다. 녀석의 작은 손에는 손바닥이 붉은색으로 칠해진 작업 장갑이 덜렁거렸다.

"록이, 어디 갔다 왔어?"

슬픔과 귀여움이 묻어나는 용만의 물음에 성록이는 아무 대답도 하지 않고 제 엄마에게 다가가 눈을 맞추고 다시 돌아섰다.

"록아, 또 어디 가는데?

"일하러 가."

성록이는 짧은 한마디로 대답하고 이내 가족 대기소를 빠져나갔다.

그렇게 또 얼마간의 시간이 흘러 하얀 가운 차림의 의료진이 가족 대기소로 들어섰다. 이들 역시 순수한 마음으로 팽목항에 머물고 있는 자원봉사자들이었다. 이들의 손에는 주삿바늘이 매달린 링거 비닐 주머니가 들려 있었다.

"링거 하나 놔드릴까요?"

의료진들이 돌아다니며 실종자 가족들에게 주삿바늘을 꽂아 주었다. 이곳 팽목항에는 정부가 못하는 일, 아니 정부가 하지 않는 일을 자원봉사자들이 대신하고 있었다.

"너도 하나 맞아."

"그래, 언니도 하나 맞아."

용만과 정은이의 권유에도 여동생은 고개를 저었다.

그때였다. 누워 있던 실종자 가족들이 전부 고개를 들었다.

"삼가 고인의 명복을 빕니다. ○번째 희생자입니다. 푸른색 반바지에…,"

스피커에서 사망자의 성별과 인상착의, 옷차림이 흘러나왔다. 천장에 매달아 놓은 십여 개의 링거 비닐 주머니가 몹시 흔들렸다. 실종자 가족들의 안도의 숨소리와 비명을 머금은 가족 대기소가 순간 시간을 정지시켰다가 다시 돌려놓았다. 하루에도 몇 번이나 반복되는 상황이었다. 정말 피를 말리는 시간이 계속해서 흐르고 있었다.

"다이빙벨은 왜 아직 투입을 안 하고 있는 거야?"

가족 대기소를 나서는 용만의 원망 어린 말투였다. 용만은 잠시 다른 가족 대기소에 들러 신발 정리를 하고 있는 성록이를 확인하고 부두로 향했다.

실종자 가족들의 옷차림은 많이 변해 있었다. 정확히 말하면 변한 것이 아니라 겉옷을 벗어놓은 상태가 맞는 표현이었다. 팽목항의 한낮 햇볕은 따가웠다. 불과 며칠 사이의 변화였다. 하지만 밤이 되면 상황은 달라졌다. 일교차가 심한 팽목항은 실종자 가족들의 옷차림까지도 제멋대로 조종하고 있었다.

부두로 향하는 용만의 귓가에 처량한 목탁 소리와 경(經) 읽는 소리가 들려왔다. 이곳 팽목항에는 천주교와 불교, 기독교 등 각 종교 단체가 실종자 가족들을 위해 저마다의 방식으로 봉사 활동을 하고 있었다. 만약 이런 봉사가 이루어지지 않았다면 실종자 가족들은 가족의 생사를 확인하기도 전에 자신들의 생사가 위태로워졌을 거라는 사실을 부정할 수 없을 것이다. 이루 말할 수 없이 고마운 사람들이었다.

부두와 가까워질수록 목탁 소리가 점점 크게 들렸다. 부두 선착장 근처에 자리 잡은 스님이 바다를 향해 연신 절을 올리고 목탁을 두드렸다. 원혼을 달래주는 백일기도의 지성을 올리는 중이었다. 스님의 재단 위에는 실종자 가족들이 올린 음식물이 수북했다. 그 모습을 바라보는 용만은 어떤 마음의 감사도 표하지 않았다. 스님의 기도에 감사하다는 마음은 곧 성원이의 죽음을 인정한다는 것과 다름없다고 생각한 것이었다. 또한 스님의 재단에 음식물도 올리지 않았다. 아니 올릴 수가 없었다. 그것 또한 녀석의 죽음을 인정하는 것이므로. 용만은 이미 인정했어야만 되는 상황에서 절대로 이루어질 수 없는 이미 사라진 희망을 까맣게 모르고 있는 것이었다. 슬픈 눈으로 스님의 기도를 잠시 바라본 용만은 힘없이 어깨를 축 늘어뜨렸다. 어느새 태양을 집어삼킨 팽목항의 바다가 붉게 변해 있었다.

"식사는 좀 했어요?"

돌아보니 햇볕에 시커멓게 그을린 얼굴의 ○○이 아빠가 옆에 서 있었다. ○○이는 조카와 가장 친한 단짝 친구였다. ○○이 아빠는 이곳 팽목항에서 처음 보았지만, 조카와 친한 ○○이는 용만도 익히 알고 있는 아이였다.

"아직…. 식사는요?"

얼버무린 용만이 되물었다.

"저도. 아직…"

단 세 마디로 대화를 끝낸 두 사람은 물끄러미 스님의 기도를 지켜보며 담배를 빼 물었다. 용만과 ○○이 아빠의 입에서 나온 담배 연기를 팽목항의 바람이 데리고 달아났다.

"저, 먼저 들어갈게요."

말을 마친 용만은 가족 대기소로 향했다. 이 넓은 세상에서 갈 곳은 없었다. 팽목항 세상 외의 다른 세상은 없는 것처럼 보였다. 과거에 있었던 자신의 인생이 하나도 없었던 것처럼 느껴지기도 했고, 마치 팽목항에서 태어나 팽목항에서 인생을 마무리해야 하는 기구한 운명을 타고났다는 비참한 생각이 들기도 했다. 하지만 아직까지 조카의 죽음을 까맣게 모르고 있는 그에게 팽목항의 세상은 전적으로 믿고 의지해야 할 대상임에는 분명했다.

용만은 곧바로 가족 대기소로 들어가지 않았다. 그저 발길 가는 대로 한참을 걸었다. 그때, 전화가 걸려왔다. 친구 ○○이 걸어온 것이었다. 초등학교 동창이자, 친구인 그녀는 동창생들의 애경사를 모두 챙겨주고 있는 고마운 존재였다. 그리고 세월호 사고 첫날 제일 먼저 전화를 걸어 위로의 말을 건네주기도 했으며 수시로 연락해 성원이의 기쁜 소식을 기다리는 친구였다. 간단히 안부를 물은 그녀는 용만이 잊고 있었던 기억을 말했다.

"너, 오늘 생일이더라."

목이 울컥했다. 그러고 보니 용만은 이곳 팽목항에서 어머니의 기일과 자신의 생일과 조카의 실종을 동시에 맞이하며 겪고 있었던 것이었다. 그리움과 축하와 비통함.

"여동생 잘 챙기고 있어. 친구들 모아서 내려갈게."

"고맙다."

갈라지는 목소리로 전화를 끊은 용만은 잠시 저물어가는 바다를 바라보았다.

그때, 여동생에게서 전화가 걸려왔다.

"큰오빠, 지금 사망자가 계속 들어오고 있대."

"알았어."

곧바로 몸을 돌린 용만은 가족 대기소를 향해 뛰기 시작했다. 가족 대기소가 그렇게 멀게 느껴지지 않을 수 없었다. 잠시 잠들어 있던 가족 대기소의 스피커가 저녁이 되면서 다시 깨어나기 시작한 모양이었다. 비통한 표정의 실종자 가족들이 분주하게 오가며 뛰어가는 용만의 몸을 스치고 지나갔다. 가족 대기소로 들어선 용만은 매제와 여동생을 확인하고 스피커의 소리에 귀를 기울였다. 실종자 가족들의 눈과 귀는 모두 스피커를 향해 있었다.

"삼가 고인의 명복을 빕니다. ○번째 희생자입니다. 학생으로 보이는 남자.

옷차림은…."

자식임을 짐작한 바로 앞의 학부모가 비통한 표정으로 일어섰다. 용만의 가족이 바로 앞에서 일어서는 가족을 말없이 지켜보았다. 희생자는 조카와 같은 반 친구였다. 스피커의 목소리는 멈추지 않았다.

"삼가 고인의 명복을 빕니다. ○번째 희생자…. 삼가 고인의 명복을 빕니다. ○번째 희생자…."

차라리 귀를 틀어막고 싶었다. 하지만 그렇게 할 수 없는 심정은 마치 고문 같았다. 계속해서 실종자 가족이 빠져나간 자리가 휑하니 느껴졌다. 시간이 흐를수록 실종자 가족들은 절대로 인정하고 싶지 않은 유가족으로 이름을 바꿔 달고 가족 대기소를 떠나갔다. 덩그러니 놓여 있는 구호물품과 먹다 남은 음식물이 유가족들이 빠져나간 자리를 대신 차지하고 있었다. 그제야 스피커의 목소리가 멈췄다. 아주 당연하게도 성원으로 짐작되는 희생자는 없었다.

이날 해경은 브리핑에서 이날부터 사흘간 조류가 가장 약한 소조기로 접어들었다면서 집중 수색이 있을 것이라고 설명했다. 아울러 승객이 가장 많이 있을 것으로 예상되는 식당과 노래방 등 편의시설이 있는 3층과 4층을 집중 수색하겠다고 덧붙여 말했다. 해경의 말대로 이날 수색 성과로 인양된 시신은 34구였으며, 사망자가 121명으로 늘어났다. 모두가 인양된 사망자였다. 단 한 명의 생존자도 없었다. 그것은 이미 예견된 일이었는지도 모를 일이었다.

빠져나가는 유가족들로 인해 가족 대기소 빈자리가 점점 늘어났다. 용만이 숙이고 있던 고개를 들었다. 유가족들이 빠져나간 자리를 바라보는 남아 있는 가족들의 눈길에서 어떤 일관성이 느껴졌다. 남아 있는 가족들의 눈길은 마치 부러움이 가득한 눈길인 듯했다. 도저히 있을 수 없는 눈길을 잘못 보았다고 생각한 용만은 그들을 다시 바라보았다. 그러나 그것은 결코 잘못 본 것이 아니었다. 자식을 찾지 못할 수도 있다는 불안에 떠는 가족들과 자식을 찾아서 떠나가는 가족들. 남아 있는 가족들의 눈길은 분명 부러움이었다. 세상에 어떻게 이런 부러움이 존재할 수 있단 말인가. 남아 있는 가족들은 부러운 마음으로 자식의 주검을 기다리고 있었던 것이었다. 그것도 아주 간절히.

12

기도는 차라리
이루어지지 않았어야 했다

용만은 양옆으로 조명등을 즐비하게 밝혀 놓은 세상을 걷고 있었다. 각종 식료품을 늘어놓은 천막과 휴대전화 충전소, 급식소가 차례로 지나갔다. 뜨거운 물이 담겨 있는 보온 물통에서 김이 피어올랐다. 모두 무료로 사용할 수 있고, 무료로 먹을 수 있는 것들이었다. 물자는 항상 떨어지지 않고 풍부했다. 아니 그것은 오히려 넘쳐나고 있었다. 수백 명의 사람들이 끊이지 않고 분주하게 오가는 세상에서 생활에 필요한 물건은 거의 모든 것이 준비돼 있었다. 그리고 이곳은 이 모든 것들을 무료로 사용할 수 있고, 무료로 먹을 수 있는 아주 독특한 세상이었다. 그러나 모든 것들을 마음대로 먹을 수 있고, 마음대로 사용할 수 있는 세상에서 무언가 빠진 것이 있었다. 그것은 웃음이었다. 웃음이 없고, 웃음을 잃어버린 수많은 얼굴들. 모든 물자가 풍부한 팽목항의 독특한 세상은 차라리 지옥보다 못한 세상이었다.

고개를 숙이고 한참 걷던 용만은 비로소 고개를 들었다. 주위를 둘러보던 그는 마치 못 볼 것을 보았는지 급히 몸을 돌렸다. 도착한 곳은 다름 아닌 사망자를 인양해 들어오는 부두였던 것이다. 내가 왜 여기까지 왔단 말인가. 한동안 떠오르는 생각으로 한참을 걷던 그는 자신도 모르게 이곳까지 온 것이다. 몸을 돌린 그의 발걸음이 빨라졌다.

"삼촌, 기다리고 계셨어."

아름이가 가족 대기소로 들어서는 용만을 보고 말했다. 바라보니 며칠 전 보았던 남자가 목례를 표했다. ○○일보 기자였다. 며칠 전, 밤 시간에 혼자 슬픈 모습으로 부두에 앉아 있던 아름이를 본 기자는 아름이에게 바로 인터뷰를 요청했고 〈보고 싶어요. 우리 오빠는 언제 올까요.〉라는 제목으로 기사를 작성 중이라고 했다. 기사를 쓰기 전에 용만에게 허락을 받으러 온 것이었다.

"기사를 써도 되겠습니까?"

"당신들 기자는 어떤 말을 한다고 해도 못 믿어요. 대체 기자들이 하는 일이 뭡니까? 처음부터 끝까지 거짓말만 늘어놓고…."

옆에 있던 매제가 기자를 향해 심한 불만을 표시했다.

"조 서방, 가만히 있어 봐."

용만이 매제를 만류했다.

"우리가 왜 이러는지 아실 겁니다. 이해해 주시구요."

"저희도 잘 알고 있습니다."

기자는 동의하는 듯 고개를 끄덕였다.

"기사가 정서적인 내용을 벗어나 정치적인 내용이 포함된다면 절대로 허락할 수 없습니다."

"그런 내용은 쓰지 않을 테니 안심하셔도 됩니다."

"그리고 기사를 내보내기 전에 완성된 기사를 저한테 메시지로 보내주세요. 그걸 보고 최종 결정을 해서 연락드리겠습니다. 그럼, 좋은 기사 부탁드립니다."

"알겠습니다. 허락해 주셔서 감사합니다."

그렇게 시간이 얼마 지나지 않아 용만은 한 통의 메시지를 받았다. 그것은 다름 아닌, 아름이와 용만의 가족에 대한 기사였고, 신문에 게재하기 전, 최종 허락을 받기 위한 기자의 메시지였다. 휴대전화에서 손을 거둔 용만은 매제와 여동생을 잠시 바라보고 몸을 일으켰다. 짐작으로 메시지는 분명 슬픔을 묘사했을 가능성이 크다고 보아야 했다. 용만은 차마 메시지를 매제와 여동생에게 보여줄 수 없어 잠시 망설이다가 바로 밖으로 나와 메시지를 열었다. 메시지를 읽어 내려가는 용만은 붉어진 눈시울을 몇 번이나 깜빡거렸다.

[진도 여객선 침몰 참사]

"보고 싶어요, 오빠가…. 우리 오빠는 언제 올까요."

엿새째 선착장에 앉아 있는 단원중 조아름 양.

알바로 처음 돈 벌어 몇만 원 뚝 떼어주던 오빠였는데….

소녀는 사람들이 분주하게 오가는 부둣가에 동그랗게 몸을 말고 앉아 있다. 검푸른 바다에 시선을 꽂은 채 두 시간이 넘도록 꼼짝도 않는다. 가만히 다가가

"누굴 기다려요?" 라고 묻자, 그제야 고개를 돌린다. 거친 바닷바람에 튼 작은 입술이 천천히 열린다.

"오빠요. 오빠가 보고 싶어서…"

소녀는 손에 꼭 쥐고 있던 스마트폰을 내보인다. 소녀를 닮은 소년이 사진 속에서 활짝 웃고 있다.

이내 울리는 전화벨 소리.

"여보세요. 나 지금 바다."

"또 거기 있어?"

엄마의 걱정 섞인 말에도 소녀는 자리를 뜨지 않는다.

"여기 있으면 오빠하고 조금이라도 가까이 있는 것 같아 마음이 편해요."

소녀의 시선은 다시 먼 바다로 향한다.

21일 오후 전남 진도군 임회면 팽목항. 벌써 엿새째, 열네 살 소녀 아름이는 팽나무 숲과 흐린 바다 사이 선착장 시멘트 바닥에 앉아 오빠 조성원 군을 애타게 기다리고 있다. 외모에 한창 관심을 쏟을 나이건만 매서운 바람이 머리칼을 마구 헝클어 놓아도 아랑곳하지 않는다. 오빠가 봤다면 "어우 귀신 같아!" 할지도 모르는데….

아름이는 수학여행을 떠난 오빠가 탔던 세월호가 침몰한 16일, 부모님과 함께 팽목항으로 달려왔다. 실종자 가족들을 위한 거처가 진도 실내체육관에 마련돼 있지만 아름이네 가족은 조금이라도 빨리 성원 군 소식을 듣기 위해 팽목항 휴게실에서 지내고 있다.

세 살 터울의 성원 군은 듬직하고 자상한 오빠였다. 올해 1월 박스 포장 아르바이트를 해 받은 생애 첫 월급에서 몇만 원을 뚝 떼어 아름이와 남동생 손에 쥐어주기도 했다.

단원고 2학년 5반 부반장이었던 성원 군은 부모 속 썩인 적 한 번 없는 착한 아들이었다.

"우리 오빠는요, 역사 선생님이 되고 싶어 했어요. 한국사를 특히 좋아했고요. 역사 과목은 거의 다 만점이었어요. 랩도 참 잘해요. 사실 좀 시끄럽긴 했지만 참 웃겼어요. 휴대폰 충전기를 먼저 쓰려고 티격태격하기도 했지만…."

까만 눈망울을 굴리며 재잘재잘 오빠 자랑을 하던 아름이가 말을 멈췄다. 잠시 후, 아름이가 천천히 물었다.

"우리 오빠는 언제 올까요?"

성원 군은 시커먼 바닷속에 잠긴 세월호에서 나오지 못하고 있다. 제주도로 첫 여행을 가게 돼 들뜬 목소리로 동생에게 전화해 잘 다녀오겠노라고 했던 게 마지막 통화였다. 아름이는 눈물도 말랐는지 담담하게 말을 이었다.

"엄마는 사고 전날 불길한 예감이 든다며 수학여행을 가지 말라고 했어요. 조심해서 다녀오라고 말이라노 할설…."

사고 당일 2교시 수업 때 "배 사고 났다던데 너네 오빠 저 배 타지 않았어?"
라고 묻는 친구의 말이 그저 장난인 줄 알았다. 4교시 중간에 엄마가 다급하게
교실 문을 열었다. 버스 안에서 정신없이 우느라 어떻게 이곳까지 왔는지 제대
로 기억도 나지 않는다.

"시신을 실은 배가 들어올 때면 혹시나 오빠가 아닐까 걱정돼요."
간절한 그리움과 조금씩 커가는 불안감에 입맛을 잃어 밥도 제대로 먹지 못하
지만 아름이는 절대 지치지 않겠다고 했다.

"가까운 산 같은 데 말고는 가족 여행을 못 가봤거든요. 오빠가 돌아오면 꼭 같
이 놀러 가고 싶어요. 안전한 곳으로."

이 기사는 이튿날 모 신문에 게재됐다.

메시지를 다 읽은 용만은 차마 가족 대기소로 향하지 못했다. 매제와 여
동생에게 표정을 들킬 것 같았기 때문이었다. "좋은 기사 감사합니다."라고
기자에게 메시지를 보낸 용만은 느린 걸음으로 가족대책본부로 향했다.

서울의 한 카페.

카페로 들어선 근호는 자리에 앉자마자 물컵을 들고 벌컥벌컥 물을 들이
켰다. 그래도 갈증이 가시지 않는지 그는 연거푸 두 잔을 더 들이켰다. 친구
현태와의 대화가 그의 머릿속에서 떠나지 않고 있었다. 아니 그것은 결코
잊을 수 없는 것이었다. 고개를 흔드는 그는 속으로 몇 번을 부정했다. 현태
의 생각이 정부가 아닌 현태만의 독자적 생각이길 그는 바랐다. 그러나 자
신의 부정을 깨고 들어오는 것은 이해 못할 공영 언론의 행태였다. 마치 정
부의 지시를 받은 것 같은 느낌을 지울 수 없었다. 국민의 안전과 생명을 지
켜줘야 할 정부가 언론플레이를 하려는 것일까. 근호는 끊임없이 이어지는

의문 속에서 쉽게 벗어나지 못했다.

"이봐, 근호. 무슨 생각에 그렇게 빠져 있나?"

근호가 들려오는 소리에 고개를 들었다.

"아, 선배님, 언제 오셨어요?"

벌써 십 년 넘게 방송국에 몸담은 근호의 선배는 올해 초 편집국장 자리에 오른 인물이었다.

"아까부터 와서 자네가 생각하는 모습을 지켜봤네. 누가 오는지도 모르고 생각에 빠져 있는 모습은 여전하군. 그건 그렇고 무슨 일로 나를 보자고 했나?"

근호가 뒷머리를 긁적이고 천천히 입을 열었다.

"선배님, 갑자기 세월호 사고 뉴스 시간이 눈에 띄게 많이 줄었는데 그 이유가 뭡니까?"

근호를 잠시 말없이 바라본 선배가 입을 열었다.

"바로 본론부터 들어가는 자네의 버릇도 여전해. 일 년 만에 만난 인사치고는 꽤 거칠군. 먼저 안부부터 묻는 게 순서 아닌가?"

순간 빛을 머금은 근호의 눈빛이 선배의 눈을 응시했다. 선배의 물음은 답변의 시간을 벌기 위한 것이 아니었고, 말투로 보아 무언가 작정하고 나온 것임이 분명해 보였다. 그렇다면 현태가 선배를 찾아가 무슨 얘기를 했을 것이다. 권력과 언론의 공생이란 말인가. 자신도 모르게 한숨을 길게 뱉은 근호의 입에서 몹시 귀에 거슬리는 말이 쏟아졌다.

"선배님, 저한테 기대하는 안부가 선배님의 안부입니까, 아니면 방송국의 안부입니까? 안부라는 건 일상에서나 오가는 인사라고 생각합니다. 그럼 결과적으로 선배님과 방송국이 벌써 일상으로 돌아가려는 생각을 갖고 있다는 겁니까? 제 귀에는 그렇게밖에 들리지 않습니다."

"역시 현태한테 들은 대로 자네는 여전해. 이 사람아, 우리 대한민국에 세월호 가족들만 살고 있다고 생각하나? 세월호 사고를 얼마나 더 방송에 내보내야 하고, 얼마나 더 위로를 해 줘야 하는가. 너무 많은 슬픔이 국가 정서에 얼마나 많은 피해를 줄지 생각해 보았나? 그것은 곧 국가 경제에도 파급을 미치는 법이야. 우리 대한민국은 하루라도 빨리 이 기나긴 슬픔에서 벗어나 일상으로 돌아가야 해. 그래야만 침체된 경제를 살릴 수 있어. 지금이 곧, 국민의 시점을 바꿀 시간인 것이야. 우리나라의 경제가 얼마나 암울한지 자네도 잘 알고 있잖아."

"사람이 있고 경제가 있는 것이지, 경제가 있고 사람이 있는 게 아닙니다. 세상을 바라보는 선배님과 언론의 시각부터 바꿔야 될 것 같습니다."

"이봐, 근호. 그런 감상은 책을 쓸 때나 필요한 것이고 현실을 직시해. 세월호 사고도 일종의 해난 교통사고인 것이야. 막말로 교통사고가 발생할 때마다 우리 언론이 대서특필해서 국민의 슬픈 감정을 자극시켜줘야 하겠나? 그렇게 해서 얻어지는 게 뭐가 있겠나. 자네는 또 그것을 반면교사 삼아 재발 방지 대책을 세워야 한다고 말하겠지. 그래서 우리 언론도 그런 목적으로 보도했고 위로했어. 하지만 지나친 위로는 자칫 오만을 불러올 수 있다는 걸 알아야해. 그렇게 되면 국가 시스템이 흔들리고 침체된 경제가 회복하기 힘든 법이야. 그것을 미연에 방지해야 하는 것도 우리 언론이 할 일이고…."

근호는 순간 할 말을 잃었다. 어떻게 세월호 사고를 교통사고에 비유할 수 있단 말인가. 근호는 끓어오르는 감정을 추스르기 위해 단숨에 물 한 잔을 비웠다.

"처음부터 언론에서 사실 보도만 했어도 이런 참혹한 결과는 일어나지 않았을 겁니다. 그때 언론에서 무언가 구조 작업이 잘못되고 있는 것 같다고 한마디만 했어도 선배님이 생각하시는 대한민국이 이렇게까지 슬퍼하지는 않았을 겁니다. 그리고 그렇게 국민을 생각하는 방송이 왜 차가운 바닷속에서 애타게 엄마, 아빠를 부르는 아이들의 소리와 자식들을 기다리는 부모의 가슴 찢어지는 절규를 외면했습니까?"

눈시울이 붉어진 근호의 말이 갈라져 나왔다.

"그건 또 무슨 얘긴가?"

"지금 진도의 실종자 가족들은 언론을 불신하고 있습니다. 그 이유는 선배님도 잘 아실 겁니다. 세월호 침몰 초기 구조 작업이 총체적인 부실로 드러나면서 이를 제대로 보도하지 않은 언론에 대해 국민의 비난이 커지고 있습니다. 실종자 가족들은 사고 초기 구조 활동이 거의 이뤄지지 않고 있다고 현장 기자들에게 알려 제발 빨리 이 사실을 보도해 달라고 외쳤습니다. 가슴이 찢어지는 절규의 외침이었죠. 그러나 주요 방송사들은 어찌된 일인지 실종자 가족들의 절규를 외면하고 구조 당국의 발표만 그대로 보도해 원활한 구조 작업이 펼쳐지고 있는 것 같은 장면만 내보냈습니다. 결과적으로 방송을 지켜보는 시청자들은 수백 명의 구조 인력이 사투를 벌이고 있는 것 같은 장면만 볼 수밖에 없었습니다. 왜냐하면 방송은 구조 당국이 제공한 영상만을 반복해서 보도했으니까요."

"자네, 지금 외압을 말하고 있는 것 같은데 외압은 있을 수 없는 일이야. 그리고…"

선배는 근호의 말을 자르고 나섰다. 하지만 한 번 열린 근호의 입은 쉽게 닫히지 않았다.

"외압이 있고 없고는 중요한 게 아닙니다. 사실 보도가 중요했습니다. 처음부터 현장 상황을 바로 알리고 빨리 구조할 수 있도록 손을 썼어야 했습니다. 해경이 안 되면 해군으로, 해군이 안 되면 전문가들에게 구조 방법을 제시해 그것을 독촉하는 방송을 보도했어야 합니다. 사실 보도의 부재로 각자가 맡은바 제 역할을 잘하고 있는지 아니면 뭔가 잘못되고 있는지 그것을 판단할 기회를 놓쳐버렸습니다. 결과적으로 우리 어른들이 아이들을 다 죽인 것이나 마찬가지입니다. 아이들을 지켜주고 보호해야 할 우리 어른들의 안일한 대책이 아이들을 전부 다 죽인 것이나 다름없는 것입니다. 그리고 또한 언론은 구조 당국이 불러주는 내용만 받아쓰기를 했다는 개연성을 피해갈 수 없습니다. 수많은 기자들은 팽목항과 사고 해역에서 실종자 가족들에게 끊임없이 인터뷰를 했습니다. 그때마다 실종자 가족들은 뭔가 맞지 않는 부실 구조를 보면서 애가 타는 현실을 알리고자 인터뷰에 응했습니다. 하지만 인터뷰를 하면 뭐 합니까. 보도되는 게 없는데."

"어떻게 인터뷰의 내용을 전부 보도할 수 있겠는가. 국민의 혼란을 가져올 수 있는 부분까지 방송에서 보도해야 된다는 말인가? 그건 우리 언론의 이념에도 맞지 않아."

"그럼 국민의 혼란을 방지하기 위해 거짓 방송을 내보냈다는 말씀입니까? 선의의 거짓말이라구요? 그게 아니라 정부의 눈치를 보고 있었던 게 아닙니까?"

"이봐, 근호! 말이 아주 심하군. 우리가 정부의 눈치를 보며 언론플레이라도 한다는 말인가?"

언성이 올라가는 선배의 얼굴엔 심한 불쾌함과 함께 모멸감이 나타났다.

"그럼 언론플레이가 아니고 뭐란 말입니까. 언론은 세월호 사고와 직접 연관성도 없는 유병언과 구원파를 등장시켜 집중 해부합니다. 이때부터 유병언과 구원파가 도마에 오르게 되는데, 대체 유병언과 구원파가 세월호 사고 대책과 무슨 상관이 있는 것입니까. 실종자 가족들과 분노한 국민들은 정부의 무능함을 질타하고 있는 것이지, 세월호 사고와 직접 연관성도 없는 유병언과 구원파를 질타하는 게 아닙니다. 정부의 안일한 대책으로 인한 참사를 왜 유병언과 구원파로 돌리려 하는 겁니까. 무능한 정부의 책임 회피성의 대책이라고 생각하지 않을 수 없는 부분입니다. 또한 언론은 무능한 정부를 질타하는 국민의 목소리를 희석시키고자 세월호 보도를 줄이고 유병언과 구원파가 마치 가해자인 양 보도해 국민을 호도합니다. 이것이 언론 플레이가 아니면 뭐란 말입니까."

이미 선배의 얼굴은 심하게 일그러져 있었지만 근호는 말을 멈추지 않았다.

"언론의 목적이 무엇입니까. 언론은 권력을 감시하고 견제하면서 그것이 잘못된 방향으로 흐르면 국민에게 알려서 여론을 수렴해 바로잡을 수 있게 하는 것이 언론의 의무이고 언론이 존재하는 목적이라고 생각합니다. 그런데 언론은 국민의 아픔을 외면하고 오히려 정부의 눈치를 살피며 권력에 해가 될지 모를 보도는 극도로 자제했습니다. 언론이 권력을 대변하는 시녀로 전락해 버린 것은 아닌지 궁금합니다. 수많은 사람들의 희생으로 만들어진 민주주의가 후퇴되는 대한민국의 슬픈 자화상을 보는 것 같습니다."

"그래서 지금까지 말한 내용을 강단에서 가르치기라도 하겠다는 건가?"

"기회가 되면, 아니 기회를 만들어서라도 저는 이 사실을 낱낱이 우리 국민에게 고발하겠습니다."

"고난의 길을 스스로 걷겠다는 말로 들리는군. 세상이 그렇게 자네 뜻대로만 돌아갈 것이라고 생각하나? 자네는 세상을 너무 모르고 있어. 지금 우리나라의 경제 상황이 얼마나 암울한지 생각해 보았나? 그리고 국민의 지나친 슬픔이 국가 경제의 발목을 잡을 수 있을 것이라고 생각해 보지 않았나? 우리 국민은 하루라도 빨리 슬픔에서 벗어나야 해. 국민의 노력으로 얻어진 윤택한 생활이 과거의 아픔을 치유할 수 있고, 그 치유의 원동력이 제2의 세월호 사고를 방지할 수 있는 법이야. 다시 한 번 말하지만 제2, 제3의 세월호 사고를 방지하기 위해서라도 우리 국민은 어서 빨리 일상으로 돌아가야만 해. 이 사람아, 왜 그렇게 현실을 모르나."

"선배님은 계속해서 암울한 경제, 침체된 경제라고 말씀하시는데 경제 회복의 발목을 과연 누가 잡고 있을 것인지 생각해 보셨습니까? 경제 회복의 발목을 잡고 있을 세력이 실종자 가족들일 것 같습니까, 아니면 슬픔에 빠져 있는 국민들일 것 같습니까. 그것은 실종자 가족도 아니고, 슬픔에 빠신 국민도 아닙니다."

"자네 지금 무슨 말을 하려고 그러는가?"

선배는 근호가 무슨 말을 해 올지 이미 짐작이라도 하는 듯 눈을 크게 떴다.

"경제 회복의 발목을 잡고 있을 세력은 바로 정부와 언론입니다. 거짓 보도와 그것을 알고도 침묵으로 일관하면서 묵시적으로 인정하는 듯한 정부. 이런 정부와 언론을 보면서 어느 누가 신명나게 경제를 살리자고 외칠 수 있겠습니까. 대한민국 국민으로 태어난 걸 부끄럽게 생각하는 국민들이 어떻게 침체된 경제를 살리자고 외칠 수 있겠느냐구요. 언론이 바로 서야 국가가 바로 서고 국가가 바로 서야 국민이 정부를 믿고 따르며 경제 살리기에 동참할 수 있는 것입니다. 결론적으로 정부를 믿고 언론을 믿는 국민적 정서가 침체된 경제를 회복시킬 수 있을 것이라는 점을 말씀드리고 싶습니다."

"자네, 지금 나를 가르치려 드는 건가?"

몸을 일으킨 선배는 근호를 내려다보았다. 입술이 심하게 떨리는 것으로 보아 간신히 화를 참고 있는 모습이 역력해 보였다.

"제가 어떻게 선배님을 가르칠 수 있겠습니까. 저는 선배님이 이미 알고 계신 사실을 상기시켜 드렸을 뿐입니다."

근호가 돌아서서 나가는 선배를 말없이 바라보았다.

13
이상한
나라

팽목항의 새벽바람은 차갑고 매서웠다.

붉게 충혈된 눈으로 가족 대기소를 빠져나온 용만은 부두를 향해 걸었다. 차가운 시간은 새벽 2시를 조금 넘기고 있었다. 새벽 시간까지 수습 작업이 계속되는 관계로 실종자 가족은 가족 대기소와 부두를 오가며 희생자를 확인해야 했다. 부두에 도착하니 가족대책본부는 희생자 명단을 확인하는 실종자 가족들로 넘쳐났고, 바로 앞에 설치된 대형 천막 안에도 발 디딜 틈이 없을 정도였다. 천막 중앙에서 불꽃을 뿜어 올리는 석유난로가 그나마 실종자 가족들을 위로해주는 듯 보였다.

자리가 없음을 확인한 용만은 부두와 천막을 오가며 화이트보드 판을 주시했다. 용만의 눈길이 빼곡하게 기재된 사망자 명단을 훑고 지나갔다. 성원이는 벌써 며칠째 사망자 명단에 기재되어 있었지만 여전히 녀석을 알아보지 못한 용만은 이내 몸을 돌렸다. 이윽고 빈자리를 확인한 용만이 느릿한 걸음으로 다가가 의자에 몸을 기댔다. 바로 앞의 난로가 지친 그의 몸을 어루만지는 것 같았다. 잠깐 사이에 그의 고개가 연신 끄덕이더니 마침내 움직임을 멈췄다. 벗어 놓은 안경이 그의 무릎에서 금방이라도 떨어질 것처럼 보였다. 그렇게 또 얼마나 시간이 흘러갔을까. 용만은 분명 누군가가 부르는 소리를 들은 것 같았다. 하지만 감고 있는 눈을 들어올리기 어려웠다. 그때 또 한 번의 소리가 들렸다.

"오빠!"

간신히 눈을 들어 올린 용만의 고개가 천천히 돌아갔다. 정은이였다. 그러나 용만의 멍한 시선은 잠깐 동안 사물을 분간하기 어려웠다.

"형님! 들어가서 눈 좀 붙이세요."

바라보니 매제와 여동생 그리고 정은이가 모두 나와 있었다. 모두 다 지치고 푸석한 얼굴이었다. 매제와 여동생의 힘이 빠진 어깨가 심하게 굽어 보였다.

"어, 벌써 시간이 됐어?"

매제와 교대한 용만이 일어섬과 동시에 벗어 놓은 안경이 바닥을 뒹굴었다. 각별히 아끼는 안경이었지만, 그와 상반되게 용만의 행동은 너무나 느릿했다. 그의 느린 행동은 그 어떤 것에도 가치를 부여할 수 없는 것처럼 보였다. 그때 누군가의 발에 채인 안경이 그의 손에서 멀어졌다. 다행히 깨지지는 않은 것 같았다. 용만은 안경을 줍기 위해 몸을 더 굽혀야 했다.

"죄송합니다. 안경 여기 있습니다."

실종 학생의 아빠로 보이는 남자가 무심결에 발에 채인 안경을 주워 용만에게 내밀었다.

"감사합니다."

짧게 인사한 용만은 몸을 잔뜩 움츠리고 걷는 여동생과 정은이의 뒤를 따랐다. 몸을 잔뜩 움츠린 모습은 흡사 행려병자와 별반 다르지 않게 보였다. 그렇게 뒤를 따르는 용만의 입에서는 자신만이 알아들을 수 있는 아주 작은 중얼거림이 그치지 않았다. 그것은 수시로 발동하는 주술적인 의미가 깃든 중얼거림이었다. 그러고 보니 용만은 팽목항 첫날부터 그치지 않고 천상과 지상의 모든 신께 소망과 감사를 표하고 있었던 것 같았다. 잠시 잊고 있던 신에게 보내는 감사의 마음이 떨어진 안경으로 인해 되살아난 모양이었다.

"감사합니다. 감사합니다. 감사합…"

그의 입에서는 연신 감사의 인사가 흘러나왔다. '감사합니다'라는 표현은 이미 바라는 소망이 이루어진 것을 의미하므로.

감사에 화답하지 않은 차가운 새벽이 지나가고 또 하루가 시작되고 있었다.

부스럭거리는 소리에 용만의 눈이 떠졌다. 잔뜩 헝클어진 머리와 눈곱 긴 얼굴은 언제 세수를 했는지조차 알 수 없을 정도로 지저분하게 보였다. 분명 간이 화장실과 세면실이 설치된 지 며칠이 지나 있었고 매일 그곳을 드나들었지만 용만의 얼굴은 그곳을 들어갈 때나 나올 때나 별반 다르지 않았다. 하긴 용만의 얼굴만 그런 것이 아니었다. 매제와 여동생이 그랬고, 정은이가 그랬고, 가족을 기다리는 실종자 가족 모두가 그랬다.

인간은 타인에게 잘 보이기 위해 치장한다. 결코 자신을 위해 치장하지 않는다. 이것은 인간의 자연스러운 행동이다. 그러나 팽목항의 세상은 이 자연스러움이 실종되고, 이성이 실종되고, 감정과 일상이 실종된 세상 밖의 세상이었다. 그 실종된 자리를 비통함이 차지하고, 눈물이 차지하고, 고성과 분노가 차지하며 팽목항의 세상을 움직이고 있었다. 팽목항의 세상은 정말 존재하지 말았어야 할 세상이었다. 어떻게 이런 세상이 존재할 수 있는가.

그는 뜬 눈을 다시 감을 수밖에 없었다. 벌써 팽목항에서 일주일을 보내고 있었다. 이제 마음의 준비를 해야 되는가. 그는 심하게 도리질을 하며 양손으로 머리를 감쌌다. 자식 같고, 때로는 친구 같은 성원이의 죽음을 어떻게 인정해야 하는가. 녀석의 주검을 두 눈으로 보기 전에는 절대 인정할 수 없었다. 아니, 녀석의 주검을 바로 눈앞에서 본다 해도 인정할 수 없을 것만 같았다. 여드름 난 얼굴로 헤헤거리는 그 웃음소리를 어떻게 움직임이 없는 주검과 연결시킬 수 있겠는가. 금방이라도 성원이의 웃음소리가 들려올 것만 같았다.

눈시울이 붉어진 용만은 뜨고 싶지 않은 눈꺼풀을 억지로 들어 올렸다. 돌아보니 매제와 여동생이 잔뜩 찡그린 얼굴로 자고 있었다. 어느 누가 말했는가. 사람의 얼굴은 자고 있을 때 가장 평화로워 보인다고. 그것은 일반적인 세상에서나 해당되는 말이었지, 일반적인 세상을 벗어난 이곳 팽목항의 세상에서는 전혀 해당되는 말이 아니었다. 더 이상 자고 있는 매제와 여동생의 얼굴을 볼 수가 없어 용만은 가족 대기소를 나와 부둣가로 향했다.

부두에 도착한 용만의 시선이 낯익은 얼굴에 머물렀다. 며칠 전, 정체가 의심스러운 자칭 선박 인양 전문가와 사고 해역에 나가려고 할 때, 해경의 함정에서 서로의 오해로 말다툼을 했던 진도체육관 일행의 여자였다. 나이는 오십 초반쯤으로 보였다.

"어? 여긴 어쩐 일이세요?"

용만이 앞으로 나서며 말했다. 순간 용만은 자신의 바보 같은 질문에 시선을 피하고 얼른 말을 돌렸다.

"무슨 소식 들어온 거라도 있나요?"

"아직 없어요."

뜻하지 않게 용만을 보았다는 반가움과 반가운 소식을 기대하기 힘든 현실의 슬픔이 여자의 새카맣게 그을린 얼굴에 교차했다.

"몇 반 누구 엄마세요?"

"10반 ○○이 이모예요."

"아, 그러시구나. 전 엄마인 줄 알았어요. 하긴 저도 5반 성원이 삼촌입니다."

사고 해역에서는 말을 섞을 기회가 많지 않았고 연신 통곡에 가까운 눈물만 흘리며 말을 하지 않아 당연히 실종된 학생의 엄마인 줄 알고 있었다.

"이모님도 이제 진도체육관에서 여기로 옮기신 겁니까?"

실제로 진도체육관 가족들과 팽목항 가족들은 거처를 옮겨가며 추이를 지켜보는 가족들이 늘어나고 있었다.

"체육관에만 있다 보니 답답해서요. 이렇게라도 여기에 나와 있어야…."

말을 끝맺지 못한 여자가 울먹거렸다.

용만은 마치 답답한 마음을 조금이라도 덜어보려는 듯 담배 연기를 길게 뿜었다.

"어디서부터 시작됐는지 세월호 인양설이 얼핏 들려오고 있습니다. 그 인양설이 우리 가족들의 입에서 시작됐는지 아니면 구조 당국에서 시작됐는지 알 수 없지만 대체 어떻게 돌아가는 판국인지 도무지 모르겠습니다."

여자는 들었는지 못 들었는지 아무런 표정 변화가 없었다.

"개새끼들이 무슨 수작을 부리고 있는 것도 같고…."

용만의 입에서 분노의 욕설이 터졌다.

"삼촌분은 욕을 참 잘하시는 분 같아요. 함정에서도 그렇게 욕을 많이 하시더니…."

"그랬나요? 허."

여자와 용만의 얼굴에 살며시 미소가 감돌았다. 비록 슬픈 미소지만 팽목항에서 처음 지어 보는 미소였다.

"만약 인양설이 구조 당국으로부터 시작됐다면 문제는 아주 심각해지는 겁니다. 처음부터 인양을 목적에 둔 구조 작업은 생존자를 고려하지 않은 작업이 되는 것이고, 구조 작업 자체가 잘못될 수밖에 없는 일이니까요."

"저도 그렇게 생각하고 있어요."

용만의 말에 여자가 동의했다.

인양설이 언제 어디서부터 흘러나왔는지 모르겠지만 얼핏 들려오는 인양설은 그것을 알고 있는 사람들의 마음을 아주 불안하게 만들기에 충분한 소문이었다. 선박 인양 전문가와 사고 해역에 나갔을 때만 해도 용만은 인양에 대한 지식이 전무한 상태였다. 하지만 자원봉사자들과 민간 구조사들의 입을 통해서 인양은 곧 구조를 포기하는 것이나 다름없다는 사실을 알게 된 것이었다. 또한 사복 경찰들이나 정부 기관원들이 실종자 가족들 틈에 숨어서 활동하고 있다는 소문도 떠돌고 있었다. 출처를 확인할 수 없는 소문은 팽목항의 하늘을 더욱더 어둡게 덮어 나갔다. 만약 그것이 사실이라면 모두가 합심해서 사고 수습에 만전을 기해야 할 시점에서 대체 무엇 때문에 상식을 벗어난 행동을 하는지 도무지 이해하기 어려운 일이었다. 진실은 무엇이고, 거짓은 무엇인지, 진실과 거짓의 경계선이 어떻게 표시돼 있고, 그것에 대한 목적은 또 무엇인지, 대한민국이라는 나라가 누구를 위해서 존재하고, 누구를 위해서 돌아가고 있는지 의심이 갈 정도로 상황은 이상하게 돌아가고 있었다.

"그럼, 전 이만…."

용만은 며칠 전 다이빙벨에 관해 대화를 나누었던 남자를 보자, 여자에게 목례를 표하고 일어섰다. 그 남자는 용만에게 다이빙벨의 성능과 목적을 제일 처음 전해준 사람이었다. 용만과 남자는 가족대책본부로 사용하는 천막 뒤로 가 자리를 잡았다.

"왜 해경에서는 다이빙벨의 투입을 허가하지 않았을까요?"

용만이 자리에 앉음과 동시에 물었다.

"해경은 다이빙벨이 구조에 적합하지 않고 안전상에도 문제가 있다고 결론을 내린 모양입니다."

"그건 저도 들어서 알고 있지만 다이빙벨이 해경에서 말한 것처럼 그렇게 구조에 적합하지 않고, 안전상에도 문제가 있는 장비라면 이종인 대표는 그런 것도 모르고 억대의 자비까지 들여가면서 여기까지 왔을까요? 정말 납득하기 어렵네요."

"우리가 뭘 알겠습니까. 해경이 그렇게 판단하고 다이빙벨을 철수시켰다고 하니 믿을 수밖에요. 그리고 우리 실종자 가족들도 해경의 판단을 믿었으니 다이빙벨이 철수하는 것을 보고도 항의하지 않고 가만히 있었겠죠."

용만의 물음에 남자가 지친 목소리로 대답했다.

다이빙벨은 분명 실종자 가족들에게 꺼져가는 불씨를 다시 회복시킬 수 있는 희망의 모습으로 등장했다. 하지만 고작 하루 만에 투입도 하지 못하고 철수되고 말았다. 기대했던 희망은 현실로 이루어지지 못하고 절망으로 이름을 바꿔 팽목항을 떠나갔다. 용만의 귓가에 선박 인양 전문가와 동행했던 사고 해역에서의 목소리가 들리는 듯했다. 그 목소리는 세월호가 완전히 가라앉아 형체도 볼 수 없었던 그때의 울부짖음이었다.

'이제 가망이 없어. 우리 애들 다 죽었어.'

'그런 소리 하지 마! 그런 소리 하지 말라구!'

그것은 현실을 인정하는 듯한 진도체육관 대표와 현실을 절대로 받아들일 수 없다는 용만 자신의 강한 부정이었다. 하지만 이제는 자기 자신의 목소리는 점점 희미해지고 진도체육관 대표의 목소리가 크게 들리는 듯했다. 그렇게도 부정했던 지옥 같은 현실을 받아들여야만 될 것 같았다. 그런 생각 속에 빠져 있던 용만은 한동안 자리에서 일어서지 못하고 있었다. 이윽고 일어서려던 용만의 몸이 주춤거렸다. 손을 뻗어 천막을 잡은 용만은 잔뜩 움츠러드는 몸을 움직여 가족 대기소로 향했다.

"큰오빠, 벌써 사망자가 140명이 넘었어."

여동생의 목소리에 침통과 불안이 함께 담겨 있었다. 자식의 죽음을 인정해야 된다는 침통함과 자식의 시신을 찾지 못할 수도 있다는 불안감이 여동생의 얼굴을 몹시 일그러뜨렸다. 침통한 얼굴의 매제는 그 옆에서 고개를 숙이고 있었다.

"록아, 이모한테 와 봐."

성록이가 정은이의 품에 안겼다. 용만은 여동생의 목소리를 들었는지 못 들었는지 누워 있는 몸은 반응이 없었다. 사망자가 이미 140명을 넘고 있었지만 여전히 성원이는 아주 당연하게도 모습을 드러내지 않았다. 팽목항의 세상은 용만의 가족을 끝까지 붙들고 있으려는 심산 같았다. 아니 그것은 용만이 자초한 일인지도 모른다. 절반만 이루어진 용만의 기도. 그것은 결코 이루어지면 안 될 기도였고 너무나 참혹한 기도였다. 용만은 누운 채로 천천히 고개를 돌렸다. 하지만 용만의 초점 없는 시선은 어디를 향해 있지 않은 것 같았다. 단지 숨만 쉬고 있을 뿐, 멍한 얼굴은 몇 시간이 지나도 그대로일 것만 같았다.

용만은 거의 하루를 가족 대기소에서 벗어나지 않고 누워만 있었다. 용만이 몸을 일으켜 세웠던 시간은, 누워 있던 시간에 비하면 극히 짧은 시간이었다. 그것은 희생자를 알려주는 스피커의 목소리가 들릴 때였다. 그 시간을 제외하면 그는 아주 오랜 시간을 누워 있던 셈이었다. 갑자기 누워 있던 용만이 튕기듯 몸을 일으켰다. 자고 있던 지옥의 소리가 또 다시 깨어났기 때문이었다.

"삼가 고인의 명복을 빕니다. ○번째 희생자⋯. 삼가 고인의 명복을 빕니다. ○번째 희생자⋯."

지옥의 소리가 계속됐고 정적이 그 뒤를 따랐다. 사이사이에 정적을 깨고 들려오는 소리도 이젠 다르게 느껴졌다. 자기 자식이 아니라는 안도의 숨소리는, 이제 자기 자식이길 바라는 짧은 애타는 숨소리로 바뀌어 있었다. 실종자 가족들은 비록 몸과 마음이 극도로 지쳐 있었지만, 지금까지 가족의 생존 가능성에 대해 희미한 희망을 걸고 있었다. 그러나 처음부터 구조 당국의 안일한 대처로 인해 희미한 희망은 절망으로 바뀌고, 그 절망은 새로운 이름의 비통한 희망으로 모습을 바꾸고 있었던 것이다. 죽은 자식의 손이라도 만져보고 싶은 비통한 희망….

이윽고 지옥의 소리가 조용해졌다. 용만이 곧바로 몸을 눕혔다. 여동생과 매제의 고개가 힘없이 떨어졌다.

'성원아, 빨리 좀 나와 주면 안 되겠니? 엄마, 아빠가 저렇게 애타게 기다리고 있잖아.'

용만이 고개를 돌렸다. 말없이 앉아있던 성록이가 입을 열었다.

"형아, 아직도 물속에서 자고 있어?"

실종자 가족들을 외면한 팽목항의 시간은 마치 줄달음치듯 빠르게 달려가고 있었다. 어스름했던 세상이 어느새 캄캄한 세상으로 변하면서 곳곳에 불이 밝혀졌다. 가족대책본부 앞에서 서성거리던 용만은 웅성대는 소리에 고개를 돌렸다. 바라보니 해수부장관과 해양경찰청장, 그리고 해경차장이 실종자 가족들에게 둘러싸여 있었다. 그 모습은 포위됐다는 표현이 적당할 것 같았다. 정부의 사고 대책 관계자들이 무슨 이유로 진도체육관에서 팽목항으로 왔는지 모르겠지만, 이들을 본 실종자 가족들은 급히 움직여 그들이 빠져나갈 구멍을 전부 봉쇄시켜 버린 것이었다. 여러 군데서 고성이 오갔고 울부짖는 사람들이 보였다. 그때 갑자기 튀어나온 어느 엄마가 해경차장의 따귀를 올려붙였다.

"왜 구조 작업을 안 하고 있는 거야! 왜 안 하느냐구! 우리 애들 다 죽일 거야?"

울부짖는 엄마의 외침은 분명 구조 작업이었다. 실종자 가족들은 피할 수 없는 현실을 받아들여야만 했지만 그것은 어디까지나 속마음이었고, 겉으로는 그것을 절대로 표현하지 않았다. 그 옆에서 해수부장관과 해양경찰청장은 침울한 표정을 짓고 아무 말 없이 고개만 숙이고 있었다. 그 모습은 마치 처분만을 기다리는 죄인의 모습 같았다.

"여기 이 사람들 보내면 안 됩니다. 이 사람들을 붙잡고 있어야 구조 작업을 할 것 같으니까 절대로 돌려보내선 안 됩니다."

실제로 그랬다. 실종자 가족들이 직접 사고 해역으로 나가 지켜볼 때와 그렇지 않을 때 구조 작업은 분명히 달랐다. 또한 절규의 외침이 있을 때에도 구조 작업은 다르게 움직였다. 처음부터 그랬다. 정말 상식 밖의 일이었고, 대한민국 국민으로 태어난 게 부끄러울 지경이었다. 오죽했으면 한시가 급한 상황에서 실종자 가족들이 사고 대책 관계자들을 붙잡고 있겠는가.

이윽고 실종자 가족들에게 완전히 둘러싸인 관계자들이 천막 안으로 들어가 지저분한 흙바닥에 주저앉았다. 따라붙은 기자들의 카메라가 부지런히 움직였다.

"빨리 구조 작업 하라고 여기서 직접 지시하세요!"

"빨리 하라구!"

여기저기서 고성이 터졌다.

"알겠습니다. 우리는 이 자리에서 움직이지 않고 지시를 하겠습니다."

무전기를 든 해경 간부가 사고 해역으로 지시를 내렸다.

"잠시만요. 남자 분들은 뒤로 빠져 주세요. 우리 여자들이 앞으로 갈게요."

그것은 분에 못 이긴 남자들의 혹시나 모를 폭력을 방지하는 대책이었다. 남자들이 빠지고 여자들이 앞으로 나가 관계자들과 마주했다.

"누구, 여기 방석 좀 가져다주세요."

곧바로 세 개의 방석이 조달됐고 방석은 사고 대책 관계자들 앞으로 전해졌다.

"아닙니다. 정말 괜찮습니다."

관계자들은 차마 방석을 깔고 앉기가 미안한 모양이었다. 앞에 있던 엄마로 보이는 여자가 억지로 방석을 밀어 넣었다. 마지못해 방석을 반만 깔고 앉은 관계자들의 모습이 더 불편하게 보였다. 끝내 주인을 찾아가지 못한 한 개의 방석은 그대로 흙바닥에 놓여 있었다.

뒤에서 이 모습을 바라보는 용만의 머리에 많은 생각이 교차했다. 구조 당국이 처음부터 저렇게 미안한 마음을 가지고 사고 대책에 임했다면 지금과 같은 참혹한 결과는 가져오지 않았을 것 같다는 생각이 들었다. 구조 당국도 인간으로 구성된 집단이다. 따라서 미안하고 죄송한 감정을 느꼈을 것이다. 그것은 인간의 기본적인 감정이므로. 그렇지만 구조 당국의 행동은 그것과 달랐다. 왜 그랬을까. 기본적인 감정보다 앞선 감정은 무엇이고, 도대체 어디서부터 잘못 됐단 말인가. 용만은 생각할수록 분통이 터질 지경이었다.

이 자리에서 또 실종자 가족들을 분노하게 하는 소식이 전해졌다. 그것은 기자가 알아낸 정보였고, 기자는 관계자들을 상대로 질문 공세를 이어갔다.

"세월호가 침몰한 해역에서 민·관·군 합동 구조단이 계속 수색 작업을 벌이고 있습니다. 그런데 이 수색 지역에 특정 민간업체가 투입된 것으로 밝혀졌고, 그 특정업체에게 특혜를 주기 위해, 혹은 그 업체들 위주로 수색 작업이 진행되기 때문에 민간 자원봉사 잠수 다이버들이 수색 작업에 참여하지 못한 사실을 여러분도 아실 겁니다."

여기까지는 모두가 익히 알고 있는 내용이었다. 하지만 기자의 질문이 계속될수록 이해하기 힘든 내용들이 쏟아져 나오기 시작했다.

"그 특정 민간업체가 청해진 해운이 고용한 민간업체로 밝혀졌습니다."

여기저기서 고성이 터졌다.

계속되는 기자의 정보를 요약하면, 기존의 금강호에서 특정업체가 들어온 바지선이 해역에 투입됐고, 다른 바지선이 대기하고 있었는데, 수색작업에 방해가 된다는 이유로 계속해서 해역에서 대기하고 있다가 언딘 바지선으로 교체할 것이기 때문에 철수했다는 것이었다.

처음부터 틀어진 구조작업은 갈수록 이상한 방향으로 흐르고 있는 것 같았다.

또한 이종인 대표의 다이빙벨에 관해서도 언급이 있었다. 이종인 대표의 다이빙벨은 안전문제라든지 여러 가지 이유로 불허했었는데, 특정업체 측이 가져온 다이빙벨은 특별히 문제 삼지 않았다고 했다. 그 특정업체는 청해진 해운과 계약한 업체이고, 사고해역에 있는 바지선 또한 청해진 해운과 계약한 특정 민간업체라고 말했다. 다른 바지선이 대기하고 있었는데 투입을 막고 있었다는 소리도 함께 들려왔다.

용만은 더 이상 듣고 싶지 않았다. 그리고 보니 인간의 기본적인 감정을 앞지른 것은 다름 아닌 돈과 권력과 기득권이었다. 돌아서는 용만의 입에서 분노의 욕설이 터졌다.

"개새끼들!"

14

고대하던
조카와의 만남

　어느새 밤은 깊어지고 있었다. 이날은 조류가 가장 약한 소조기 마지막 날이었다. 대대적인 수색 작업이 펼쳐질 것으로 계획된 날이기도 했다. 7백여 명이 넘는 구조 인력과 200척이 넘는 함정 그리고 항공기 30여 대가 집중 투입될 것이라고 밝혔다. 실종자 가족들은 혹시나 있을지 모를 생존자를 기대하고 있었고, 그 생존자가 자신의 가족이길 바라는 마음은 두말할 나위도 없었다.

　용만의 가족은 다른 가족들과 함께 가족대책본부 앞에 서서 대대적인 수색 작전이 펼쳐질 것으로 예상되는 사고 해역을 말없이 응시했다. 방송에서는 분명히 소조기 마지막 날 최대 인력을 투입한다고 보도했다. 이 모습을 바라보는 실종자 가족들은 지금까지와는 다른 수색 성과를 기대하며 마지막 희망의 끈을 다시 만들었다. 끊어져서 없어졌을 것 같은 희망의 끈이 거짓말처럼 다시 만들어졌다. 그것은 분명 절망의 늪에서 다시 만들어낸 마지막 희망이었을지도 모를 일이었다. 왜냐하면 생존 가능 시간이 너무 많이 흐른 시점에서 사실상 기적이 일어나지 않고는 생존자가 있을 수 없다는 사실을 모두 알고 있기 때문이었다. 사상 최대 규모의 구조 작전은 그렇게 실종자 가족들에게 진정 마지막 희망이었고, 애가 타는 마지막 바람이었고, 일상으로 돌아가길 바라는 마지막 소원이었다. 이제 드디어 마지막 희망이, 마지막 바람이, 마지막 소원이 눈앞으로 다가오는 듯 보였다.

그런데 이게 또 어찌된 일인가. 사고 해역은 불빛 하나 보이지 않았다. 그렇게 많은 구조 인력과 수백 척의 함정, 수십 대의 항공기가 펼치는 사고 해역은 너무나 조용해 보였다. 이를 지켜보는 실종자 가족들이 웅성거리기 시작했다. 용만은 순간 불길한 예감을 받았다.

"형님…."

매제는 할 말을 잃었는지 용만을 불러놓고도 아무 말도 하지 않았다. 아니 아무 말도 할 수 없었을 것이다.

"몇 명 안 되는 잠수부만 작업 중이랍니다!"

어디선가 들리는 날 선 외침이었다.

"좋은 물때 다 지나가잖아!"

"자기 가족이 아니라고 정말 너무들…."

여기저기서 분노의 외침들이 계속해서 들렸다.

7백 명이 넘는 잠수요원과 수백 척의 함정은 대체 어디에 있단 말인가. 정말 억장이 무너지고 분통이 터지다 못해 차라리 모든 것을 버리고 떠나고 싶었다. 어디선가 울음소리가 들렸다. 그 울음소리는 폐부를 찔러오는 소리였고, 마지막 희망이 무참히 짓밟히는 처참한 소리였다.

"이렇게 보고만 있으면 안 됩니다. 진도군청으로 갑시다!"

마지막 희망이 짓밟힌 가족들은 더 이상 참을 수가 없었다. 아니 처음부터 참지 말았어야 했다. 실종자 가족들은 지금까지 크나큰 세 가지 실수를 범했다는 사실을 알았다. 하지만 실종자 가족들은 그 실수를 너무 오랜 시간이 흐른 후에야 깨달았다. 첫 번째 실수는 돈으로 언론을 사지 못한 것이 돌이킬 수 없는 실수였고, 구조 당국에게 무릎 꿇고 애원하지 못한 것이 치명적인 두 번째 실수였으며, 마지막 실수는 대한민국에서 소시민으로 태어난 자체가 가장 큰 결정적 실수였다. 그러나 극도로 지친 실종자 가족들은 이 실수들을 깨닫기까지 너무 많은 것을 잃었고, 이젠 더 이상 잃을 것도 없었다. 이제 더 이상 잃을 것이 없는 실종자 가족들은 구조 당국의 관계자들이 모여 있는 진도군청을 향해 출발했다.

"형님, 제가 진도군청에 다녀오겠습니다. 그동안 성원 엄마 잘 챙겨주시구요."

용만이 매제를 향해 고개를 끄덕였다. 용만과 여동생은 멀어지는 실종자 가족들을 뒤로하고 몸을 돌렸다.

"먼저 들어가 있어."

여동생에게 힘없이 말한 용만이 다시 몸을 돌렸다.

"오빠는?"

"여기 좀 앉아 있다 들어가려구."

몸을 돌리는 여동생의 양옆으로 아름이와 성록이가 따라붙었다.

"삼촌, 언제 올 거야?"

아름이가 걸으며 고개만 돌리고 물었다. 바람이 불어오는 부둣가에 주저앉은 삼촌이 걱정되는 모양이었다. 그도 그럴 것이, 팽목항의 바람은 5월을 코앞에 두고 있는 계절을 무시하는 것처럼 차가웠다. 그러고 보니 팽목항의 가족들이 기댈 곳은 세상 그 어디에도 없는 것 같았다. 팽목항의 바람까지도 세상으로부터 버림받은 슬픈 가족들의 가슴을 어루만져주지 않았다.

"어, 조금 있다 갈게."

대답한 용만이 점퍼의 지퍼를 끝까지 올렸다. 용만의 몸에는 언제부턴가 커서 맞지 않는 점퍼가 걸쳐 있었다. 붉은색이 감도는 점퍼는 성원이가 즐겨 입던 옷이었다. 점퍼는 녀석이 구조되어서 돌아오면 입혀 데려갈 옷이었다. 그러나 점퍼를 걸쳐 입은 녀석이 일상으로 돌아가 뛰노는 모습을 다시는 못 볼 것 같았다. 용만의 고개가 힘없이 떨어졌다. 순간 용만은 바람결에 들려오는 소리를 들었다. 그것은 멀어지는 여동생의 슬픈 목소리였고, 아름이에게 전하는 말이었다.

"이제, 니가 장녀야."

전화벨 소리가 들려왔다. 무수한 생각에 빠져 있던 용만이 생각에서 깨어나 통화 버튼을 눌렀다. 발신자는 용만의 오랜 친구였다. 전화가 오는 것으로 보아 팽목항에 도착한 모양이었다. 며칠 전에 역시 용만의 친구 ○○와 함께 다녀간 친구가 다시 한 번 더 찾아온 것이었다. 곧이어 친구가 도착하고 진도군청으로 항의하러 갔던 매제가 도착했다.

"어떻게 됐어?"

용만이 매제에게 물었다.

"이제부터 작업한답니다. 그런데 언론에서 보도한 것처럼 사상 최대의 구조 작전은 없을 것 같습니다."

"정말, 너무…."

이미 어느 정도 예상했던 대답이었으므로 더 이상 말이 이어지지 않았다. 이곳 팽목항의 세상은 상식적으로 도저히 납득할 수 없는 정말 이상한 세상이었다. 거짓말이 판치고 그 거짓말이 마치 진실인 것처럼 보도되는, 상식이 실종된 세상 밖의 세상이었다. 도대체 누구를 위해서 만들어지고 누구를 위해서 존재하는 세상인지 모를 정도로 이상하게 돌아가는 세상이었다. 이 생각은 팽목항에 있던 처음부터 지금까지 9일 동안 떠나지 않았다.

이곳 팽목항은 분명 새롭게 만들어진 이상한 나라였다. 그것도 아주 처절한 싸움이 벌어지고 있는 이상한 나라. 자식을 잃은 부모와 언론이 처절한 싸움을 벌이고, 부모를 잃은 자식과 구조 당국이 처절한 싸움을 벌이고, 형제자매를 잃은 가족이 이 처절한 싸움에 동참했다. 부모는 자식을 찾기 위해, 자식은 부모를 찾기 위해. 그런데 구조 당국과 언론은 무엇을 찾기 위해, 찾을 것이 없다면 무엇을 얻기 위해, 이 처절한 싸움을 자초하고 지속시키는지 도무지 모를 일이었고 참으로 이상했다. 또 이상한 건, 이 처절한 싸움터의 사람들은 모두가 같은 언어를 사용하고 있다는 사실이었다. 같은 언어를 사용하지만 언어가 통하지 않는 세상. 이곳 팽목항은 언어와 인간의 기본 양식이 통하지 않는 정말 이상한 나라임에 틀림없었다.

"밥은 좀 먹었냐?"

친구의 물음에 용만은 잠깐 생각했다. 이것 또한 거짓말로 대답해야 된다는 말인가. 용만은 거짓말로 대답했다.

"어, 먹었어."

용만의 거짓말은 친구를 향한 것이 아니라 이상한 나라를 향한 것이었고, 이상한 나라의 거짓말을 거짓말로 응수한 것이었다. 인간의 기본 생존 욕구까지도 거짓말로 대답해야 되는 현실은 도대체 어떻게 된 현실인가. 이상한 나라를 이해하기 위해선, 먼저 이상한 나라의 언어를 배워야 할 것 같았다. 그 언어는 모두가 거짓으로 만들어진 언어였고, 너무나 쉽고도 너무나 어려운 언어였다. 세상에서 가장 이상한 언어임에 분명했다.

그 시각, 쓰레기를 줍고 있던 어부 친구는 모든 것을 잃고 고개 숙인 얼굴로 부둣가에 앉아있는 실종자 가족들을 바라보았다. 차가운 시멘트 바닥의 냉기도 모든 것을 잃은 실종자 가족들을 일으키긴 못하는 것 같았다. 친구의 입에서 깊은 탄식의 숨이 흘러나왔다. 그의 뇌리에 문득 원양어선을 타고 해외에 나갔던 기억이 떠올랐다. 어느 나라에서 왔느냐고 물었을 때 '코리아'라고 당당하게 대답했다. 지금도 '코리아'라고 대답할 순 있다. 하지만 당당하게 대답할 자신은 없다. 너무나 부끄럽기 때문에. 자신이 태어난 나라가 이토록 부끄러운 나라인 줄 이번 세월호 사고를 통해 처음 알았다.

이내 깊은 숨을 내쉬고 돌아선 그는 다시 쓰레기를 숨기 시작했다. 그런데 이상한 일이 벌어졌다. 자신의 쓰레기봉투에 담기는 쓰레기가 전혀 다르게 보이는 게 아닌가. 잘못 보았다고 생각한 그는 눈을 비비고 다시 바라보았다. 그러나 변하지 않았다. 그것은 지금까지 보았던 쓰레기가 아니었다. 자신의 쓰레기봉투에 담기는 것은 사람의 모습 같기도 하고, 사람의 얼굴 같기도 했다. 그는 비로소 알았다. 자신이 지금까지 주워 담았던 쓰레기는 일반 쓰레기가 아니란 것을. 그는 힘을 모아 다시는 빠져나오지 못하게 할 것처럼 쓰레기봉투를 힘껏 묶었다. 여기 대한민국의 주인은 그 누구의 것이 아니라 국민 모두의 것이므로.

이상한 나라에도 분명 시간은 존재했다. 그러나 그 시간은 일반적인 시간이 아니었다. 때로는 빛처럼 빠른 속도로 흐르기도 하고 때로는 시간이 정지돼 있기도 했다. 그런 이상한 시간이 하루에도 수십 번을 반복하고 있었다. 그렇게 이상한 나라에 밤이 깊어졌다. 용만의 가족은 이날 밤이 상식이 실종된 이상한 나라에서 벗어나는 마지막 밤이었다. 그러나 다음 날은 견디기 어려운 참혹한 현실로 들어가는 날이기도 했다. 정말 들어가고 싶지 않지만 들어갈 수밖에 없는 참혹한 현실이 용만의 가족을 기다리고 있었다.

친구와 함께 가족 대기소로 들어선 용만은 빈자리를 마련해 친구에게 권했다. 이미 유가족이 많이 빠져나간 불이 꺼진 가족 대기소 안에는 빈자리가 듬성듬성 자리를 차지하면서 음산한 기운마저 느껴졌다.

"여기서 같이 자자."

친구와 나란히 누운 용만이 눈을 감았다. 하지만 잠은 오지 않았다.

"큰오빠, 할 얘기가 있어."

용만의 고개가 여동생을 향했다.

"들은 얘긴데 이미 들어온 시신 중에 가족을 찾지 못한 시신이 있대."

"이미 채취한 DNA가 있는데 찾지 못한 시신이 있다구?"

용만이 이해할 수 없는 표정으로 물었다.

"DNA 결과가 나오려면 시간이 많이 걸리나 봐."

시신이 계속해서 들어오고 있는 상황에서 충분히 일리 있는 말이었다.

"그래서 내일 시신이 안치된 병원 좀 돌아볼까 생각 중입니다."

옆에 있던 매제가 말했다.

"직접 병원으로 가서 찾은 가족도 있대. 그래서 내일 성원 아빠하고 같이 돌아보려고. 그리고 10시쯤에 병원에서 전화가 왔었어. 성원이 찾았느냐고. 조금 있다가 다시 전화해 준다고 했는데 아직까지 연락이 안 오고 있어. 아무래도 성원이… 들어와 있는 거 같아."

여동생의 목소리가 떨려 나왔다.

용만이 벌떡 몸을 일으켰다.

"그럼 조 서방하고 오빠가 돌아볼 테니까 너는 여기서 애들 보고 있어."

여동생이 마지못해 고개를 끄덕였다.

정말 감당하지 못할 지옥 같은 현실이 눈앞으로 다가오는 것 같았다. 용만은 떨리는 가슴을 안고 두 눈을 감았지만 잠이 올 리는 만무했다. 팽목항에서 지금까지 느꼈던 분노의 감정이 수그러들고 떨림과 초조함이 그 자리를 대신했다. 일분일초가 마치 영원처럼 느껴지기도 하고 시간이 정지된 것처럼 느껴지기도 했다. 아니 어쩌면 내일이란 시간이 오지 않기를 바라고 있었는지도 모른다. 비록 팽목항의 세상은 분노로 이루어진 이상한 세상이지만, 이곳만큼 서로를 위로해주고 서로를 감싸주는 세상은 그 어디에도 존재하지 않을 것 같았다. 용만은 정말 여기 이상한 세상에서 벗어나고 싶지 않았다. 벗어나는 순간 눈앞에 닥친 현실은 용만의 가족만이 감당해야 하는 비참한 현실이 되기 때문이었다. 그 비참한 현실을 어떻게 감당할 수 있을까. 용만은 도저히 눈을 감고 있을 수 없었다.

봄을 일으킨 용만은 구호물품이 쌓여 있는 테이블로 다가가 신경안정제를 집어 들었다. 아무래도 이 시간이 이곳에서 보내는 마지막 밤이 될 것만 같았다. 두근거리는 가슴이 마치 북을 두드리는 것처럼 심하게 울리며 귓전으로 전해지는 것 같았다. 신경안정제 한 병을 급히 들이켠 용만은 여동생과 매제를 바라보았다. 그들 역시도 눈만 감고 있을 뿐, 비통한 얼굴은 심하게 일그러져 있었고, 감은 눈이 가끔 움찔거렸다. 그 움찔거리는 모습은 마치 절망의 늪에서 살아남기 위해 몸부림치는 모습처럼 보였다. 용만은 그렇게 느꼈다. 오빠를 기억하는 아름이가 있고, 형이 돌아오길 바라는 성록이가 있다. 현실을 생각하지 않을 수 없는 매제와 여동생의 움찔거림은 처절한 슬픔을 조금이라도 덜기 위한 몸부림이었을 것이다.

두 개의 신경안정제를 더 챙겨 넣은 용만은 구호물품 테이블에서 몸을 돌려 다시 자리에 누웠다. 지난 9일 동안 팽목항의 세상이 머릿속에서 끊임없이 펼쳐졌다. 팽목항의 세상은 영원히 잊히지 않을 것 같은, 아니 영원히 잊을 수 없는 처절한 싸움터였다. 팽목항을 벗어난 우리 가족들은 이제 영원한 패자로 살아야 하는가. 참을 수 없는 울분과 점점 더 깊어지는 떨림과 숨 막히는 초조함이 숨소리를 더욱 거칠게 만들었다. 성원이가 정말 들어와 있었단 말인가. 그것도 싸늘한 주검으로…. 머리를 쥐어뜯고 싶었다. 시간이 지날수록 떨리는 현상은 점점 더 심해졌다.

그때, 여동생의 전화가 울렸다. 드디어 올 것이 온 것 같았다. 용만은 벌떡 몸을 일으켰다. 전화기를 잡은 여동생의 손이 심하게 떨리고 있었다. 절대로 피해 갈 수 없는 현실, 그것은 차라리 죽음과도 바꾸기 싫은 현실이었다. 이윽고 전화를 끊은 여동생의 얼굴에 경련이 일었다. 여동생을 감싸 안은 매제가 통제할 수 없을 정도로 심하게 떨리는 입술을 힘껏 깨물었다.

"아름이, 록이, 빨리 일어나."

용만은 작은 소리지만 엄하게 말하고, 자고 있는 친구를 바라보았다.

"이제 가야겠다."

자고 있던 친구가 힘겹게 일어나 멍한 시선으로 용만을 바라보았다.

"우리 성원이… 올라왔다."

용만이 침착하게 말했다.

정은이가 우는 얼굴로 아이들을 챙기고 짐을 싸기 시작했다. 이날 용만은 이상하리만치 침착하게 보였다. 그렇게도 눈물을 많이 보였던 평소 모습과는 분명히 달랐다. 하지만 그의 침착함은 어딘가 이상하게 보였다. 그것은 감당할 수 없는 현실을 준비하기 위해 최대한 침착함을 가장한 행동인 것 같았다.

"자, 이거 마시고 가."

매제와 여동생이 용만이 건넨 신경안정제를 받아들었다. 하지만 신경안정제는 바로 주머니로 들어갔다. 다시 말하려던 용만이 말없이 고개를 돌렸다.

이윽고 대충 짐을 챙겨 몸을 일으키려던 용만은 순간 주춤거렸다. 최대한 침착함을 유지하려고 애썼지만 이미 힘이 빠져나간 다리가 의지를 무너뜨렸다. 잠시 그 자리에서 심호흡을 크게 한 용만은 다시 몸을 일으켜 천천히 발을 옮겼다. 이미 깨어난, 아니 잠 못 이루고 있는 실종자 가족들이 떠나가는 용만의 가족을 말없이 바라보는 듯했다. 만감이 교차하는 시선이 느껴지는 것도 같았다. 용만은 차마 고개를 돌릴 수 없었다. 다른 가족들의 시선을 마주 바라볼 자신이 없었다. 부러움을 받는 심정이 어찌 이리도 참담할 수 있는가. 용만의 가족이 빠져나간 가족 대기소에 다시 정적이 찾아들었다.

사망자 부두에 도착해 시신 안치소에 도착한 용만의 가족은 간단한 확인 절차를 거쳐 대기하고 있는 자원봉사자의 택시에 몸을 실었다. 녀석이 안치된 병원은 목포 한국병원이었다. 두 대의 택시에 나눠 탄 용만의 가족은 성원이가 애타게 기다리고 있을 병원으로 출발했다. 드디어 팽목항의 이상한 세상에서 벗어나 현실 세상으로 들어가는 순간이었다. 그러나 그것은 팽목항의 세상보다 하나도 나을 것 없는 세상이었고, 오히려 더 비참한 세상으로 들어가는 순간이기도 했다.

목포 한국병원까지는 한 시간 남짓한 거리였다. 차창 밖으로 캄캄한 어둠이 끝없이 펼쳐지는 것처럼 보였다. 아니, 그렇게 되기를 바라고 있었는지도 모른다. 눈을 감으려던 용만이 주머니를 뒤져 무엇인가를 꺼냈다. 그것은 신원 미상자로 분류된 성원이의 옷차림과 인상착의가 적힌 용지였다. 그것은 결코 작지 않은 용지였지만, 그것을 꺼내드는 용만의 눈에는 아주 작게 보였다. 마치 자신의 잘못을 인정하기 싫은 것처럼.

37번째 신원 미상자 특징

1. 성명: 미상(30대 추정)

2. 성별: 남

3. 신장: 175cm 정도

4. 인상착의: 넓은 이마, 짧은 머리, 우측 무릎 상처. 통통한 편

5. 소지품 등 기타사항

   - 상의: 반팔 티셔츠(연두색)

   - 하의: 반바지 운동복(풋볼클럽4)

6. 개요

   - 4월 20일 06:20분경 사고 해역 부근 발견. 인양

녀석은 핏기 없는 차가운 몸으로 벌써 4일을 혼자 애타게 가족을 기다리고 있던 것이었다. 팽목항의 세상은 녀석의 잘못된 추정 나이로 4일을 더 용만의 가족을 붙들고 있던 셈이었다. 하지만 그것은 누구의 잘못이 아닌 자식을 알아보지 못하고, 조카를 알아보지 못한 가족의 크나큰 잘못이고 불찰이었다. 이내 용만은 용지를 접어 다시 주머니에 넣고 눈을 감았다. 그

날의 선명한 기억이 뇌리를 가득 채웠다. 그것은 희생자 명단이 기재된 화이트보드 판 앞에 서서 기도하는 자신의 모습이었다.

'제발, 성원이의 이름이 저기에 적히지 않게 도와주십시오. 제발.'

용만이 올렸던 기도는 그렇게 절반만 이루어져 눈앞에 나타난 것이었다.

"다, 왔습니다."

택시 기사의 목소리는 마치 꿈속의 소리처럼 들렸다.

"다 왔다."

연이어 들리는 친구의 목소리는 무엇을 준비하라는 소리처럼 들렸다. 용만은 마치 천 근 무게와 같은 고개를 간신히 들어올렸다.

"정말 감사합니다."

자원봉사자의 노고에 고개를 푹 숙인 용만은 역시 천 근 같은 무거운 다리를 움직였다. 아무것도 보이지 않는 캄캄한 새벽이었다. 주위 배경은 하나도 들어오지 않았다. 오직 병원만이 두 눈 속으로 크게 들어왔다. 용만의 가족을 기다리고 있는 병원은 희미한 불을 밝혀놓고 있었다. 용만은 병원 입구로 들어가는 길이 이렇게도 힘든 길인지 처음 알았다. 그렇게 몇 걸음을 걸어 들어가니 사복 경찰로 보이는 사람들이 용만의 가족을 안내하기 위해 기다리고 있었다.

"애들은 큰 충격을 받을 수 있습니다. 그러니 제가 여기서 보호하고 있겠습니다."

성록이도 무엇을 감지했는지 두 눈을 껌뻑거리며 잡고 있던 엄마의 손을 놓았다.

성원이가 안치된 영안실은 복도 맞은편에 위치해 있었다. 드디어 그렇게도 보고 싶은 성원이, 그렇게도 기다려왔던 성원이를 만나는 순간이었다. 하지만 복도를 건너가고 싶지 않았다. 영안실임을 알려주는 불빛은 그 어떤 지옥의 불빛보다 더 음산하게 보였다.

이윽고 지옥의 문이 서서히 열렸다. 심하게 누근거리던 가슴이 마치 터질 것처럼 더 크게 울렸다. 벽을 짚은 용만이 힘이 빠진 다리를 간신히 지탱했다. 그 순간 용만의 눈에는 아무것도 들어오지 않았다. 매제도 들어오지 않았고, 심지어는 여동생도 들어오지 않았다. 정말 아무것도 들어오지 않았다. 오로지 두 눈을 감고 병원 침상에 똑바로 누워 있는 녀석만 눈에 들어올 뿐이었다. 그런데 이상하게도 울음이 나오지 않았다. 용만이 잠시 얼이 빠진 얼굴로 있을 때, 매제의 울음소리가 들렸다. 그 울음소리는 진작부터 들려왔을 것이다. 하지만 용만은 그 울음소리를 듣지 못했다. 그 울음소리가 들리자, 이번에는 여동생과 정은이, 아름이의 울음소리가 동시에 들렸다. 용만의 눈에서 주체할 수 없는 눈물이 솟구치기 시작했다. 용만은 외치기 시작했다.

'성원아, 일어나 봐! 삼촌이야. 눈 좀 떠 봐, 인마! 장난하지 말고 어서 일어나, 인마!'

그런데 어찌된 일인지 목소리가 나오지 않았다. 어떤 말도 나오지 않았고, 어떤 소리도 지를 수 없었다. 마치 실어증에라도 걸린 것처럼 도무지 말을 할 수 없었다. 오로지 나오는 건 주체할 수 없는 눈물과 오열뿐이었다. 눈앞을 가린 눈물 사이로 오열을 터트리던 여동생의 쓰러지는 모습이 흐릿하게 보였다. 온 세상이 도무지 현실감이 느껴지지 않는 흐릿한 세상의 연속이었다. 그렇게도 보고 싶던 녀석이었지만 말 한마디 할 수 없었고, 이름조차 부를 수 없었다.

이마가 크게 찢어져 피를 흘리며 누워 있는 성원이는 잔뜩 찡그린 얼굴로 두 눈을 꼭 감고 있었고, 파리한 입술은 누군가를 부르려는지 살짝 벌어져 있었다. 너무나 비참한 현실을 마주한 용만의 가족은 영안실을 빠져 나올 수가 없었다. 지켜보고 있던 경찰이 다가와 용만의 가족을 부축해 밖으로 인도했다. 자식 같고, 친구 같은 성원이에게 말 한마디 하지 못한 용만은 도저히 그냥 나올 수가 없었다. 다시 돌아서서 녀석에게 다가간 용만은 녀석의 찢어진 이마를 만져보았다. 용만은 마지막으로 힘을 모아 성원이에게 말했다.

'성원아, 얼마나 아팠니. 정말 미안하구나.'

하지만 마지막 말도 입 밖으로 나오지 않았다.

성원이는 엄마, 아빠를 보고도 한마디도 하지 않았다. 동생과 삼촌, 이모를 보고도 입술 한번 움직이지 않았다. 결국 녀석과 그렇게도 가고 싶던 집으로 향할 수 없었다. 다시는 녀석과 같이 밥을 먹을 수 없는 현실이 돼 버렸다. 용만의 가족이 그렇게도 바라던 소박한 꿈은 이루어지지 않았다. 어떻게 한집에서 같이 밥을 먹는다는 것이 그토록 바라는 꿈이 될 수 있는가. 그것이 꿈이라면 세상 모든 사람들은 꿈속에서 살고 있음이 분명했다. 용만의 가족에게 그 꿈은 세상에서 가장 부러운 꿈이었다.

그렇게 9일 만에 성원이를 찾은 용만의 가족은 팽목항의 세상에서 벗어나 또 다른 비참한 현실을 준비해야만 했다. 아마도 그 비참한 현실은 평생을 따라다닐 것이다. 성원이와 용만의 가족을 태운 택시와 운구차가 안산을 향해 출발했다.

15
서울,
정근호의 집

근호는 자신의 서재에서 근 하루를 나오지 않고 있었다. 서재로 들어올 때부터 마주한 컴퓨터는 여전히 불을 밝힌 채 주인의 표정만 살피고 있는 것 같았다. 수많은 사이트를 검색하는 그는 시종일관 일그러진 표정이었고, 그 표정이 풀리지 않는 것으로 보아 무언가 그의 심기를 자극하는 게 있는 듯했다. 그때 노크 소리와 함께 그의 아내 미란이 과일을 들고 서재로 들어섰다.

"당신, 피곤하지 않아요? 저녁도 거르고…."

남편 앞에 과일을 내려놓은 그녀가 의자를 가져와 모니터를 바라보았다.

"여기를 좀 봐."

모니터를 바라보는 그녀의 얼굴이 몹시 찡그려졌다.

"대체, 왜들 이러는 건지…."

수많은 사이트에는 세월호 실종 학생들의 명예를 훼손하는 모욕적인 글들이 실려 있었고, 실종자 가족들의 움직임에 어떤 사상적인 색깔을 부여하며 비방의 수위를 높여가고 있었다.

"대체 이런 사람들은 이런 행위를 통해서 어떤 이익을 바라고 있는 것일…"

말을 멈춘 그녀가 훅하고 숨을 들이켰다. 근호 또한 무엇을 보았는지 모니터를 뚫어지게 응시했다.

"어떻게 저럴 수가…. 자식을 잃은 세월호 유족들을 유족충이라고 말하고 있…."

너무 화가 치민 미란은 얼굴이 붉어져 말을 제대로 잇지 못했다.

"타인의 찢어지는 가슴에 동조하지 못한다는 것쯤은 이해할 수 있어. 하지만 저것은 타인의 찢어지는 가슴에 돌팔매질을 하는 것이고, 대못을 박는 패륜적인 글이야. 인간이라면 도저히…."

근호와 미란은 차마 모니터를 계속 바라볼 수 없었다. 너무나 화가 치민 근호는 차라리 컴퓨터의 코드를 뽑아버리고 싶은 심정이었다. 씩씩거리는 숨소리가 매우 거칠게 느껴졌다. 차마 아내 앞에서 욕설을 내뱉을 수 없는 그는 씩씩거리는 숨소리로 분노의 욕설을 대신하고 있는 것처럼 보였다. 간신히 감정을 수습한 그는 아내를 바라보았다.

"우리가 이렇게 보고만 있으면 안 돼. 저 패륜적인 글을 최대한 희석시켜야 해."

"어떻게…."

"당신, 글솜씨 있잖아. 당신이 세월호 유족인 것처럼 해서 글을 좀 써보는 게 어때?"

"그러다가 세월호 유족이 아닌 게 밝혀지기라도 하면 세월호 유족들을 더 욕 먹이는 게 아닐까요?"

"그건 염려하지 마. 자식을 잃은 부모의 찢어지는 심정이 어떤지 그 감정을 최대한 살리는 게 중요해. 어차피 세월호 사고는 우리 모두가 당할 수 있는 사고이고, 우리 모두가 책임져야 하며 다시는 이런 어처구니없는 사고를 방지하자는 게 목적이니까…."

마침내 고개를 끄덕인 미란이 근호의 의자로 옮겨 앉았다. 잠시 심호흡을 한 그녀는 천천히 눈을 감았다. 그녀의 머릿속으로 돌아오지 않는 자식을 부르며 땅을 치는 엄마가 보였고, 비바람이 몰아치는 사고 해역에서 목 놓아 절규하는 아빠의 모습이 지나갔다. 캄캄한 어둠 속에서 쏟아지는 비를 맞으며 자식의 시신을 확인해야 하는 비참한 세상이 펼쳐졌다.

'○○아, 빨리 나와서 엄마랑 같이 집에 가자.'

'○○아, 빨리 나와서 밥 먹어야지.'

'○○아, 그 추운 배 안에서 너무 오래 있으면 감기 걸리잖아.'

수많은 절규의 외침이 메아리처럼 귓전을 계속 울렸다. 그 순간 어떤 울부짖음의 목소리가 들리고 겁에 질린 소년의 얼굴이 자리를 잡았다.

"엄마, 너무 무서워."

그녀는 하마터면 소리를 지를 뻔했다. 겁에 질려 엄마를 부르는 소년은 다름 아닌 자신의 아들 창현이었다. 몸이 덜덜 떨리는 그녀는 한동안 아무것도 할 수 없었다. 아니 움직일 수조차 없었다. 이윽고 감정에 빠져 있던 그녀의 두 눈에서 눈물이 주르르 흐르고 어깨가 들썩거리기 시작했다. 흘러내리는 그녀의 눈물이 키보드를 적셔 나갔다. 눈물을 머금은 키보드가 그녀의 손가락을 따라 움직이기 시작했다.

〈많은 사람들이 우리를 유족충이라고 말하는데, 그 말은 전적으로 맞습니다. 왜냐하면 우리는 자식을 지켜주지 못했으니까요. 하물며 집에서 키우는 애완견도, 제 새끼가 위험에 처해 있으면 가만히 있지 않습니다. 집에서 키우는 고양이도, 제 새끼가 위험에 처해 있으면 가만히 있지 않습니다. 그러나 우리는 바로 눈앞에서 자식이 죽어가는데도 가만히 있었습니다. 우리는 자식이 엄마, 아빠를 부르며 살려달라고 소리치는데도 가만히 있었습니다. 그러니 우리는 분명 유족충이 맞습니다. 그런 우리를 마음대로 욕하고 때린다고 해도 우리는 얼마든지 참을 수 있습니다. 왜냐하면 우리는 자식을 지켜주지 못한 유족충이니까요. 다만 한 가지 부탁드립니다. 우리 아이들에게는 욕하지 말아 주십시오. 엄마, 아빠로부터 버림받고 죽어간 불쌍한 우리아이들은 욕하지 말아 주십시오. 어른들로부터 버림받고 억울하게 죽어간 우리 아이들은 욕하지 말아 주십시오. 국가로부터 버림받고 죽어간 우리 아이들을 제발 욕하지 말아 주십시오. 부탁드립니다. 우리 아이들이 하늘에서나마 버림받지 않도록 욕하지 말아 주십시오. 자식을 지켜주지 못한 못난 부모가 참회의 심정으로 부탁드립니다. 우리 아이들이 이 땅에서 다시 태어날 수 있도록….〉

미란은 더 이상 글을 써내려 갈 수 없었다. 눈물 젖은 얼굴이 남편을 향했다. 아내를 감싸 안은 근호의 눈에서도 눈물이 흘렀다.

장례식장.

계절은 만물이 소생하는 봄이었다. 그것을 증명이라도 하듯 장례식장을 둘러싸고 있는 야트막한 야산에 붉은빛이 감도는 봄꽃이 곳곳에 피어 있었다. 계절은 분명 용만이 가장 좋아하는 봄이었다. 그러나 곳곳에 피어 있는 꽃들은 마치 상여의 꽃처럼 보였고, 꽃들의 붉은빛은 잔혹한 핏빛처럼 보였다.

용만의 가족이 차도 바로 옆에 위치한 장례식장으로 들어섰다. 곧바로 빈소가 마련되고 녀석의 사진에 검은 띠가 둘러졌다. 무릎걸음으로 다가간 용만이 향을 집어 들었다. 향을 사르는 용만의 어깨가 들썩이기 시작하더니 또다시 주체할 수 없는 눈물이 솟구치기 시작했다. 정말 눈물이 마르지 않았다. 아니 눈물이 마를 날이 없었다. 매제는 오열을 터트리면서도 거의 인사불성에 가까운 아내를 챙기지 않을 수 없었다. 용만은 차라리 세상이 한

순간에 없어져 버렸으면 좋겠다는 생각까지 들었다. 그렇게 행복항의 흐릿한 세상은 급기야 아주 캄캄한 세상으로 변해 용만의 가족을 무참히 집어삼켰다. 무릎을 꿇고 있던 용만이 성원이의 사진을 들어 올려 뚫어지게 바라보았다.

'성원아, 삼촌이 이렇게 무릎 꿇었잖아. 그러니까 이놈아, 한마디만 해 봐! 제발 한마디만 해 보라구!'

하지만 녀석의 꾹 다문 입술은 끝내 움직이지 않았다. 순간 그는 급히 몸을 일으켰다. 아마도 무엇을 느낀 모양이었다. 그는 부리나케 화장실로 뛰어 들어갔다. 이내 웩웩거리는 소리가 들려나왔다. 용만은 먹은 음식물을 전부 게워내기 시작했다. 이윽고 위액이 넘어오면서 어지럼증이 찾아왔다. 변기에 걸터앉은 그는 한동안 화장실에서 나올 수가 없었다.

아침부터 찾아온 수많은 지인들의 조문 행렬이 줄을 이었다. 심지어 일터로 향하던 일반 조문객들이 빈소를 찾아 위로의 말을 건네기도 했다. 그렇게 성원이의 빈소는 찾아오는 조문객들로 연일 발 디딜 틈이 없을 정도였다. 그것은 비단 녀석의 빈소만 그런 것이 아니었다. 바로 옆에 마련된 성원이 친구들의 빈소가 그랬고, 세월호 사고로 희생된 사람들의 영결식장이 모두 같았다. 대다수의 국민은 희생자들에게 명복을 빌어 주었고, 또한 무능한 정부를 강도 있게 성토했다. 용만의 지인들도 다르지 않았다. 단 한 명의 생존자도 구조하지 못한 구조 당국의 믿기 힘든 대처를 장례식장이 떠나갈 듯 울분을 터트리며 외쳤다. 그 모습을 멍한 시선으로 바라보는 용만은 어느 것 하나 눈에 들어오지 않는 것처럼 아무 표정이 보이지 않았다. 그저 흘러가는 시간 속에 자신의 몸을 내맡기고 있는 것 같았다.

정부에 대한 성토의 목소리를 뒤로한 용만이 밖으로 향했다. 어느새 곳곳에 불이 밝혀졌고 캄캄한 어둠이 세상을 가득 덮고 있었다. 야외 휴게실에는 희생자들의 가족으로 보이는 수많은 사람들이 침통한 표정으로 지나가는 차량들을 말없이 바라보고 있었다. 용만은 시선 속으로 들어오는 베트남에서 급히 귀국한 남동생과 매제를 가만히 응시했다. 응시하는 표정 또한 초점 없는 멍한 얼굴이었다. 바로 그때 희생자 가족으로 보이는 남자가 의자를 질질 끌며 앞으로 이동하고 있었다. 파릇한 얼굴이 삼십 초반 정도의 나이로 보였다. 용만은 초점 없는 시선을 바로잡았다.

"떠들지 말고 조용히 있어."

용만은 자신의 친구들에게 시비조로 말하는 남자를 가만히 보고 있을 수 없었다.

"미안합니다. 우리 모두 같은 입장이니 이해해 주세요."

용만이 타이르듯 조용히 말했다.

"너는 또 뭐야!"

남자는 울분을 통제하기 힘든 모양이었다. 다혈질인 남동생과 매제가 남자에게 달려들었다. 상복 차림의 수많은 사람들의 시선이 일제히 쏠렸다. 그러나 단 한 사람도 싸움을 중재시키려 나서지 않았다. 그 모습은 마치 끓어오르는 분노와 울분과 비통함을 보상받으려는 것처럼 느껴졌다. 남자의 멱살을 움켜잡은 매제가 발을 들었다. 그때 용만이 소리를 질렀다.

"조 서방, 그러지 마!"

분이 풀리지 않은 남자가 용만에게 달려들었다. 상황은 거꾸로 돌아가기 시작했다. 참고 있던 용만이 사납게 남자의 멱살을 움켜잡고 소리치기 시작했다.

"그래, 시발놈아. 우리 애들 다 죽었어. 다 죽었다구! 그런데 어떡하라구. 다 죽었는데 어떡하라구! 병신 같은 정부 때문에 우리 애들 다 죽었는데 어떡하라구, 이 시발놈아!"

용만은 울음을 터트렸다. 지인과 친구들이 용만을 의자에 앉혔다. 용만은 그 자리에서 한참 고개를 숙이고 움직이지 않았다. 그렇게 팽목항의 울분과 비통은 장례식장까지도 따라다니고 있었다.

마침내 3일장을 마치고 장례식장을 나서는 날은 부슬비가 내리는 날이었다. 팽목항의 흐릿한 세상은 정말 끈질기게 유가족을 따라붙었다. 녀석은 마지막 길에 자신이 다녔던 단원고등학교로 향했다. 성원이가 책을 펼치고 공부했던 책상에는 책 대신에 흰 국화가 놓여 있었다. 교실의 그 많은 책상에는 수많은 흰 국화가 텅 빈 학생들의 자리를 대신 차지하고 있었다. 금방이라도 녀석들의 떠드는 소리와 웃음소리가 들려올 것만 같았다. 성원이의 책상을 부여잡은 여동생이 오열을 터뜨렸다. 바로 교실을 나가야 했지만, 용만의 가족은 발이 떨어지지 않았다. 이윽고 교사의 안내를 받은 용만의 가족은 성원이가 친구들과 뛰놀던 운동장을 마지막으로 돌아 수원 연화장으로 향했다. 부슬비는 그치지 않고 계속해서 내렸다. 온 세상이 흐릿하게 보였다. 흐릿한 세상과 캄캄한 세상은 정말 끝없이 계속될 것처럼 보였다.

마침내 화장을 마친 성원이는 한줌 하얀 뼛가루가 되어 작은 병에 담겼다. 이제 더 이상 세상 그 어디에서도 녀석을 볼 수 없게 됐다. 한줌 뼛가루만 남은 녀석은 제 외할머니가 잠들어 있는 하늘공원으로 향했다. 용만은 불과 석 달 전에 어머니의 성묘를 같이 왔던 듬직한 녀석이 열여덟의 짧은 생을 마감하고 한줌 뼛가루만 남은 채 이곳으로 왔다는 사실을 도저히 믿을 수가 없었다. 그러나 인정할 수밖에 없는 현실을 받아들여야만 했다. 이제는 어머니와 같은 세상으로 떠나는 녀석의 명복을 빌어주는 수밖에 없었다.

제일 앞에서 성원이의 사진을 든 용만이 녀석이 안치될 납골함으로 발을 옮길 때 목소리가 들렸다.

"형, 엄마한테 먼저 갔다가 가야지."

남동생이 울음 섞인 목소리로 간신히 말했다.

몸을 돌린 용만의 가족은 어머니가 모셔진 곳으로 향했다. 제일 구석에서 비를 맞고 있는 어머니의 납골함에 가까워질수록 용만은 걸음을 늦추었다. 용만은 차라리 그 자리에서 몸을 돌리고 싶었고, 어머니에게 가고 싶지 않았다. 유난히도 성원이를 좋아했던 어머니였다. 불과 석 달 전에 듬직한 녀석의 절을 받았던 어머니에게 어떻게 한줌 뼛가루로 남은 녀석을 보여줄 수 있겠는가. 가슴이 미어터질 것만 같았다.

이윽고 어머니의 납골함에 선 용만이 울면서 말했다.

"엄마…, 성원이… 왔어."

더 이상, 그 어떤 말도 나오지 않았다. 마치 눈물처럼 보이는 부슬비는 영원히 그치지 않을 것처럼 보였다. 하지만 눈물 젖은 눈으로 허공을 주시한 용만의 눈에는 내리는 부슬비가 하늘이 슬퍼서 흘리는 눈물이라고 믿기는 만무했다. 세월호 사고 해역에서 구조의 촌각을 다투는 시점에 쏟아져 내리는 하늘의 눈물은 악어의 눈물 그 이상이었다. 그러고 보니 하늘은 불쌍한 아이들과 실종자 가족들의 가슴 찢어지는 절규를 외면하고 있었던 것 같았다. 끝내 집으로 데려갈 수 없는 성원이를 빗속으로 떠나보낸 용만의 가족은 녀석의 납골함 앞에서 하늘을 원망했다. 녀석을 빗속에 남겨둔 용만의 가족이 도저히 돌아설 수 없을 것만 같았던 몸을 돌렸다. 녀석을 남겨둔 채, 집으로 향하는 길에도 악어의 눈물은 그치지 않았다.

삼 일 후.

용만은 가고 싶지 않은 그러나 가야만 하는 길을 나섰다. 차량의 경음기 소리가 운전을 하는 내내 용만을 따라붙었다. 붉은색 신호등과 녹색 신호등이 허공을 주시하며 운전하는 그를 통제하지 못하고 있었다. 경음기 소리를 뒤로하며 여동생의 집에 도착한 그는 자신의 승용차에서 움직이지 않고 그대로 앉아 있었다. 우그러진 방범창을 한참이나 바라다본 그는 떨어지지 않는 발을 움직여 여동생의 집으로 들어섰다.

"사촌, 왔네?"

성복이가 아무것도 모르는 늦한 표정으로 용만을 반겼다.

매제와 여동생의 멍한 시선을 피한 용만의 눈에 빈자리가 크게 보이는 집이 들어왔다. 성원이가 없는 여동생의 집은 허전함을 넘어서 황망하게 보였다. 녀석이 사용하던 빈 의자와 책상이 그렇게 보였고, 녀석의 가방과 옷걸이에 걸린 교복이 그랬다. 교복에 달려 있는 명찰에 세상에서 가장 슬픈 이름이 적혀 있는 것처럼 보였다. '조성원' 이루 말할 수 없이 슬픈 이름이었다. 눈시울이 붉어진 용만은 얼른 시선을 돌려 우그러진 방범창 너머를 바라보았다. 밖으로 보이는 길이 우그러지게 보였고, 밖으로 보이는 세상이 우그러지게 보였다. 정말 모든 세상이 우그러진 것처럼 보였다.

"큰오빠, 우리 이사할 거야."

우그러진 세상을 바라보고 있던 용만의 시선이 여동생을 향했다가 매제로 옮겨갔다. 매제의 고개가 살며시 끄덕이는 것처럼 보였다. 용만은 아무 말도 해줄 수가 없었다.

"집은 이미 내놨어."

힘없이 말하는 여동생의 목소리를 들었는지 못 들었는지 용만의 꾹 다문 입술은 움직이지 않았다. 이내 용만은 성원이의 영정 사진으로 시선을 돌렸다. 팔팔하게 뛰어놀던 녀석을 다시는 볼 수 없다고 생각하니 가슴이 미어지는 것 같았다. 저 녀석은 무슨 생각을 하고 있을까. 영정 사진 속의 성원이는 시종일관 같은 표정으로 용만을 뚫어지게 바라보고 있을 뿐 아무 말이 없었다. 저 사진을 찍을 때, 녀석은 무슨 생각을 하고 있었을까. 녀석은 자신의 사진이 영정 사진으로 될 줄 꿈에나 생각했을까. 문득 용만은 어머니의 미소 짓는 영정 사진을 떠올렸다. 어머니는 분명 웃고 있었지만 용만은 그 웃음이 울고 있는 것처럼 느껴졌었다. 영정 사진 속의 성원이의 얼굴과 어머니의 웃고 있는 모습이 동일하게 보였다. 영정 사진 속의 녀석이 울고 있는 것 같았다. 용만은 곧바로 물기를 머금은 흐릿한 시선을 떨어뜨리고 여동생의 집을 나섰다.

"사춘, 왜 가?"

용만은 성록이의 물음에도 고개를 돌릴 수 없었다. 아무것도 모르는 성록이 앞에서 더 이상 눈물을 보여주고 싶지 않기 때문이었다. 밖으로 나오니 잔뜩 흐려 있던 하늘에서 또 다시 빗방울이 흩날리기 시작했다. 정말 흐릿한 세상은 멈추지 않고 계속해서 이어지고 있었다. 끝없이 계속되는 흐릿한 세상에서 빠져나올 수가 없을 것만 같았다. 용만의 승용차가 목적지가 분명하지 않은 곳으로 달려 나갔다. 흐릿한 세상이 용만의 승용차를 계속해서 따라붙는 것 같았다.

흐릿한 세상에서 벗어나기 위한 용만의 몸부림은 계속되고 있었다. 용만은 지난 며칠을 어떻게 보냈는지 기억이 가물가물했다. 멍하니 집 안에만 틀어박혀 있는 시간이 많았고, 언제 깔아 놓았는지 모를 정도로 누렇게 색이 바랜 이불에 누워 있는 날이 허다했다. 용만은 일하는 시간을 제외한 모든 시간을 집 안에서 잠만 자면서 보낸 것 같았다. 잘 마시지도 못하는 술이 늘어가면서 혼자 있는 방 안에 빈 소주병이 늘어갔다. 용만은 여태껏 혼자 술을 마신 적이 단 한 번도 없었다. 용만은 술 자체를 즐기는 사람이 아니었고, 주량은 소주 반병을 넘기지 않았다. 그렇지만 너무나 비통한 현실이 가져다주는 고통을 극복하기 어려워 그는 술에 의존하기 시작했다.

또한 용만이 술에 의존하게 된 결정적인 이유는 술이 가져다주는 비현실적인 세상이었다. 용만은 비현실적인 세상에서 어떠한 방향도 못 잡고 있었다. 술이 들어갈수록 성원이의 목소리가 점점 크게 들리는 것 같았고, 녀석의 얼굴이 점점 생생하게 보이는 것도 같았다. 이상하게도 정말 그랬다. 바로 옆에 있는 것 같은 녀석이 금방이라도 말을 걸어올 것만 같았다. 그것은 자신에게 더 큰 고통을 주는 것이어서 술을 마시기가 어려웠다. 그러나 녀석을 소금이라노 더 느끼고 싶은 그는 술을 안 마시기가 더 어려웠다. 이것이 그에게는 술을 마실 수도 없고, 안 마실 수도 없는 현실에서 방향을 잡지 못하고 있는 이유이기도 했다. 제삼자의 입장에서는 절대로 이해하지 못할 현실이었다. 그런 비현실적인 세상이 거의 한 달 동안 그를 붙잡고 있었던 셈이었다.

'성원이가 죽었어! 성원이가 죽었다구! 어떻게 성원이가 죽을 수 있지? 이게 현실인가?'

잠에서 깨어날 때마다 그의 입에서 떠나지 않는 가슴 찢어지는 말이었다.

불현듯, 용만은 녀석과의 약속을 떠올렸다. 무엇보다도 녀석과의 약속을 지키는 것이 가장 큰 급선무였다. 그 약속이 일상 복귀의 노력을 조금이나마 줄여줄 것 같았다. 만약 녀석과의 약속이 없었다면 아마도 일상 복귀의 노력을 하지 못할 수도 있을 것이라고 그는 생각했다. 그 만큼 녀석은 그에게 있어서 조카 이상의 존재였다.

'삼촌, 나는 역사학자나 정치인이 돼서 잘못된 우리 역사를 바로잡을 거야.'

'그러기 위해선 선행 조건이 있어. 우선적으로 책을 많이 읽어야 해.'

'당연하지. 내가 책을 많이 보고 있는 거 삼촌도 알고 있잖아.'

'하하. 삼촌도 잘 알지. 그러면 성원아, 삼촌 책 나오면 몇 번 읽을 거야?'

'음, 두 번 이상은 읽어야지.'

'그럼, 삼촌 책이 나오면 제일 먼저 보여줄게.'

'어, 알았어.'

녀석은 우리 역사에 대해 관심이 많았고 잘못 알려진 부분에서는 분통을 터트리기도 했다. 녀석과 용만은 아주 많은 대화를 나눴고 아주 많은 생각을 공유했었다. 용만은 쓰고 있던 책을 중간중간에 녀석에게 보여주며 평을 듣기도 했었다. 그만큼 성원이는 예리한 관찰력과 풍부한 문학적 감수성을 갖추고 있었다. 용만은 4월 15일 세월호 사고 바로 전날, 집필하던 원고를 탈고했다. 그날 탈고를 하지 못했으면 아마도 탈고는 기약 없는 세월을 기다려야 했을 것이다. 녀석은 완성된 용만의 책을 꼭 보고 싶어 했고, 녀석과의 약속이 용만이 컴퓨터 앞에서 떠나지 못하게 하는 이유를 만들어 주었다.

한참 키보드를 두드리던 용만이 손가락의 움직임을 멈췄다. 수정을 다 끝낸 것은 아니었지만 온통 녀석의 생각으로 꽉 차 있는 머릿속은 아주 복잡했고 집중하기가 힘들었다. 몸을 일으킨 그는 집을 나섰다.

그가 향하는 곳은 안산 화랑유원지였다. 이윽고 화랑유원지에 다다른 그는 유가족 대기소로 들어가기 전, 잠시 서서 분향소를 바라보았다. 올림픽기념관에서 화랑유원지로 옮긴 분향소에는 흰 국화를 든 조문객들이 헌화를 하며 희생자들의 명복을 빌어주고 있었다. 전국에서 올라온 조문객들은 모두가 한마음으로 아파했고, 애절한 음악이 흐르는 분향소를 돌아 나오는 그들의 얼굴은 눈물범벅이었다. 믿기 힘든 세월호 대참사는 그야말로 대한민국 국민 거의 모두를 슬픔에 빠트리는 전대미문의 비극이었다. 이때까지만 해도 대한민국 국민은 거의 모두가 슬픔에 빠져 있었다 해도 과언이 아니었다. 그도 그럴 것이 세월호 사고 희생자는 꽃을 피워보지도 못한 학생들이 다수를 차지하고 있었고, 그것은 아이들을 지켜주지 못한 어른들의 책임이라고 슬픔에 빠진 국민들은 생각하고 있었다. 정말 이때까지는 그랬다.

그런데 이상한 나라는 팽목항에서만 존재하는 게 아닌 것 같았다. 언제부턴가 총체적인 부실 구조의 진상 규명의 목소리가 높아지고 있는 가운데, 팽목항을 빠져나온 이상한 나라는 세력을 넓혀가려는지 무언가 이상한 움직임이 느껴졌다. 팽목항의 이상한 나라는 자식을 가슴에 묻은 세월호 가족들을 끝까지 따라다니려는 심산인 것 같았다. 대체 이상한 나라의 실체가 무엇인지, 대체 무엇을 얻으려고 하는지 도무지 이해하기 어려웠다.

잠시 분향소를 향해 걷던 용만은 다시 발을 돌려 유가족 대기소로 들어섰다. 용만은 그랬다. 근 한 달을 이곳 화랑유원지를 드나들었지만 용만이 향하는 곳은 언제나 유가족 대기소였다. 차마 분향소로 들어설 용기가 나지 않았다. 녀석을 포함해 녀석의 친구들과 일반인들, 삼백여 명에 가까운 영정 사진을 바라본다는 것은 분명 용기를 필요로 하는 것이었다. 아직까진 그런 용기가 나지 않았다.

유가족 대기소로 들어선 용만은 고개를 돌려 매제와 여동생을 찾았다. 한쪽 구석에 자리 잡은 매제와 여동생의 초점 없는 시선은 허공을 바라보는 것 같았다. 그 옆에서 아무것도 모르는 얼굴로 엄마의 손을 잡고 있는 성록이의 목소리가 들렸다.

"엄마, 형아 머리가 아픈 거야, 팔이 아픈 거야?"

녀석은 이미 세상을 떠난 제 형이 병원에 있는 것으로 믿고 있었다. 눈시울이 붉어진 용만이 유가족 대기소를 조용히 빠져 나갔다.

16
화랑유원지 분향소의
대통령

　또 며칠이 흘렀다. 대체 시간의 의미가 무엇인지 모를 정도로 시간은 이상하게 흐르고 있었다. 빛처럼 아주 빠르게, 때로는 멈춰 있는 것 같은 팽목항의 시간과는 분명히 달랐다. 한숨 소리가 실려 있는 시간은 한숨에 한숨을 더욱 갈구하며 흐르고 있는 것만 같았다. 시간은 정말 야속했다. 자식을 잃고 부모를 잃은 가족들에게 무엇을 더 바라고, 더 빼앗고 싶은지 시간은 아주 더디게 흐르고 있었다. 유가족 대기소에 앉아 있는 용만의 입에서 연이어 한숨이 터졌다. 그때, 사람들이 웅성거리기 시작했다. 못 박힌 듯 의자에 앉아 있던 용만의 시선이 출입구를 향했다.

　"대통령이 왔대요."

　의자에서 튕기듯 일어선 용만은 한달음에 달려 나가 고개를 돌렸다. 경호원들을 대동한 대통령이 분향소 안으로 들어가는 모습이 보였다. 검은 상복 차림에 고개를 숙인 모습은 마치 자신의 책임인 양 모든 것을 짊어지겠다는 결연한 의지가 침울한 표정 속에 담겨 있는 것 같았다. 그것은 진정한 국가원수의 모습이었고, 또한 국가원수를 떠나 참담한 현실을 바라보는 인간의 고뇌 어린 모습으로 비춰지기도 했다.

용만은 지금까지 자신이 느꼈던 국가와 정부를 부정했던 분노의 감정이 고뇌에 찬 대통령의 뒷모습에서, 아니 한 인간의 뒷모습에서 사그라지는 감정을 부정할 수 없었다. 인간은 타인의 희로애락의 감정을 공유할 수 있고 공감할 수 있다. 대통령을 떠나 한 여인으로서의 뒷모습이 몹시 슬퍼보였다. 이제부터 이상한 나라가 제자리를 찾을 것만 같았다. 용만은 그 누가 백 번을 물어도 대한민국이 가장 좋고, 다시 태어난다 해도 대한민국을 선택하겠노라고 자신 있게 대답할 수 있었다. 그것은 이미 세상을 떠난 조카에게도 자주 해 주었던 말이기도 했고, 용만의 소설 또한 애국심의 발로로 인해 만들어진 소설이라고 보아도 무방했다. 그만큼 용만은 대한민국을 사랑하는 사람이었다.

이윽고 대통령의 모습이 사라짐과 동시에 용만이 천천히 몸을 돌렸다. 그는 이제부터라도 자신의 할 일을 해야 했다. 그것은 성원이와의 약속이었다. 대통령은 우리가 무엇을 원하는지 분명히 알고 있을 것이야. 돌아서는 그의 뒷모습에서 무언가 큰 기대와 바람이 느껴지는 것 같았다.

잠시 후, 자신의 집에 도착한 용만은 곧바로 컴퓨터를 부팅시키고 모니터와 마주했다. 잠시 눈을 감은 그는 호흡을 가다듬었다. 정신을 집중하기 위한 그만의 방법이었다. 하지만 집중은 여간 어려운 일이 아닐 수 없었다. 집중의 노력은 쉽게 표면으로 나타나지 않았다. 급기야 노력에서 실패한 그는 쓰러지듯 우중충한 이불에 몸을 눕혔다. 그렇게 한참을 뜬눈으로 시간을 보내던 그는 마침내 잠 속으로 빠져들기 시작했다. 잠 속으로 빠져드는 그의 눈앞에 겹쳐지는 그림이 있었다. 그것은 한시도 떠나지 않는 성원이의 모습과 화랑유원지에서 분향소로 들어가는 대통령의 참담한 얼굴과 고뇌에 찬 여인의 뒷모습이었다. 그렇게 밤은 깊어가고 용만의 숨소리도 깊어졌다.

다음 날, 인터넷에 접속한 용만은 크고 작은 수많은 제목들에 시선을 고정시키고 마우스를 멈췄다. 그것은 바로 분향소에서 조문을 드리는 대통령의 동영상이었다. 그런데 이상하게도 자신이 화랑유원지에서 보고 느꼈던 대통령의 모습과는 너무도 다른 동영상 제목들이 모니터를 가득 채우고 있었다. 도무지 이해할 수가 없었다. 의혹의 시선을 가득 품은 용만은 천천히 동영상을 클릭해 보았다.

동영상이 계속될수록 그의 얼굴이 일그러지기 시작했다. 흰 국화를 손에 들고 헌화를 하러 가던 대통령이 갑자기 몸을 돌리는 것이 아닌가. 몸을 돌린 대통령은 검은 옷차림에 침통한 표정을 지은 여자의 손을 잡으며 위로의 말을 건네고 있었다. 60대 초반 정도로 보이는 여자는 유족인 듯했다. 하지만 용만은 그날 유가족 대기소에서 검은 옷차림의 사람들을 본 적이 없었다. 특히 여자의 검은 옷은 어디에서나 눈에 띌 수밖에 없는 차림인 것이 분명하다고 보아야 했다. 또한 대통령의 행동도 이해하기 힘들 정도로 이상했다. 헌화를 하러 가는 도중에 갑자기 몸을 돌리는 대통령의 모습은 마치 미리 알고서 하는 행동처럼 보였다. 마치 발걸음의 숫자를 세다가 돌리는 것처럼.

순간 용만은 자신이 잊고 있는 것이 있음을 알아챘다. 바로 동영상의 제목이었다. "대통령의 손을 맞잡은 여자는 유가족이 아니다."라는 제목이 크게 보였다. 그럼 대체 저 여자는 누구이고, 무엇 때문에 유가족 행세를 한단 말인가. 급기야 용만의 입에서 욕설이 터지며 재떨이가 벽을 때렸다. 이 모든 것이 철저히 각본에 의해서 움직이고 있었다고 생각할 수밖에 없었다. 어떻게 이럴 수 있단 말인가. 그는 상식적으로 받아들일 수 없는 현실을 부정하고 싶었다. 하지만 그 부정은 강한 현실에 밀려 자리를 잡기 어려웠다. 용만은 강한 인내심을 발휘해 천천히 눈을 감았다.

그 어떤 배우도 자식을 가슴에 묻은 사람들 앞에선 연기를 하지 않고, 그 어떤 사람도 비통에 빠져 있는 사람들 앞에선 위로의 행동을 보여준다. 그것은 인간의 기본적인 도리이기 때문이다. 그런데 대통령의 저 모습은 대제 무엇이란 말인가. 마치 각본에 의해서 움직이는 것 같은 저 모습은 과연 무엇이란 말인가. 대통령의 연기와 같은 조문은 누구를 위한 조문이고, 무엇을 얻기 위한 조문이란 말인가.

용만은 뜨고 싶지 않은 눈을 들어 올려 모니터를 바라보았다. 이미 동영상은 끝나 있었지만 그는 책상에서 움직일 수 없었다. 대통령이 보여준 수많은 참담한 얼굴이 뇌리를 가득 채웠다. 진도체육관을 방문한 얼굴이 그랬고, 매스컴에 등장한 얼굴이 그와 같았다. 그 얼굴은 분명 화랑유원지 분향소에서도 다르지 않게 보였다. 대통령의 참담한 모습이 무엇을 말하고 있고, 무엇을 보여주려고 하는지 도무지 짐작하기 어려웠다. 또한 이 모든 사안에 진정성이 있었는지 의심하지 않을 수 없었다.

과연 대통령의 참담한 모습에 진정성이 있었던가. 진정성이 있었다면 무엇을 위한 진정성이란 말인가. 꽃을 피워보지도 못한 그 많은 아이들과, 일반인들의 억울하게 죽어간 생명에 대한 슬픔의 진정성이었단 말인가. 아니면 위기에 처한 자신의 정부를 지키기 위해 참담한 얼굴을 국민에게 보여주어 권력을 유지하기 위한 진정성이었단 말인가. 그것도 아니면 나라를 걱정한 마음의 진정성이란 말인가. 대체 대통령의 그 참담한 표정은 무엇을 위한 진정성이었단 말인가. 도무지 알 길이 없고 짐작하기 어려웠다.

이윽고 힘없이 일어난 용만은 냉장고로 향해 이미 반이 비워진 소주병을 집어 들었다. 주량이 약한 용만의 얼굴이 금세 붉어졌다. 술기운에 젖은 탓인지 성원이의 목소리가 귓전으로 울리는 것 같았다.

'삼촌, 나는 우리나라가 제일 좋아.'

엎어진 용만의 어깨가 들썩거렸다.

단 한 명의 생존자도 구조하지 못한 무능한 정부를 규탄하는 시위가 연일 전국적으로 일어났다. 촛불 시위를 비롯해 다소 과격한 발언이 메아리쳤고, 시위를 진압하는 경찰 당국과 몸싸움이 벌어지기도 했다. 밤과 낮을 구분하지 않는 시위는 연일 매스컴을 어둡게 덧칠해 나갔다. 세월호 대참사는 대한민국의 적폐를 고스란히 보여주는 사고이기도 했다. 적폐를 뿌리 뽑기 위해선 진상 규명이 불가피한 것이었다. 그런데 어찌된 일인지 시간이 지날수록 진상 규명의 시위를 비판하는 목소리가 높아지고 있었다. 팽목항에서 빠져나온 이상한 나라가 드디어 세력을 뻗쳐 나가려는 것처럼 보였다.

세월호 유족들이 바라는 것은 오직 하나였다. 자식들과 가족들이 왜 세월호에서 그 많은 시간동안 구조를 받지 못하고 억울한 죽음을 당해야 했는가. 그 이유를 밝혀달라는 것이었다. 하지만 정부의 움직임은 무엇을 숨기려고 하는지 극히 미온적이었다. 또한 어디서부터 시작됐는지 오히려 세월호 유족들에게 역공을 퍼붓는 움직임이 시작되고 있었다. 불순 선동 세력이 바로 그것이었다. 기득권 세력이 손잡은 것처럼 보이는 세월호 유족 죽이기가 시작된 것 같았다. 그야말로 이상한 나라에서만 볼 수 있는 패륜적인 작태가 꾸물꾸물 움직이고 있었다.

근호가 자신이 교수로 재직했던 학교로 들어서고 있었다. 본관을 바라보며 서 있는 모습이 감회에 젖어 있는 것처럼 보였다. 이윽고 잰걸음으로 총장실에 당도한 그는 옷매무새를 잠시 가다듬고 노크를 했다.

"어서 오게."

총장이 일어서며 들어서는 근호를 반겼다.

"안녕하십니까."

"그래, 자네도 별일 없었지? 어서 앉게."

"그런데 어쩐 일로 절 부르셨는지…."

"본론으로 바로 들어가려는 자네의 그 성격, 나는 그런 자네의 성격이 맘에 들어. 하지만 그런 성격은 때에 따라서 적절하게 조절할 필요가 있는 것이야. 중용의 미덕이란 그런 것이지 않겠나? 그 중용을 벗어난 행동은 자칫 오만으로 비칠 수도 있고, 자기감정에 치우친 행동은 정의라고 볼 수 없어. 지금 우리가 바라보고 있는 사회가 그것을 단적으로 보여주고 있지 않나? 정의가 실종된 힘은 폭력에 지나지 않을 뿐이야. 정의를 누가 인정해 주겠나. 그것은 이 사회의 구성원들이야."

근호는 앉아 있는 자리가 몹시 불편했다.

"나는 자네가 지금 무슨 생각을 하고 있는지 알고 있어. 하지만 우리 지식인들은 어느 쪽에도 치우치지 말고 중용의 안목을 발휘해서 세상을 관망의 지혜로 바라볼 필요가 있는 것이야. 정 교수, 어떻게 생각하나?"

순간 근호는 자신의 귀를 의심했다. 총장은 정 교수라는 직함을 사용해 복직의 기회를 말해주는 것이나 다름없었다. 하지만 그것은 분명히 거래를 요구하는 것이기도 했다. 고위 공무원 현태와 ○○방송국의 선배가 자신의 복잡한 머릿속을 맴돌았다.

"정 교수, 언제까지 그러고 있을 텐가. 자네만 생각하지 말고 자네를 믿고 있는 처자식을 생각해야지. 자네의 복직은 내가 적극 추천했어. 이제는 아무 염려 안 해도 돼."

"총장님이 말씀하시는 중용의 미덕이 무엇이고, 그것이 과연 현 시점에서 어떤 효과를 발휘할 수 있는 것인지, 그리고 관망의 지혜라는 것이 이 사회에 얼마나 도움이 될지 저는 잘 모르겠습니다."

총장의 넓은 이마가 꿈틀하며 움직였다.

"정말 몰라서 묻는 겐가? 아니면 내 제의를 거절하겠다는 건가?"

"우리 인간은 필요에 의해서 사회를 만들고, 필요에 의해서 국가를 만들었습니다. 그런데 그 필요가 필요로서의 성격을 망각하고 오히려 필요에 의해 뭉쳐진 구성원들의 마음을 필요로 하고 있습니다. 그런데 그 필요로 하는 마음이 누구를 위해 필요한 것인지 저는 잘 모르겠습니다."

"자네, 말 한번 잘하는군. 음… 그 필요한 마음이 사회를 움직이고 국가를 움직이는 것이야. 그런데 한쪽으로 치우친 필요가 다른 한쪽을 위협하고 있는 실정이야. 자네 말대로 필요에 의해서 만들어진 필요는 국민 모두의 것이고, 어느 세력의 전유물이 될 수 없는 법이지. 만일 그렇게 된다면 필요는 더 이상 필요로서의 본분을 다할 수가 없는 것이고…. 우리 사회가 계속 이런 식으로 나간다면 필요에 의해서 만들어진 국가의 존립이 위태로울 수가 있다는 것을 알아야 해."

"국가의 존립이 위태로울 수 있는 것이 아니라 정부의 존립이 위태로울 수 있는 게 아닙니까? 그 위태로움을 막기 위한 수단으로 국민의 마음을 필요로 하는 것이라고 생각합니다."

총장의 얼굴이 몹시 불쾌하게 변했다.

"듣던 대로 자네는 한 치의 양보도 허용하지 않으려고 해. 그 성격이 자네의 인생에 해가 될 수도 있다는 점을 지적하고 싶어. 대체 자네는 무엇 때문에 고행의 길을 스스로 택하는 건가?"

"인간의 불행 앞에서 중용의 미덕도, 관망의 지혜도 필요하지 않다고 생각합니다. 오히려 중용과 관망의 침묵은 또 다른 불행을 자초할 수 있다고 믿습니다. 이것은 제가 교육자로서 항상 가르쳐 왔고, 저도 이렇게 교육받아 왔습니다. 현실을 외면한 교육이 무슨 소용이 있겠습니까. 교육을 떠나서라도 저는 제 가슴이 말하는 소리를 외면할 수 없습니다. 제가 걷는 길이 고행의 길인지, 아니면 행복을 추구하는 길인지 그것은 아무도 장담할 수 없다고 생각합니다. 저는 단지 제 가슴이 시키는 대로 행동할 것입니다."

"멋지군, 아주 멋있어. 자네의 그 근성에 박수를 보내주고 싶어."

총장은 흡족한 표정을 짓는 것도 같았고, 그와 상반되는 표정을 짓는 것도 같았다.

"하지만 정 교수, 이거 하나는 명심해야 할 것이야. 교육을 누가 만들었는 지, 교육을 만든 목적이 무엇인지 그것부터 알아야 해. 자네의 가슴의 소리 가 교육을 만든 목적을 우회해서 그 사람들의 마음을 움직일 수 있다고 생 각하나? 자네는 너무 감상적이고 큰 착각 속에 빠져 있어. 교육이 인간 교 화 차원에서 만들어졌다고 생각했으면 큰 오산이야. 이 사람아, 예로부터 교 육은 사회 구성원들을 통치하기 위한 통치 수단으로 만들어졌어. 통치 수단 으로 만들어진 교육 속에 가슴의 소리가 얼마만큼 울릴 수 있을 것이라고 생각하나. 교육은 끊임없이 만들어지고 지금 이 시간에도 만들어지고 있어. 과연 교육을 만들고, 만들어가는 사람들이 자신들의 위기에 처한 존립을 보고만 있을 것이라고 생각하나? 어림도 없는 일이야. 처음부터 승산 없는 싸움은 무모한 객기에 지나지 않는 법이야."

근호는 더 이상 어떤 말도 할 수 없었다. 두 사람 사이에 잠시 정적의 시간 이 흘렀다. 마침내 자리에서 일어선 근호는 허리를 깊게 숙여 인사했다.

"교수 복직 제의 감사했습니다."

총장은 움직이지 않고 근호가 사라진 의자를 한참이나 바라보았다. 그때 형언할 수 없는 그 무엇이 치고 올라오는 것이 있었다. 괜히 가슴이 두근거 리는 것도 같았고, 팽목항에서 하염없이 바다만 바라보는 수많은 사람들의 뒷모습이 아른거리는 것도 같았다. 그것은 분명 슬픔에 지친 가여운 영혼들 이었다. 두근거리던 가슴이 아려오는 것 같았다. 이것이 정 교수가 말한 가 슴의 소리인가? 자리에서 일어선 총장은 근호가 앉았던 자리에 앉아 보았 다. 가슴의 소리가 더욱 크게 들리는 것 같았다. 총장은 자신도 모르게 떨 리는 입술을 손으로 눌렀다.

집으로 향하던 근호는 발길을 돌려 근처 포장마차로 향했다. 가끔 혼자서 술을 즐기는 그는 포장마차의 유혹을 뿌리치기 어려웠다. 하지만 지금 이 시간 포장마차를 향하는 발걸음은 술의 유혹보다는 지금까지 자신은 탁상 공론만 펼친 것은 아닌지 다시 생각해 보고 싶은 게 이유라면 이유였다. 앞서 있었던 총장과의 대화가 그러했고, 현태와 방송국 선배와의 대화도 그와 다르지 않게 느껴졌다. 주관적인 시선으로만 세월호 대참사를 바라보았던 자신의 시각을 서민들의 소리에 귀 기울여 다른 각도에서 바라보아야만 할 것 같았다. 근호는 세월호 대참사를 서민들은 어떤 각도에서 어떤 시각으로 바라보고 있는지 그것을 알고 싶었고, 또한 기득권 세력이 만들어가는 세월호 사고 이후 대한민국의 그림이 어떻게 그려질지 서민들의 입을 통해서 직접 듣고 싶었다.

포장마차로 들어가려던 근호의 시선이 포장마차 밖에 파라솔이 설치된 테이블로 향했다. 대여섯 개의 테이블은 이미 빈자리를 찾을 수 없을 정도로 손님이 많았다. 그들은 연신 입을 놀려대며 대화를 주고받고 있었다. 여름으로 들어가는 길목에서 도심 변두리에 자리 잡은 포장마차는 초저녁부터 오고 가는 손님들이 끊이지 않았다. 그때 마침 한 테이블에서 술자리를 다 끝낸 듯 보이는 사람들이 일어서고 있었다. 그 테이블에 자리 잡은 근호는 다른 테이블에 앉아 있는 사람들의 대화에 귀를 기울였다. 아니 그것은 귀를 기울이기도 전에 들려오는 소리이기도 했다.

이곳 포장마차도 역시 시국을 반영하듯 대화의 주제는 온통 세월호 대참사였다. 무능한 정부를 규탄하는 목소리가 들리는가 하면, 세월호 유족들을 비판하는 목소리도 함께 들리고 있었다. 근호는 이미 테이블에 주문돼 온 소주를 따라 한번에 들이켰다. 안주 없이 연거푸 석 잔을 더 들이킨 그는 바로 옆자리에서 들려오는 소리에 귀를 기울였다. 세 명의 남자들의 입에서 세월호 유족들을 비판하는 목소리가 계속해서 흘러나오고 있기 때문이었다. 소주 한 잔을 또 들이켠 근호가 남자들을 곱지 않은 시선으로 바라보았다.

"세월호 유족들 너무하는 거 같지 않아? 아니 세월호 사고도 엄연히 따시고 보면 해상 교통사고야. 그런데 왜 그렇게 징징대는지 모르겠어. 아니할 말로 우리나라에서 한 해에 교통사고로 죽는 사람들이 얼마나 많은 줄 알아? 그럼 그 많은 교통사고를 정부에서 책임져야 하고, 교통사고의 진상 규명을 해야 된다는 말이야? 진상 규명은 경찰이 알아서 할 일이고, 보험사에서 보상을 해 주면 끝나는 일이야. 그런 일까지 정부에서 책임을 져야 한다면 우리나라 공무원들은 아마도 몸이 열 개라도 모자랄 것이야. 만약 그렇게 해야 된다면 우리나라의 업무는 마비가 될 것이고, 나라가 제대로 돌아가겠어? 그런 사실을 알 만한 사람들이 왜 그렇게 징징대는지 모르겠어. 우리 대한민국이 자신들만을 위해서 존재하는 나라가 아니잖아."

담배를 연신 피우며 말하는 남자는 세월호 유족들을 비난하기 바빴다. 그 남자의 말에 귀를 기울이고 있던 근호는 씁쓸한 기분이 들었다. 소주를 들이켜는 사이에도 세월호 유족들을 비난하는 소리는 그치지 않고 계속되고 있었다.

"맞는 말이야. 나도 처음에는 불쌍하다고 생각해서 눈물을 흘렸지만, 세월호 유족들이 하는 행동을 보면 속에서 천불이 나더라구. 아니 놀러 가다 죽은 사고를 가지고 정부의 책임이라고 진상 규명을 외치는 자체가 웃기잖아. 혹시 그렇게라도 하면 보상금을 더 많이 받는 줄 착각하고 있는 게 아닐까?"

근호가 소주잔을 힘주어 잡았다. 그는 가까스로 감정을 진정시키고 있는 것 같았다.

"그러게 말이야. 나는 세월호 소리만 들어도 지긋지긋해서 이젠 귀를 막고 싶을 정도야. 오죽했으면 유가족을 보고 유족충이라는 말까지 나왔겠느냐고. 이제 그만 좀 징징댔으면 좋겠어."

돌아가면서 한마디씩 하는 남자들은 마치 세월호 유족들에게 뭔가 피해라도 본 것처럼 험담이 쉬지 않고 흘러나왔다.

근호는 남자들의 표정을 하나하나 살펴보았다. 이 남자들은 진정 나라가 걱정돼서 세월호 유족들을 비난하는 것일까, 아니면 세월호 유족이기 때문에 비난하는 것일까. 그 이유가 무엇인지 궁금했다. 자식과 부모와 형제자매가 그 많은 시간 동안 차가운 바닷속에서 왜 구조받지 못하고 죽음을 당했는지 그 이유와 원인을 밝혀달라는 것이 죄란 말인가. 대한민국이라는 나라는 가족의 억울한 죽음 앞에서 침묵을 지켜야만 되는 나라인가. 만약 그렇다고 한다면 대한민국의 미래를 위해서 침묵을 지켜야 되는 것인가, 아니면 누구의 미래를 위해서 침묵을 지켜야 되는 것인가. 근호는 세월호 유족들에 대해 비난을 넘어서 적대시하는 남자들의 대화를 도무지 이해할 수 없었다. 근호가 생각하는 사이에도 남자들의 험담은 끝이 없을 것처럼 계속됐다.

"종북 좌파 세력이 세월호 유족들을 선동하고 있다는 말이 있어. 종북 좌파 세력이 자신들의 목적을 관철시키기에 이보다 더 좋은 기회가 어디 있겠어. 이성을 잃고 날뛰는 세월호 유족들은 그들에게 이용당하고 있는 것이 분명해. 세월호 유족들이 계속 이런 식으로 나간다면 누가 세월호 유족들을 감싸주고 위로해주겠어? 그걸 알아야 하는데 너무 감정적으로만 나가는 거 같아서 이제는 정말 지긋지긋하다구."

들고 있던 근호가 이를 악물었다. 이미 빈 속을 드러낸 소주병이 두 병을 넘었고, 손도 대지 않은 안주는 그대로 남아 있었다. 술기운이 전신에 퍼진 그의 얼굴은 붉게 달아올라 있었다. 듣고 있을수록 분통이 터졌다. 서민들까지도 세월호 유족들에게 등을 돌리고 있는 이유는 무엇인가. 세월호 유족들을 누가 그렇게 만들었고, 저 사람들은 또 누가 저렇게 만들었단 말인가. 과연 이 사람들은 그 비참한 팽목항과 진도체육관을 알기나 하고 험담을 한단 말인가. 늦장 대응과 총체적인 부실로 자식을 잃고, 부모를 잃고,

형제자매를 잃은 가족들의 가슴 찢어지는 심정을 알기나 한단 말인가. 애타게 기다리고 피눈물을 흘리며 부르짖어도 구조의 손을 잡을 수 없는 희생자들의 불쌍한 영혼들을 알기나 한단 말인가. 바로 눈앞에서 죽어가는 자식을 바라보며 아무것도 할 수 없어 차라리 그 자리에서 미쳐버리기를 바라는 부모의 심정을 조금이라도 알기나 한단 말인가.

근호는 더 이상 도저히 듣고 있을 수 없었다. 비틀거리며 일어선 그는 남자들의 자리로 향했다. 그의 얼굴은 마치 전의에 불타는 것처럼 보였다. 바로 그때 그의 앞을 막고 먼저 일어서는 사람이 있었다. 보통 키에 안경을 착용한 40 중반 정도로 보이는 남자였다. 남자들의 테이블로 가까이 간 그 남자가 똑바로 서서 사람들을 내려다보며 호통치듯 말했다.

"당신들, 말이 너무 심한 거 아니오?"

느닷없는 남자의 출현에 테이블의 남자들이 고개를 들었다.

"당신들도 보아하니 자식을 키우는 사람들 같은데 그렇게 말하면 되겠소? 말이 나왔으니 짚고 넘어갑시다. 당신들이 지금 마시고 있는 술에도 세금이 붙어 있고, 당신들이 연신 피워대는 담배에도 세금이 붙어 있소. 국민의 거의 모든 생활 전반에 국가가 부여하는 세금이 포함돼 있소. 국가는 국민들에게 거둬들인 그 세금으로 국민의 재산과 안전, 생명을 보호해 줘야 하는 것이오. 하지만 국민의 혈세를 거둬들인 정부는 세월호가 침몰하는 시간에, 대참사가 발생할 수도 있는 그 시간에, 국민이 가슴 졸이며 바라보는 애타는 시간에, 구조의 의무와 책임을 져야 하는 그 시간에 대체 무엇을 했는지 도무지 이해할 수가 없소. 임무를 제대로 수행하지도 못하는 정부, 아니 임무를 망각한 정부가 무슨 정부란 말이오."

듣고 있던 남자들이 테이블을 치며 일제히 일어섰다.

"당신 뭐 하는 사람인데, 술 잘 마시고 있는 우리한테 왜 시비를 걸고 그래? 당신도 유족충이야?"

뒤에 있던 근호가 앞으로 나섰다.

"이것 보시오! 말조심하세요. 유족충이라니. 어떻게 자식을 잃고 부모를 잃은 사람들한테 그렇게 말할 수가 있소!"

"넌 또 뭔데 끼어들고 그래?"

남자들의 표정이 살벌하게 보였다.

근호가 남자들을 향해 소리치듯 말했다.

"책임과 의무를 다하지 못한 정부는…."

순간 소주병과 의자가 날아들었고 심한 욕설이 뒤따랐다. 갑작스러운 소란에 손님들이 잽싸게 계산을 치르고 포장마차를 벗어났다. 몸을 돌리는 손님들의 얼굴은 시국이 시국인 만큼 어떤 식으로든 세월호와 연결되기 싫은 표정들인 것 같았다. 안경을 착용한 남자와 근호에게 분을 참을 수가 없는 남자들의 무차별적인 주먹과 발길질이 날아들었다. 테이블이 엎어지며 술병 깨지는 소리가 살벌하게 들렸다.

"그만두시오! 경찰을 부르겠소."

포장마차 주인이 뛰어나오며 소리쳤다.

"다시 한 번 우리 앞에서 세월호 얘기가 들리면 그땐 상상에 맡기겠어."

남자들은 안경을 착용한 남자와 근호에게 침을 뱉고 포장마차를 벗어났다.

절뚝거리는 걸음으로 집으로 향하던 근호는 하늘을 바라보았다. 조금 전부터 떨어지는 빗방울이 점점 굵어지기 시작했다. 초인종을 누르려던 그의 손길이 순간 멈췄다. 그 자리에서 한참을 서 있던 그는 대문 앞에서 하늘을 보고 누웠다. 어느새 굵게 변한 빗방울이 그의 얼굴을 사정없이 때리며 땅으로 흘러내렸다. 남자들의 주먹과 발길질에 맞은 몸이 욱신거렸다. 몸의 욱신거림은 얼마든지 참을 수 있다. 그러나 가슴의 욱신거림은 어떻게 해야 된다는 말인가. 눈물 자욱이 선명히 남아 있는 수많은 얼굴들과 얼이 빠져 있는 듯한 수많은 엄마들의 얼굴이 스쳐 지나갔다. 그곳은 삶의 희망을 빼

앗은 진도체육관과 팽목항이었다. 가슴이 미어지며 눈물이 흘렀다. 산신히 땅을 짚고 일어선 그는 대문을 열고 집 안으로 들어섰다. 비에 흠뻑 젖어 있는 모습과 퉁퉁 부어 있는 남편의 얼굴을 본 미란이 소스라치게 놀라며 그 자리에서 움직이지 않았다.

"괜찮아, 오다가 좀 넘어져서 그래."

아내를 스치고 간 그는 아들이 자고 있는 방으로 들어갔다. 쌔근거리며 자는 아들의 숨소리가 천사의 숨소리처럼 들렸다. 잠시 아들을 뚫어지게 바라본 그는 솜털이 보송보송한 아들의 얼굴에 자신의 얼굴을 살며시 비벼 보았다. 따뜻한 체온과 보드라운 감촉은 세상 그 무엇과도 바꿀 수 없는 느낌이었다. 순간 가슴이 뭉클했다. 이내 입술에 작은 경련이 이는가 싶더니 눈물이 주르르 흘렀다. 아들을 품에 안은 그의 어깨가 들썩거렸다. 말없이 다가가 남편의 등을 살며시 안아주는 미란의 눈에서도 눈물이 흘렀다.

17

우리는 모두
같은 세상에서 살고 있다

"세월호특별법 제정에 서명 부탁합니다!"

"안전한 사회를 만들기 위한 서명 좀 부탁합니다!"

수원역 광장에 자리 잡은 세월호 유족들은 지나가는 행인들을 향해 소리 높여 외치고 있었다. 유족들이 가져온 것으로 보이는 간이 테이블 위의 서명 용지가 지나가는 행인들의 손길을 기다리고 있는 것처럼 보였다. 유족들은 전국을 투어 형식으로 돌며 세월호특별법 제정을 촉구하고 나섰다. 유족들의 얼굴은 모두가 하나같이 시커먼 얼굴을 하고 있었다. 그도 그럴 것이 팽목항의 이상한 나라는 유족들의 애간장을 태웠고, 이상한 나라의 햇볕은 유족들의 얼굴을 시커멓게 그을리며 세상 사람들과 다른 모습으로 바꾸어 놓았다. 마치 유족들이 다른 세상에서 살다가 갑자기 튀어나와 세상을 어지럽히려는 불순 세력이라는 것을 심어주려는 것처럼.

세상은 정말 이상하게 돌아가고 있었다. 아니 정확히 말하면 세상이 이상한 게 아니라 그것은 이상하게 돌아가는 대한민국이었다. 사실이 그랬다. 처음부터 팽목항과 진도체육관에는 실종자 가족들이 존재하지 않았다. 그들은 처음부터 유족이었다. 세상 사람들은 갑자기 튀어나온 세월호 유족들의 사라져 가는 가족들을 보면서 모두 가슴 아파했고, 모두 눈물을 흘렸다. 그러나 시간이 흐르면서 세상 사람들은 갑자기 튀어나온 유족들의 언어를 전혀 이해하지 못하고 있었다. 그것은 어쩌면 당연한 것인지도 몰랐다. 왜냐하면 전대미문의 대참사는 세상 사람들에게도 전혀 이해할 수 없는 사고임이 분명했다. 그런 세상에서 살고 있는 사람들이 다른 세상에서 살다가 갑자기 튀어나온 유족들의 언어를 어떻게 이해할 수 있겠는가.

하지만 처음부터 그랬던 것은 아니었다. 세상 사람들은 유족들의 언어를 이해하려고 가슴으로 노력했고 눈물로 공감했다. 그런데 흐르는 시간이 그것을 바꾸어 놓기 시작했고, 세상 사람들은 큰 착각 속으로 빠져들었다. 그것은 세월호 대참사가 다른 세상에서나 존재하는 것이지, 자신들이 살고 있는 세상에서는 결코 일어날 수 없는 사고라고 스스로 믿어가는 사회 분위기였다. 이런 믿음을 갖고 있는 사람들에게 다른 세상에서 살다가 갑자기 튀어나온 세월호 유족들의 외침은 전혀 이해할 수 없는 언어였고, 공허한 메아리에 지나지 않았다. 그러나 세월호 유족들은 쉬지 않고 끊임없이 외쳤다. 우리는 서로 다른 세상에서 살고 있는 것이 아니라 모두가 같은 세상에서 살고 있다고.

"세월호특별법 제정에 서명 좀 부탁합니다!"

햇볕을 가린 긴 챙의 모자가 특별법 제정을 외치는 남자의 머리 위에서 흔들거렸다. 진작부터 광장 계단에 자리 잡은 근호는 세월호특별법 제정을 외치는 남자의 모습을 가만히 바라보다가 얼굴로 손을 가져가 자신의 얼굴을 살며시 쓸어보았다. 어젯밤에 느껴졌던 아들의 체온과 촉감이 아직도 남아 있는 것 같았다. 엷은 미소를 머금은 근호의 입술이 살짝 벌어졌다. 순간 그는 미안한 생각이 들었는지 얼른 손을 내려 남자를 다시 한 번 응시했다. 다시는 그 어디에서도 자식의 체온을 느낄 수 없는 남자의 슬픈 얼굴이 들어왔기 때문이었다. 세월호특별법 제정을 외치는 그 남자의 목소리가 갈라져 나오는 것도 같았다. 남자의 머리 위에서 흔들리는 긴 챙의 모자는 햇볕을 가리기 위한 모자가 아니라 눈물을 가리기 위한 모자처럼 보였다. 근호의 입에서 깊은 숨이 흘렀다.

바로 그때였다. 근호의 두 눈이 믿을 수 없는 현실에 크게 떠졌다. 어떤 행인이 세월호특별법 제정을 외치는 유족에게 갑자기 다가가 다짜고짜 유족의 따귀를 올려붙이고 도로를 넘어 달아나는 것이 아닌가. 그러다가 어느 순간 발을 멈춘 행인은 보란 듯이 뒤로 돌아 통쾌한 표정을 짓고 한마디를 내뱉었다.

"세월호특별법 제정에 반대한다!"

다시 돌아선 행인은 우쭐거리며 사라졌다.

근호는 순간 아무것도 눈에 들어오지 않았고, 아무 생각도 들지 않았다. 오직 하나 눈에 들어온 것은 따귀를 맞고 고개를 숙인 유족이었다. 잠시 그 자리에서 움직이지 않던 유족이 손을 올려 모자를 더욱 꾹 눌러썼다. 이를 바라보는 다른 유족들도 무엇을 감추려고 하는지 고개를 숙이고 하나같이 모자를 눌러썼다. 근호는 자식을 잃고 따귀를 맞은 그 비참한 모습을 차마 계속 바라볼 수 없었다. 계단에서 몸을 일으킨 근호는 등을 돌려 광장을 벗어났다. 이윽고 자신의 승용차에 몸을 실은 그의 입에서 분노의 욕설이 터졌다.

"무슨, 이런 개 같은…!"

분이 풀리지 않은 그는 승용차에서 나와 담배를 빼 물고 한참을 생각에 잠겼다. 정부는 세월호 유족들에 대한 국민의 오해와 불신을 보고만 있다. 국민의 오해와 불신을 해소시키려고 노력하지 않고 침묵으로 일관하고 있다. 이것이 진정 정치의 이념인지, 아니면 정치인의 이념인지…. 정부가 할 일이 무엇인가. 국민이 올바른 국가관을 가질 수 있도록 정책을 펴야 하고,

국민이 국가에 대한 자부심을 느낄 수 있도록 아픈 국민의 등을 보듬어 주고, 아픈 국민의 가슴을 어루만져 줘야 하는 것이 아닌가.

국가에 대한 자부심은 곧 애국심으로 연결된다. 이것이 곧 정부의 본분이고 정부가 존재하는 이유이다. 그런데, 그런데, 그런데 정부는…. 총체적인 부실로 그 많은 희생자를 냈으면 최소한의 양심은 있어야 한다. 아니 그것은 정부를 떠나 인간의 기본적인 도리다. 하지만 대통령까지도 부실 구조의 사과 담화문을 며칠이 지난 시점에서 국민의 성화에 못 이겨 마지못해 발표했다. 마지못해 발표한 사과 담화문에 진정성이 느껴질 리도 없고, 어떤 설득력을 얻을 수 있겠는가. 국민을 통합시키는 정부가 아니라 서로 간의 반목을 키우고 국민을 분열시키려는 것처럼 느껴지는 정부의 침묵을 대체 어떻게 이해하고 어떻게 해석해야 한단 말인가.

이윽고 생각에서 깨어나 담뱃불을 비벼 끈 근호가 다시 담배를 빼 물었다. 순간 그의 뇌리를 강하게 스치고 지나가는 것이 있었다. 국민의 생명이 촌각을 다투는 절체절명의 시점에서 노란 옷으로 통일하여 자신들의 옷 색깔이나 맞추려는 정부, 이미 희생된 수많은 희생자와 가족들을 보면서 위로하지 않는 정부, 국민과 세월호 유족들의 갈라지는 상황을 침묵으로 일관하면서 무엇을 얻으려는 듯한 정부. 이것이 진정 국민이 뽑은 정부란 말인가. 순간 그의 눈앞을 가득 채우는 것이 있었다. 그것은 지난번에 만난 총장의 얼굴과 목소리였다.

'정 교수, 교육은 예로부터 사회 구성원들을 통치하기 위한 통치 수단으로 만들어졌어.'

근호의 입에서 슬픔과 분노를 머금은 목소리가 흘러나왔다.

"진정 국민을 생각하는 정부라면 이럴 순 없어."

담배를 발아래에 떨어뜨린 근호는 사정없이 담배를 짓밟기 시작했다. 짓이겨진 담배를 밟고 또 짓밟았다. 이미 담배는 형체를 알아볼 수 없게 변했는데도 그의 발은 멈추지 않았다.

　컴퓨터 앞에 앉아 있는 용만은 연신 담배를 피워대고 있었다. 그것을 증명하기라도 하듯 모니터 앞의 재떨이에는 담배꽁초가 수북이 쌓여 있었고, 재떨이를 빠져나온 담뱃재가 책상 위를 이리저리 날아다니며 방바닥으로 떨어져 내렸다. 작은 손짓 하나에도 재떨이의 담배꽁초는 금방이라도 쏟아져 버릴 것처럼 위태롭게 보였다. 차마 조카와의 약속을 저버릴 수 없는 용만은 벌써 몇 시간째 모니터 앞에 앉아 있는지 몰랐다. 하지만 키보드 위의 그의 손가락은 시간에 부응하지 못하고 있었다.

　세월호 사고는 대한민국이라는 나라에 이상한 국민적 정서를 만들어 놓았다. 그것은 필시 어떤 의도와 목적이 있다고 보아야 했다. 그 의도와 목적이 숨어 있는 이상한 국민적 정서가 언제 어디서부터 흘러나왔는지 모르지만, 이상한 국민적 정서를 침묵으로 일관하는 정부의 태도 또한 의심스러웠다. 마치 그것을 통해서 무엇인가를 얻으려고 하는 것처럼 보였기 때문이었다. 이상한 국민적 정서를 통해서 가장 많은 이익을 볼 수 있는 집단은 누구란 말인가. 그의 입에서 증오의 감정이 묻어 있는 한숨이 절로 나왔다.

　용만은 몇 번이나 이미 탈고한 자신의 원고를 버리고 싶은 심한 갈등에 시달렸다. 하지만 공들여 탈고한 원고를 쉽게 버릴 순 없는 일이었다. 그는 누구보다도 대한민국이라는 나라를 사랑하고, 대한민국에서 태어났다는 사실에 강한 자부심을 느끼는 사람이었다. 하지만 세월호 사고를 바라보는 대한민국의 시각은 그의 자부심을 부끄러움과 증오심으로 바꾸어 놓기에 충분했다. 아니 그것은 비단 그만의 감정이 아닐 것이다. 억울하게 가족을 잃은 세월호 유족들의 공통된 감정이 그러할 것이고, 누구도 책임지지 않으려고 하는 기득권 세력을 바라보는 국민들의 감정 또한 다르지 않을 것이다.

　용만은 주로 역사 왜곡의 주제로 소설을 씀으로서 빼앗긴 역사와 잘못 알러진 역사에 가슴 아파하는 민족 성향을 고수하고 있는 사람이었다. 그러나 세월호 사고가 용만의 국수주의에 가까웠던 성향을 점점 바꾸어 놓기 시작했다. 그것은 기득권 세력이 만들어가는 이상한 나라의 이상한 국민적 정서가 영향을 미쳤다는 사실을 부정할 수 없었다. 용만은 그렇게도 사랑했던, 자신이 태어난 조국 대한민국이 점점 싫어졌다. 그것이 용만을 조카 성원이와의 약속과 조국을 싫어하는 감정 사이에서 심한 갈등 속에 사로잡히게 한 요인이었다. 용만은 모니터를 뚫어지게 바라보았다. 하지만 키보드 위의 손가락이 마음대로 움직이지 않았다.

책상에서 일어선 용만은 여동생의 집으로 향했다. 이사를 마친 여동생의 집은 전에 살던 집과 얼마 떨어지지 않은 거리에 자리 잡고 있었다. 이윽고 여동생의 집에 도착한 용만이 문을 열고 들어섰다. 거실에 걸려 있는 성원이의 영정 사진이 집 안으로 들어서는 용만을 맞이하는 것 같았다. 잠시 녀석과 눈을 맞춘 그의 시선이 탁자 위로 향했다. 그는 배지와 함께 놓여 있는 무언가에 시선을 고정시켰다.

"이거 뭐야?"

용만이 여동생에게 물었다.

"신분증."

짧게 대답한 여동생이 슬픈 눈으로 성원이의 영정 사진을 바라보았다.

"무슨 신분증?"

탁자 위로 손을 뻗은 용만이 신분증을 들어 올려 바라보았다. 그것은 2학년 5반 성원이의 부모임을 증명하는 신분증이었다. 용만은 긴 한숨을 내쉬었다. 세상에 어떻게 이런 신분증이 존재할 수 있단 말인가. 그 신분증은 세상에서 다시는 만들어져선 안 되는 신분증이었고, 세상에서 가장 슬픈 신분증이었다.

"나, 분향소 가 봐야 돼."

여동생이 자리에서 일어섰다.

"오빠가 태워다 줄게."

"아니야, 같이 갈 사람 있어. 바로 올 거야."

밖으로 나오니 희생자 학생 엄마로 보이는 여자가 승용차 안에서 여동생을 기다리고 있었다. 그녀 역시 햇볕에 그을린 얼굴이 새카맣게 보였고, 무엇을 생각하고 있는지 초점 없는 시선은 먼 곳을 응시하고 있는 것처럼 보였다. 이윽고 여동생을 태운 승용차가 천천히 움직였다. 용만은 승용차가 시야에서 벗어날 때까지 움직이지 않고 바라보았다.

몸을 돌려 자신의 승용차로 향하던 용만은 다시 몸을 돌려 동네를 거닐어 보았다. 결코 작지 않은 이 동네는 세월호 사고로 자식을 잃은 부모들이 많았다. 어느 때부터인가 동네에는 밤마다 들려오는 울음소리가 세월호 유족의 울음소리라는 소문이 나돌고 있었다. 용만은 들리는 그 소문이 결코 틀리지 않은 소문일 것이라고 생각했다. 밤마다 들려오는 울음소리에 분명 여동생의 울음소리도 포함돼 있을 것이라고 생각하니 가슴이 미어졌다. 용만은 행인들의 표정과 동네 여기저기를 살펴보았다. 지나가는 행인들의 표정 또한 침울하게 느껴졌다. 세월호 사고를 당한 동네가 깊은 트라우마에 빠져 있었던 것이다.

깊은 숨을 내쉰 용만은 시선을 돌렸다. 동네 여기저기에 녀석들의 팔팔한 체취가 묻어 있는 것처럼 느껴졌다. 녀석들의 뛰어노는 소리가 귓전에 맴돌며 사라지는 것도 같았다. 답답하다 못해 숨이 막힐 것 같은 이 고통을 대체 어떻게 해야 된다는 말인가. 용만은 도무지 이해할 수 없었다. 어떻게 그 많은 아이들을….

골목으로 들어선 용만은 순간 발을 멈췄다. 발길 가는 대로 내맡겼던 몸이 자신도 모르게 이곳까지 온 것 같았다. 우그러진 방범창이 보이는 집은 성원이가 이생에서 마지막으로 살다가 떠난 집이었다. 시커멓게 변색된 우숭숭한 계단 밑에 자리 잡은 작은 집이, 녀석이 마지막으로 엄마, 아빠와 그리고 동생들과 웃으며 살다간 집이었다. 녀석은 즐거운 수학여행을 기대하며 저 계단을 올라왔을 것이다. 함박웃음을 지으며 계단을 올라오는 녀석이 눈앞으로 지나가는 듯했다. 마지막으로 올라오는 계단이 그렇게도 좋았을까. 마지막으로 떠나는 집이 그렇게도 좋았을까. 마지막으로 엄마와 인사하는 웃음을 머금은 녀석의 얼굴이 그려졌다. 용만은 미어터지는 가슴을 주체하기 힘들었다. 계속해서 따라다니는 흐릿한 세상이 또 한번 강하게 펼쳐졌다.

간신히 감정을 수습한 용만이 이미 주인이 바뀐 집에서 돌아서려고 할 때, 조금 열려 있는 현관문이 눈에 들어왔다. 용만은 도저히 그냥 돌아설 수 없었다. 계단을 내려가 현관 앞에 다다른 용만은 열려 있는 집 안을 들여다보았다. 마침 아무도 없었고, 공사를 하려는지 시멘트를 드러낸 바닥 여기저기에 작업 도구가 널브러져 있었다. 용만은 망설이지 않고 집 안으로 들어섰다. 벽에서 벗기다만 도배지가 흉하게 찢겨 있었다. 용만은 성원이가 사용하던 방으로 들어가 보았다. 텅 비어 있는 방 안이 황망하게 보였다. 금방이라도 녀석의 목소리가 들려올 것만 같았다.

'삼촌, 나랑 팔씨름 한번 할까?'

장난기 섞인 성원이의 목소리가 가슴으로 느껴졌다. 용만은 그 자리에 주저앉아 손으로 입을 틀어막았다. 용돈을 받아들고 좋아하는 녀석의 얼굴이 생생하게 그려졌다. 용만은 재차 입을 틀어막았다. 힘겹게 일어선 용만은 녀석의 낙서가 남아 있는 벽을 만져 보았다. 녀석이 자던 바닥도 만져 보았다. 곳곳에서 성원이의 생생한 흔적을 느끼던 용만은 이 비참한 현실이 도무지 믿기지 않았다. 용만은 이제 다시는 들어설 수 없는 집에서 벗어나야 했다. 용만에게도 녀석이 살다간 집을 벗어나는 발걸음이 마지막 발걸음일 것이다. 우중충한 계단을 오르는 용만은 몇 번이나 뒤를 돌아보았다. 어느새 세상에 내린 어둠이 녀석이 살다간 집을 떠나는 용만을 따라갔다.

화랑유원지 분향소의 입구로 들어간 사람들이 출구로 빠져나오고 있었다. 분향을 마치고 나오는 사람들의 얼굴은 하나같이 눈물에 젖어 있었다. 가슴에 매달린 노란 리본이 슬프게 흔들리는 것처럼 보였다. 화랑유원지 분향소에는 조문 행렬이 현저히 줄어들고 있었다. 이상한 나라에서 펼쳐지는 이상한 현상이었다. 물론 시간이 지날수록 조문 행렬이 줄어드는 현상은 당연했다. 하지만 점점 등을 돌리고 있는 국민의 시선이었다. 세월호 유족들이 말도 안 되는 주장을 내세워 보상금을 더 받으려고 한다는 억측이 들리는가 하면, 불순 선동 세력이 세월호 유족들을 조종하고 있다는 근거 없는 소문이 급속도로 번져나가고 있었다. 정말 여기가 대한민국인가를 의심하게 만들기에 충분한 소문이었다. 아, 대한민국이 원래 이렇게 아픈 사람들을 외면하다 못해 공격하는 무자비한 나라였던가.

유족 대기소에서 텔레비전을 시청하던 용만은 온종일 보도되는 방영에 고개를 가로저었다. 방송 3사는 마치 연합이라도 한 것처럼 똑같은 내용을 계속해서 방영해 주고 있었다. 그것은 유병언과 구원파를 다룬 내용이었다. 마치 유병언과 구원파가 세월호 사고의 원인이라도 되는 것처럼.

더 기가 막힌 일은 사진작가로서의 유병언이 계열사를 통해 자신의 작품을 강매했다는 내용과, 작품성도 없는 작품 사진을 막대한 돈으로 전시회를 열었다는 보도 내용이었다. 또한 구원파의 종교적 신념을 도마 위에 놓고 이를 비판하는 토론이 열리기도 했다. 대체 유병언의 작품 사진과 구원파의 종교적 신념이 이번 세월호 사고와 무슨 연관이 있는 것인지 도무지 모를 일이었다. 그런데도 방송 3사는 부실 구조의 본질을 벗어나도 한참을 벗어난 보도를 연일 방영하고 있었다. 주위 사람들의 입에서도 유병언과 구원파를 성토하는 발언이 끊임없이 흘러나오기까지 했다. 실로 막강한 언론의 힘이었고, 참으로 이상한 나라였다.

의자에서 일어선 용만의 입에서 멸시에 가까운 한마디가 흘러나왔다.

"대체 누구에게 죄를 뒤집어씌우려고 하는지…"

화난 얼굴로 출구로 나선 용만은 분향소 앞으로 발을 옮겼다. 그런데 분향소로 들어가려던 용만의 발이 순간 멈칫했다. 여전히 분향소는 어떤 장막을 치고 있는 것처럼 보였다. 그것은 의심할 나위 없는 세상에서 가장 슬픈, 보이지 않는 장막이었다. 용만은 아직까지 그 슬픔의 장막을 뚫고 들어갈 용기가 나지 않았다. 이내 몸을 돌린 용만은 단원고 희생 학생들 또래의 아이들이 적어 보내준 수많은 쪽지를 응시했다.

'단원고 친구들아, 우린 너희들을 한 번도 본 적이 없지만 슬픈 너희들의 얼굴을 결코 잊지 않을게.'

'단원고 친구들아, 부디 다음 생에서는 안전한 나라에서 태어나길 바란다. 잊지 않을게.'

'억울한 죽음을 당한 친구들아, 부디 하늘에서는 행복하길 바란다. 결코 잊지 않을게.'

'단원고 친구들아…'

용만은 더 이상 읽을 수가 없었다. 또래의 친구들은 하나같이 '잊지 않을게'라는 말을 하고 있었다. 그런데 지금 어른들은 대체 무슨 생각을 하고 있는 것인가. 자신들의 책임을 묻기도 전에 물 타기 수법으로 국민의 관심과 시선을 희석시키고 분산시키려는 것처럼 보이는 어른들의 저의는 과연 무엇이란 말인가. 모범을 보이지 않는 어른들의 이런 모습을 보며 아이들은 어떤 생각을 할까. 참으로 부끄럽고 슬픈 대한민국이었다. 용만의 고개가 절로 숙여졌다.

비록 더딘 시간이지만 시간은 계속해서 흘러갔다. 출판사와 계약을 체결

한 용만은 집으로 향하는 전철에 몸을 실었다. 용만은 무슨 이유인지 출판사를 나설 때부터 숙인 고개를 들지 않았다. 전철이 출발함과 동시에 용만의 입에서 긴 한숨이 흘렀다. 이 허탈함은 무엇인가. 무수한 갈등 속에 사로잡혀 있던 용만은 조카 성원이와의 약속을 지킬 수밖에 없었다. 그러나 지금의 이 죄책감은 또 무엇이란 말인가. 목숨이 경각에 달려 있는 절체절명의 긴박한 상황에서 성원이는 어떤 생각을 하고 있었을까. 피눈물을 흘리며 부르짖고 또 부르짖어도 구조해 줄 것 같지 않은 대한민국을 보면서 어떤 생각이 들었을까. 그 순간 삼촌과 나눴던 수많은 대화는 모두 물거품이 되었을 것이다. 그렇다면 녀석과의 약속을 꼭 지켜야만 했을까. 탈고한 원고를 차마 버리지 못한 이유는 진정 녀석과의 약속 때문이었을까. 아니면 자기 자신의 이름을 알리기 위해 녀석과의 약속을 저버리면 안 된다는 합리화였을까. 용만은 또 다시 밀려드는 죄책감에 고개를 떨어뜨렸다.

이윽고 집 앞에 다다른 용만은 잠시 서서 자신이 살고 있는 집을 바라보며 생각에 잠겼다. 녀석은 지금 어떤 모습으로 남아 있을까. 만약 남아 있어서 세상을 내려다보고 있다면 무슨 생각을 하고 있을까. 용만의 선택에 박수를 보내줄 것인가, 아니면 고개를 돌릴 것인가. 수많은 생각이 교차하면서 머리가 지끈거리기 시작했다. 한달음에 집으로 들어선 용만은 욕실로 들어가 쏟아지는 찬물에 몸을 맡겼다. 지끈거리는 머리는 조금 개운해진 듯했지만 밀려드는 허무함과 죄책감은 점점 더 심해지고 있었다. 용만은 아무도 없는 집에 도저히 있을 수 없어 친구에게 연락하고 밖으로 나섰다.

거리를 지나가는 사람들은 무엇이 바쁜 듯, 빠른 걸음으로 용만의 멍한 시선을 스치고 지나갔다. 모두가 바쁘게 움직이고 바쁘게 돌아가는 세상이었다. 세월호 사고도 바쁘게 잊혀야만 되는 사고일까. 대한민국의 돌아가는 분위기가 그랬다. 이제는 세월호 사고가 국민의 관심에서 점점 멀어지고 있었다. 아니 국민으로부터 점점 외면 받고 있었다. 그것도 아주 바쁘게. 대체 무엇을 위해, 누구를 위해 바쁘게 잊히고, 바쁘게 외면 받아야 하는지 생각할수록 분통 터지는 일이었다.

약속 장소로 먼저 들어선 용만이 자리를 잡았다. 잠시 후, 친구가 도착하고 소주와 어묵이 테이블에 놓였다.

"천천히 마셔. 술도 잘 못 마시면서…."

친구는 잘 마시지도 못하는 소주를 연신 따라 마시는 용만을 걱정하고 있었다.

"개새끼들…."

이윽고 금세 술에 취한 용만은 심한 욕설을 내뱉기 시작했다. 하지만 그 대상은 분명치 않았다. 그의 욕설은 단 한 명의 아이도 구하지 못한 무능한 정부를 욕하는 것처럼 들리기도 했고, 이상하게 돌아가는 대한민국의 이상한 정서를 욕하는 것도 같았다. 어찌 들으면 그 욕설은 자기 자신을 향하고 있는 것처럼 들리기도 했다. 자리에서 일어설 때까지 그의 욕설은 그치지 않았다.

근호는 술에 흠뻑 취해 있었다. 비틀거리며 걷는 그의 얼굴은 온갖 고민과 시름을 가지고 있는 것처럼 심하게 일그러져 있었다. 대한민국 사회가 타인의 아픔과 슬픔에 공감하지 못하는 사회로 변해가고 있는 듯했다. 우리 사회가 언제부터 이런 사회로 변해가고 있었을까. 우리 민족은 개인보다는 집단을 중시하는 민족이고 그 집단 속에서 삶의 가치를 공유하는 민족이다. '우리나라'가 그렇고 '우리 어머니, 우리 아버지, 우리 아들, 우리 딸, 우리 형, 우리 동생, 우리 집'이 모두 그렇다. 우리는 모두 '우리'라고 표현을 한다. '나의'라는 표현은 잘 쓰지 않는다. 그런데 언제부터 '우리'가 '나'가 됐을까. 세월호 유족들은 '우리'를 벗어난 다른 사람들이란 말인가. 이 사회가 점점 인정 없는 사회로 변해가는 것은 아닌지….

근호의 입에서 분노를 머금은 한숨이 터졌다. 심한 분노와 절망감과 회의감을 모두 담은 그의 얼굴은 그 어떤 말로도 풀어지지 않을 것처럼 보였다. 그는 집으로 향하던 발걸음을 돌려 작은 선술집으로 향했다. 그때 어디선가 자신을 부르는 소리가 들려오는 것 같았다. 바라보니 사십 중반으로 보이는 사내가 앞을 막아서며 손을 내밀고 있었다.

"근호, 오랜만이야. 이게 얼마만인지 모르겠네."

근호는 사내의 얼굴을 유심히 살폈다. 어디선가 본 듯한 얼굴인 것 같았지만 잘 기억이 나지 않았다. 양복을 잘 차려입은 모습과 짧은 머리의 근엄한 얼굴이 경찰 공무원처럼 보이기도 했다.

"누구신지…."

"이거 섭섭한데. 하긴 몰라보는 것도 당연해. 초등학교를 졸업하고 처음 보는 거니까."

근호는 어렴풋이 기억이 나는 것도 같았고 아닌 것도 같았다. 하지만 사내의 내민 손을 외면할 순 없는 일이었다. 어정쩡하게 손을 내민 근호가 사내와 악수를 했다.

"우리 오랜만에 만났는데 술이나 한잔 하세."

사내와 근호는 당연한 듯 선술집으로 들어섰다. 좁은 선술집이 꽉 들어찬 손님들로 시끌벅적했다.

잠시 후, 연탄불을 둘러싼 원탁 테이블에 소주와 얼큰한 찌개가 놓였다. 그제야 근호는 앞에 앉은 사내가 누구인지 확실하게 떠올랐다. 어색했던 감정이 한순간에 사라지고, 취기가 점점 사라지는 것 같았다. 몇 순배의 술이 돌 때까지 두 사람의 대화는 학창 시절과 자신들의 직업이 주제였다. 근호는 앞에 앉은 친구가 직업군인의 길을 택했고, 바로 얼마 전, 영관급 장교에서 별을 단 장군으로 진급한 사실을 알게 됐다.

"장군 진급 진심으로 축하하네."

"고맙네."

화답하는 친구는 매우 절도 있으면서 장난스럽게 거수경례를 표했다. 경례를 받는 근호 또한 거수경례로 역시 장난스럽게 답례했다. 두 사람이 동시에 웃음을 터트렸다. 실로 오랜만에 웃어보는 근호였다.

"대학교수, 자네의 성격과 이미지에 잘 어울리는 직업이군."

근호가 실없는 웃음을 지었다.

"자네는 대단해."

"해고된 대학교수가 뭐가 그리 대단하다는 건가?"

"아니야, 자네는 지금 비록 해고됐을지언정 지칠 줄 모르는 근성은 남아 있잖아. 내가 판단할 때 자네는 복직을 하고도 남아. 또, 설령 복직을 못하면 어떤가. 자네를 기억하고 있는 제자들이 있는 한 자네는 영원히 대학교수야."

"친구를 추켜세우는 자네의 말솜씨는 여전하네."

"그런가?"

하하하. 두 사람이 함께 크게 웃었다. 어렸을 적 친구끼리의 대화는 점점 무르익어 가고 있었다. 옆 테이블에서 시국을 논하는 대화가 간간이 들려오기도 했지만 두 사람은 들었는지 못 들었는지 자신들의 대화에만 열중하고 있었다. 그렇게 한참의 시간이 흘렀다. 손님들로 꽉 들어차 있던 선술집에 빈자리가 늘어가면서 시끌벅적했던 소리가 많이 사라졌다. 그러자 시국을 논하는 남자들의 대화가 더욱 크게 들려오고 있었다.

"자네는 군인으로 재직하고 있으니 경제적으로 그리 어렵지는 않을 것 같은데 어떤가?"

근호의 물음은 어떤 의도가 있는 것처럼 들리기도 했고, 지나가는 말처럼 들리기도 했다.

"요즘 들어서는 그렇지도 않아. 자네도 알다시피 우리나라는 지금 경기 침체의 늪에서…."

친구의 말은 여기에서 중단될 수밖에 없었다. 옆 테이블에 자리 잡고 있던 남자들 중 한 명이 느닷없이 테이블을 치고 일어나며 소리를 쳤기 때문이었다.

"나는 세월호특별법 제정에 무조건 반대야!"

"왜 반대하는지 그 이유를 대 보라구!"

두 사람은 금방이라도 주먹질을 할 것처럼 서로를 노려보고 있었다. 세월호특별법 제정에 반대하는 시커먼 얼굴에 모자를 눌러쓴 남자에 비해, 그를 상대하는 남자는 안경을 착용하고 있었고 깔끔한 외모에서 제법 학식이 느껴졌다.

"놀러 가다 죽은 사고를 왜 국가가 책임져야 하냐구. 지금 우리나라 경제가 말도 아니게 돌아가고 있는데."

"세상을 그렇게 단순하게 생각하니까 너는 항상 그 모양이야."

"너, 지금 나를 무시하는 거야?"

근호와 친구는 소주잔을 놓고 두 사람을 가만히 지켜보았다.

"놀러 가는 것도 학업의 연장이고 교육의 일환이야. 국가교육이 그것도 필요하다고 생각해서 만들어놓은 일종의 또 다른 교육인 것이야. 그리고 놀러 가는 것도 경제와 맞물려 있고, 경제활동이라고 보아야 해. 모든 것들이 국가의 밝은 미래와 연결돼 있다고 봐야 하는 것이야. 백번 양보해서 니 말대로 단순히 놀러 가다 사고가 났다고 하더라도 국가는 구조에 최선을 다했어야 했어. 이유는 국민이기 때문에…. 그런데 국가는 죽어가는 국민을 보고도 구조에 최선을 다하지 않았어. 그 이유가 무엇이고, 어디서부터 잘못됐는지 그것을 밝혀 다시는 이런 참사가 재발하지 않도록 하자는 게 세월호특별법이야."

"그래서, 국가를 위하는 일을 하다 죽었으니까 의사자 예우라도 해 줘야 한다는 말이야?"

안경을 착용한 남자가 모자를 눌러쓴 남자를 경멸하는 시선으로 바라보았다.

"그런 식으로 비아냥거리지 마. 그리고 세월호 유족은 의사자 예우도 바라지 않고, 요구하지 않는다고 몇 번이나 언론에 대고 말했어. 하지만 대다수 국민은 그 사실을 잘 모르고 있고, 설령 안다고 하더라도 그것을 잘 믿지 않으려고 해. 그냥 그렇게 진실 여부를 따지지도 않고 맹목적으로 군중심리에 현혹되는 편협한 시각의 현실이 지금 우리가 처한 이상한 현실이야."

"너, 지금 나를 가르치려고 하는 거냐?

말문이 막힌 남자가 시비조로 나왔다.

"사실은 사실로서 받아들이고 인정해야 해. 사실을 인정하지 않고 사실을 감정적으로 해석하려고 하는 왜곡된 시각과 잣대부터 바꿔야 해. 사실을 왜곡시키는 국가는 미래가 불투명할 수밖에 없어."

"됐어, 그만하자."

함께 있던 또 다른 한 명이 두 사람을 데리고 밖으로 나갔다.

한동안 근호와 친구 사이에 정적이 흘렀고, 무엇을 생각하고 있는지 소주잔만 기울였다.

"자네는 어떻게 생각하는가?"

근호가 묻고 싶은 말을 친구가 먼저 물었다. 근호는 대답하기에 앞서 친구의 표정부터 살폈다. 근엄한 얼굴은 무슨 생각을 하고 있는지 짐작하기 어려웠다. 근호는 고민하지 않을 수 없었다. 하지만 처음부터 무언가 잘못 돌아가고 있다는 생각은 변하지 않았다. 근호는 순간 묘한 긴장감을 느끼는 자신을 발견했다. 어쩌면 그것은 지극히 당연한 것인지도 몰랐다. 왜냐하면 상식적으로 일어날 수 없는 세월호 대참사를 마치 세월호 유족이 벌이는 반국가적인 사태로 고착화되어 가는 이해할 수 없는 사회 분위기 때문이었다. 취해 있던 정신이 금세 제자리를 찾아가는 것 같았다.

"그럼 자네는 세월호특별법이 누구를 위해서 만들어져야 한다고 생각하는가?"

근호가 물었다.

"자네의 질문은 세월호특별법이 누구를 위해서건, 반드시 만들어져야만 된다는 전제하의 질문으로 들리는데, 나는 그런 이중 구속적의 질문은 탐탁지 않아. 질문으로 보아 자네는 세월호특별법에 찬성한다고 봐야겠군."

근호는 여기서 또 벽에 부딪치는 느낌을 지울 수 없었다.

"좋아, 부정하지 않겠어. 내가 세월호특별법에 찬성하는 이유는 단 하나야. 우리 모두 안전한 나라에서 살기 위한 재발 방지. 그리고 조금 전에 나간 사람이 말했다시피 세월호특별법에 명시된 전원 의사자 지정이나 피해자 형제자매의 대학특례입학과 피해자 가족 평생 지원 이런 것들은 세월호 유족이 원하는 사항이 아니야. 세월호 유족은 의사자 지정도 요구하지 않고 평생 지원 따위 바라지도 않는다고 언론에 몇 차례나 얘기했어. 자신들은 오직 가족들이 왜 그 많은 시간 동안 구조 받지 못하고 죽어야만 했는지, 그 이유가 무엇인지 그것만 규명해줄 것을 요구했으니까."

"그건 나도 알고 있는 내용이야. 그래서 하고 싶은 말이 뭔데?"

"그런데 어느 순간부터 유가족이 요구하지도 않은 특별법 내용이 당연히 유가족이 요구하고 있는 것처럼 급속도로 사회에 퍼지고 있어. 정부와 언론은 이런 사실을 해명하려고 노력하지 않고 보고만 있는 실정이야. 그것을 통해서 무엇을 얻어야 하니까. 그 무엇이란 것이 무엇인지 굳이 말하지 않아도 잘 알 것이야."

"그 무엇이란 것에 나도 할 말이 있어."

넥타이를 고쳐 잡은 친구가 다시 말하기 시작했다.

"자네는 그 무엇이 기득권 세력의 안위, 또는 정권이라고 말하고 싶겠지.

물론 두 가지 다 맞는 말일 수도 있어. 그런데 여기서 싶고 넘어갈 섬은 우리나라의 현재 위치야. 나도 세월호 사고를 아주 가슴 아프게 생각하고 있는 사람 중 한 사람이야. 하지만 세월호 사고는 이미 벌어졌고, 인간의 힘으로는 되돌릴 수 없는 사고야. 일단 그것을 인정하고 냉정한 시각으로 사회를 바라봐야 해. 우리나라는 현재 선진국으로 도약하려는 문턱에 서 있어. 그런데 세월호 사고는 우리나라 경제의 먹구름과…."

"자네는 지금 무슨 말을 하고 싶은 건가?"

근호가 친구의 말을 자르며 나섰다.

"자네는 선진국으로 도약하려는 우리나라의 경제를 세월호 사고가 발목 잡고 있다고 말하고 싶은 건가? 진정 그런 것이야? 자네는 국민의 생명을 지켜주는 군인이라서 뭔가 다를 줄 알았는데 전혀 다르지 않군."

근호는 불쾌한 듯 소주를 단숨에 들이켜고 소주잔을 소리 나게 내려놓았다. 지식인과 사회 지도층은 모두 하나같이 세월호 사고를 경제성장과 연결 짓고 있는 것 같았다. 근호는 참을 수가 없었다. 그의 입에서 경제성장의 비난이 쏟아지기 시작했다.

"그래서 자네가 하고 싶은 말은, '여기서 주춤하면 우리나라의 경제는 어디까지 추락할지 아무도 장담할 수 없을 정도로 비참해질 수 있다. 우리나라의 경제가 이만큼 성장하게 된 배경도 알고 보면 우리들의 아버지와 어머니의 임금과 노동력이 착취당한 결과물이다. 그래서 세월호 사고도 희생당한 자식의 부모, 희생당한 부모의 자식, 희생당한 형제자매의 가족을 위해서라도 가족들의 억울한 죽음을, 가족을 위한 국가를 위한 희생으로 돼야 한다.' 이렇게 말하고 싶은 건가? 과연 자네 자식이 그렇게 됐다면 자네는 지금의 입장을 자신 있게 고수할 수 있을 것으로 생각하나? 어림도 없는 일이야."

친구의 얼굴이 아주 붉게 변했다. 술기운 탓만은 아닌 것 같았다.

"자네, 아주 논리의 비약이 심하군. 이제 보니 자네의 근성은 독선과 아집이었어. 그리고 가슴 아픈 사고를 당해 국가가 혼란에 빠져 있는 이 시점에서 정권까지 흔들리면 국가의 근본 시스템이 흔들릴 수 있어. 그 틈을 이용해서 불순 세력의 마수는 사회 곳곳으로 스며들 것이야. 그 큰 국가적인 혼란을 어떻게 감당하려고 그러는가."

"자네도 세월호 유족의 외침에 불순 선동 세력의 목소리가 깃들어 있다고 생각하는 건가?"

"나는 그렇게 말하지 않았어. 나도 세월호 유족의 목소리에 불순 선동 세력의 목소리가 깃들어 있다고 생각하지 않아. 단지 나는 그 혼란을 이용해 불순 세력이 마수를 뻗칠 수 있다고 말하고 있을 뿐이야."

"자네는 너무 극단적인 시각으로 사회를 바라보는 경향이 있는 것 같군. 올바른 시선이 자리 잡은 국가에 어떤 불순 세력이 발붙일 수 있다고 생각하나. 어떻게 그런 국민을 위협할 수 있다고 생각하나. 그리고 흔들리는 정권은 바꿀 수 있지만, 흔들리는 국민은 바꿀 수 없는 법이야. 이런 나를 두고 독선과 아집이라고 해도 좋고 더 심한 말을 해도 좋아. 하지만 세월호 사고를 어떠한 명분으로도 절대 희석시켜선 안 돼. 내 자식을 위해서라도, 자네 자식을 위해서라도."

"국가가 나를 위해서 무엇을 해 줄까 바라기 이전에, 내가 국가를 위해서 무엇을 할 수 있는 가를 먼저 생각해야 하는 것이야. 그것이 국가를 위한 국민의 도리인 것이야. 그것이 내 자식을 위한 길이고, 자네 자식을 위하는 길이야. 자네는 너무 많은 아집에 빠져 있어."

친구는 아주 군인답게 말했다.

"이것 봐, 친구. 광주민주화운동 때 군대에서는 전군 휴가 금지령을 내렸어. 그 이유가 무엇인지 나보다 자네가 더 잘 알 것이야. 그것은 국가를 위해서 겨누었던 총구가 거꾸로 국가를 향할 수 있다고 생각했기 때문이라는 사실을. 의무와 책임을 망각한 정부의 그릇된 행태가 국가를 위협할 수 있다는 사실을 역사가 단적으로 증명해주고 있어. 자네는 아주 큰 착각을 하고 있는 것이야."

친구는 근호의 반론에 잠시 생각하고 입을 열었다.

"착각을 하고 있는 사람은 내가 아니라 자네야. 생각해 보게. 병든 몸은 회복의 단계를 거쳐야 몸이 좋아지는 것이야. 이제 우리는 세월호 사고의 슬픔을 극복하고 회복의 단계로 나아가야만 해. 이게 누구를 위하는 길이라고 생각하나. 기득권 세력의 안위와 정권? 지극히 편협한 시각으론 맞는 말일 수도 있겠지. 그렇지만 넓은 의미로는 우리 모두를 위하는 길이라는 사실을 자네는 알아야 해."

"회복과 망각은 분명히 다른 것이야. 작금의 사회 분위기는 회복의 차원을 넘어 망각으로 치닫고 있어. 과연 회복의 탈을 쓴 망각이 병든 사회를 치유할 수 있다고 생각하나? 어떤 길이 우리 모두를 위하는 길인지, 어떻게 해야 세월호 대참사와 같은 사고를 방지할 수 있는 것인지 넓은 의미로 생각해봐야 해."

"자네와 나는 국가를 바라보는 시각이 너무 다르군, 하지만 이거 하나는 분명히 명심해야 할 것이야. 우리나라가 지금 이런 식으로 계속해서 흘러가면 그 누구에게도 도움이 안 된다는 사실을."

말을 마친 친구는 몸을 일으키려고 했다. 하지만 그치지 않는 근호의 말이 그의 행동을 붙잡았다.

"자네가 생각하는 애국심이란 무엇인가. 이상하게 벌어진 사고와 이상하게 대처된 구조를 금방 잊어버리는 모습이 자네가 생각하는 애국심인가? 처음부터 끝까지 의문으로 남는 세월호 사고를 한낱 교통사고쯤으로 생각하는 이 사회에서 진정한 애국심을 찾을 수 있다고 생각하는가?"

"자네 무슨 얘기를 하고 싶어서 그러는 건가?"

근호는 간극이 좁혀지지 않는 친구와의 대화를 이해하기 힘든 주제로 바꾸기 시작했다. 그의 입에서 도저히 풀리지 않을 것 같은, 어쩌면 영원히 풀리지 않을 것 같은 무거운 주제가 흘러나왔다.

"단원고 학생들은 청해진해운의 세월호와 쌍둥이 배인 오하마나호를 타고 수학여행이 계획돼 있었어. 그 오하마나호는 18시경에 제주도로 출항 예정이었고. 그런데 출항이 지연되면서 갑자기 21시에 예정에 있지도 않았던 세월호로 변경 탑승하는 이상한 상황이 벌어져. 여기서 더 이상한 건, 기상 악화로 다른 선박들은 모두 운항을 취소하는데 유독 세월호만 제주도로 출항했다는 사실이야. 그리고 이해하기 힘든 사고를 당하고… 이해하기 힘든 늦장 대응과 이해하기 힘든 부실 구조가 총체적으로 펼쳐진 게 세월호 사고야."

근호는 쉬지 않고 말했다.

"이상한 점은 여기에서 그치지 않아. 세월호에만 있는 특이한 운항관리규정이 바로 그것이야. 세월호 사고 시 제일 먼저 국정원 보고에 대한 내용이야. 실제로 세월호 침몰 사고 당시 청해진해운은 국정원에 제일 먼저 보고했다고 모 신문사는 보도했어. 그런데 이상한 국정원은 TV 뉴스를 통해 세월호 침몰 사실을 알게 됐다고 말했는데 이 말은 금방 거짓말로 드러났어. 국정원은 왜 거짓말을 했는지, 아니면 거짓말을 할 수밖에 없는 이유가 무엇인지 다 의문이야. 침몰 위기에 빠진 민간 선박이 해경도 아닌, 119도 아닌, 구조에 직접적으로 참여할 수도 없는 국정원에 제일 먼저 보고했어. 그리고 세월호 사고 당일 사고 해역에 급파된 '언딘'이라는 민간업체는 구조 전문업체가 아니라 인양 전문업체로 밝혀졌어. 구조가 아닌 인양을 먼저 생각했었는지 의심할 수밖에 없는 부분이야. 세월호 사고는 처음부터 이상했고, 지금까지도 이상해."

"자네, 지금 항간에 떠도는 음모론을 말하는 것인가? 어떻게 자네 같은 사람이 음모론에 휘말릴 수 있는지 나는 그것을 이해하지 못하겠네."

"내가 말한 것은 음모론이 아니라 사실을 말하는 것이야. 실제로 세월호 선원들은 기상 악화로 운항을 취소하자고 몇 번을 건의했어. 그런데 무슨 이유인지 선원들의 건의는 받아들여지지 않고 다른 선박들은 모두 출항을 취소하는데 유독 세월호만 출항을 강행해. 그리고 몇 시간이 지나지 않아 세월호는 침몰하게 되지. 이것이 음모론이란 말인가? 음모론이라고 매도당하고 있는 그 이면에 음모가 숨어 있는 것은 아닌지 의심할 수밖에 없어. 또한 내가 참을 수 없는 것은 대통령이 대국민사과문 발표 시 흘린 눈물이 진짜 눈물인지, 악어의 눈물인지 연구 발표하는 나라가 슬프게도 우리가 살고 있는 바로 이 대한민국이야. 이런 나라를 보고도 이 모든 것들을 빨리 잊어야 한다고 외치는 모습이 진정한 애국심이란 말인가? 진정 자네는 이런 나라를 원하고 있다는 것이야?"

친구는 더 이상 듣고 있을 수 없었는지 몸을 일으켰다. 아마도 몹시 불편한 자리를 떠나고 싶은 모양이었다. 잠시 서 있는 모습이 무언가 할 말이 남아 있는 것 같았다.

"나는 국가와 국민의 생명을 지키기 위해 존재하는 군인이야. 나는 무슨 일이 있어도 내 소임을 지키고 배신하지 않을 자신이 있어. 국민이 국민의 소임을 다할 때 국가는 흔들리지 않는 것이고, 국민이 국민의 소임을 망각할 때, 국가는 흔들릴 수 있다는 사실을 알아야 해. 세월호 유족은 국민으로서 자신들의 소임이 무엇인지도 모르고 떠들고 있어. 계속 그런 식으로 나간다면 음모론은 더 음모 같아질 수 있는 법이야. 그것을 방지하기 위해서라도 그들은 하루빨리 국민의 소임이 무엇인지 깨달아야 해."

"나도 흔들리는 국가를 바라지 않고, 자네처럼 음모론이라고 믿고 싶어. 대다수의 국민 또한 그렇게 믿고 싶을 거야. 그렇다면 정부는 우리 국민이 그렇게 믿을 수 있게 성역 없는 진상 규명을 받아들여야 하지 않겠나? 이것이 국민을 향한 국가와 정부의 소임이라고 봐야 하는 것이고…."

이윽고 선술집을 나서는 친구의 표정이 잠시 일그러졌다 제 자리를 찾았다.

　근호는 친구가 나간 후에도 그 자리에 한참이나 앉아 있었다. 평소의 주량을 많이 초과했지만 정신은 오히려 또렷해지는 것 같았다. 선술집을 나온 근호의 입에서 깊은 한숨이 흘렀다. 희미한 별빛조차도 찾아볼 수 없는, 잔뜩 찌푸린 하늘이 점점 더 암울해지는 사회 현실을 대변해주고 있는 듯 보였다. 집으로 향하는 근호의 발걸음이 아주 무거웠다.

18

모든 정치적인 일은
계획되지 않은 일이 없다

화려한 개막식과 함께 반라의 무희들이 몸을 흔들며 등장하고 있었다. 빈자리를 찾아볼 수 없을 정도로 사람들로 가득 들어찬 관중석에서는 함성이 끊이지 않았다. 그들의 얼굴은 모두 하나같이 웃음이 가득 드리워져 있었고, 갖가지 응원 도구를 잡은 수많은 손들이 쉴 사이 없이 화려하게 움직였다. 기쁨의 함성과 기쁨의 웃음이 넓은 운동장을 빠져나가 지구촌 곳곳에 메아리치고 있는 듯 보였다.

4년을 기다려온 지구촌의 축제, 월드컵이 드디어 시작되고 있었다. 하지만 세월호 참사를 겪은 대한민국은 월드컵을 맞이하는 분위기가 조금 달랐다. 기쁨의 함성과 기쁨의 웃음을 감춘 대한민국은 조용하게 월드컵을 맞이하고 있었다.

그로부터 며칠이 흘러 대한민국과 러시아 경기가 펼쳐지는 날이었다.

용만이 화랑유원지 유가족 대기소로 들어섰다. 이른 시간이라 그런지 대기소 안에는 빈자리가 많았다. 유족들은 모두 한곳을 보고 있었다. 자리에 앉은 용만의 고개가 자연스럽게 옆으로 돌아갔다. 여지없이 대형 텔레비전에서는 월드컵이 방영되고 있었다. 대한민국과 러시아가 치열한 볼 다툼을 벌이며 상대편 골문을 향해 질주하는 모습이 텔레비전 화면을 가득 채웠다. 이어서 아나운서와 해설가의 숨 가쁜 목소리가 들림과 동시에 러시아의 골문이 열렸다. 대한민국이 선취점을 득점하는 순간이었다. 용만은 그 순간 고개를 돌려버렸다. 어떤 감흥도 느껴지지 않았다. 대기소 안에서도 함성 하나 터져 나오지 않았다.

용만은 축구를 그다지 좋아하지 않았지만 월드컵만큼은 밤을 새워가며 보았었다. 하지만 지금 은 대한민국의 축제 분위기에 동참하고 싶지 않았다. 아니 결코 동참할 수 없었다. 그 '지금'이 언제까지 이어질지 용만 자신도 알 수 없었다. 어쩌면 죽을 때까지 이어질지도 모를 일이었다. 용만은 흡연 장소로 이동해 담배를 빼 물었다. 담배 연기 사이로 성원이의 얼굴이 그려지는 듯했다. 휴대전화를 꺼낸 용만은 카톡을 실행해 녀석이 저장해 놓았던 사진을 바라보았다. 사진 속에는 관중석의 수많은 사람들의 환호를 받는 박지성이 크게 점프를 하며 손을 높이 들어 골 세리머니를 펼치고 있었다.

'박지성 선수가 펄펄 날아다니던 시절이 그립다. 또 보고 싶네.'

성원이가 써 놓은 문구였다. 축구를 유난히도 좋아했던 녀석은 박지성을 가장 좋아했다. 녀석이 살아 있었다면 어떤 표정을 지었을지 눈앞에 선했다. 용만의 입에서 슬픔을 머금은 한숨이 흘러나왔다. 그때 누군가 조심스럽게 접근해오고 있는 사람이 눈에 들어왔다. 바라보니 이십 중반으로 보이는 곱상한 여자였다.

"요즘 어떻게들 지내시는지…."

여자는 용만과 유족들을 바라보며 말끝을 흐렸다.

"누구신지… 유족이세요?"

용만이 물었다.

여자는 잠시 망설이는 듯하다가 명함을 내밀었다. 명함을 바라보는 용만은 일그러지는 표정을 관리해야만 했다. 여자는 ○○일보 사회부 기사였나.

"여기 있는 사람들, 기자 안 좋아합니다."

용만의 직설적인 말에 여자가 고개를 끄덕이는 거 같았다.

"저도 글을 쓰는 사람이지만 기사가 소설도 아니고 사실을 망각한 기사가 어디 있습니까."

여자는 용만의 말에 수긍하는 듯 미안한 표정을 풀지 않았다. 용만은 시종일관 미안한 표정을 짓고 있는 여자의 모습에 감정이 조금 수그러지는 듯했다. 여자는 세월호 사고 이후, 유족들이 어떤 상태에 있으며 어떤 생활을 하고 있는지 취재하러 나온 것이었다.

저렇게 모든 사람들이 미안한 감정을 갖고, 미안한 마음으로 타인을 바라보고, 미안한 마음으로 세상을 바라보고, 미안한 마음으로 자기 자신을 바라본다면 지금과 같은 이상한 나라는 만들어지지 않았을 것이다. 하지만 그런 생각 속에 빠져 있는 용만 또한 대한민국이라는 나라에 미안한 마음이 들지 않는 사실을 부정할 수 없었다. 여자와 몇 마디를 더 나눈 용만은 담배를 비벼 끄고 유가족 대기소로 향했다.

세월호 참사의 여파 속에서도 대한민국의 지방자치단체선거는 코앞으로 다가와 있었다. 언제나 축제와도 같았던 선거가 이번에는 숙연한 마음으로 조용하게 준비되고 있는 듯 보였다. 여당과 야당의 슬로건은 확연히 달랐다. 야당은 세월호 참사의 진상 규명과 세월호 유족을 위한 발의 안을 공약으로 내세워 정권 심판을 국민에게 호소했다. 반면에 여당은 민생 경제와 죽어가는 경제를 살리자는 구호를 내세워 국민에게 호소했다.

선거 벽보 앞을 지나가던 근호는 잠시 발을 멈춰 선거 출마자들의 얼굴을 하나하나 살펴보았다. 모두가 다른 얼굴이었지만 그의 눈에는 모두가 같은 얼굴로 느껴졌다. 고작 두 달 사이에 세월호 사고는 지긋지긋한 부정적 개념의 대명사로 자리 잡아 가고 있었다. 이런 상황 속에서 야당의 슬로건이 국민에게 어떤 설득력을 얻을 수 있을 것인지 근호는 고개를 가로젓지 않을 수 없었다. 언론은 추락하고 있는 경제지표나 경기 침체 분석을 계속해서 쏟아 놓았다. 거기에는 분명 어떤 의도가 깔려 있는 것처럼 보였다. 그것은 국민의 관심과 시선을 세월호 사고에서 돌리려고 하는 정치적 의도가 깔려 있다고 생각할 수밖에 없었다. 그렇게 세월호 사고는 정치 이념적인 맥락으로 얼굴을 바꿔 달며 국민에게 다가가고 있었다.

선거 출마자들을 바라보는 근호는 이해하기 힘들고 분통 터지는 가슴을 진정시켜야 했다. 정치권은 이해한다 하더라도 그것에 동조하는 듯한 국민의 관심과 시선은 도저히 이해하기가 어려웠다. 근호가 한숨을 내뱉고 돌아서려고 할 때 전화가 걸려왔다. 발신자 번호를 확인하는 근호의 얼굴이 찌푸려지는 것으로 보아 별로 달갑지 않은 사람인 듯했다. 전화는 고위 공무원 친구 현태로부터 걸려온 것이었다.

"알았네, 이따가 보세."

전화를 끊은 근호는 약속 장소로 향하면서 생각에 잠겼다. 현태가 나를 무슨 이유로 보자고 하는 걸까. 전에 있었던 그와의 대화를 떠올려 보았지만 이유를 짐작하기 어려웠다. 잠시 후, 약속 장소 앞에 도착한 근호는 들어서려던 발걸음을 멈추고 일식집을 가만히 응시했다. 한눈에 보기에도 일식집은 매우 고급스럽게 보였다. 이렇게 고급스러운 장소를 잡은 이유는 또 무엇일까. 근호는 지금껏 한 번도 들어가 본 적이 없는 일식집 앞에서 잠시 망설이는 자신을 발견했다. 그는 천천히 발걸음을 옮겨 호실을 확인한 후 문을 열고 들어섰다.

"어서 오게."

현태는 평소와 다르게 먼저 자리를 잡고 근호를 맞이했다. 은은한 조명을 받은 현태의 눈처럼 하얀 와이셔츠가 빛을 발하고 있는 것처럼 보였다. 두 사람 사이에 잠깐의 정적이 흘렀다.

"국가적인 일로 바쁜 사람이 나를 왜 보자고 했나?"

"말에 씨가 있는 것 같군. 하하. 자, 일단 목이나 축이고 얘기하세."

현태는 호쾌한 표정으로 근호의 잔에 술을 따랐다.

"가만히 생각해 보니 인생은 별거 없는 것 같아. 그 별거 없는 인생 속에서 천년의 근심을 간직한 인간으로 살아간다는 게 어쩔 땐 신물이 날 때도 있어. 근호, 자네는 어떤가?"

근호는 어렵게 서두를 잡아가는 현태의 의중이 무엇인지 대강 짐작할 수 있었다.

"근심이 사상을 만들고, 근심이 이념을 만드는 게 아니었나?"

근호는 자신을 향해 있는 현태의 화살을 정부를 향한 화살로 다시 돌렸다.

"자네는 또 시작이야. 좋아, 그렇다 치고…. 인간은 살아가면서 세 번의 기회가 찾아온다고 했어. 그런 면에서 보면 인생은 참 공평한 것 같지 않나? 내가 자네를 보자고 한 이유도 자네에게 기회를 주기 위함이야. 그래서 하는 말인데…."

화가 난 근호는 가만히 듣고 있을 수가 없었다.

"나한테 무슨 거래를 하자고 그러는 건가. 그리고 인간에게 세 번의 기회가 주어진다는 개념은 대체 누가 만들어 놓은 개념인가. 그것은 위정자들이 자신들의 용이한 통치를 위해 만들어 놓은 개념이라고 생각 들지 않나? 나는 그렇게 생각해. 모두가 공평한 세상이라는 개념을 만들어 혹시라도 다가올 수 있는 민중의 위협을 방지하기 위한 수단으로 말이야. 백번 양보해서 자네 말대로 모두가 공평한 기회를 가질 수 있는 인생이라면 국민이 그것을 가질 수 있게 해 줘야 되는 게 국가의 역할이고, 통치권을 잡고 있는 정부의 의무라고 보아야 하지 않겠나? 그런데 한 번도 그 기회를 잡아보지 않은 아이들은 차가운 물속에서 인생의 기회를 잡아보겠다고 피눈물을 흘리며 애원하고, 어른들의 손길을 기다리다 절규하면서 죽어갔어. 이것이 과연 정부가 정부로서의 의무를 다했다고 볼 수 있겠나?"

술잔을 단숨에 비우는 현태의 떨리는 입술로 보아 그가 가까스로 감정을 통제하고 있음을 느낄 수 있었다.

"자네는 항상 나를 구석으로 몰아가려는 경향이 있어. 나는 자네를 생각해서 마지막 호의를 베푸는 것인데 자네가 거절하면 더 이상 권하지 않겠어. 자네 머릿속은 온통 세월호 사고만으로 가득 차 있고, 세월호 사고로 세상을 바라보면서 세상을 해석하려고 해. 국민들이 왜 세월호 유족들에게서 등을 돌리고 있다고 생각하나. 자네는 또, 기득권 세력의 안위와 정권을 걸고 넘어가겠지. 세상은 그렇게 단순하지 않아. 국민들이 과연 정권의 손아귀에서 놀아난다고 생각하나? 그렇게 생각했다면 큰 오산이야. 지속적인 경기 침체가 대한민국의 하늘을 먹구름으로 덮고 있는 게 우리의 현실이야. 그래서 국민들은 이 어두운 먹구름 속에서 하루라도 빨리 해방되고 싶은 것이고… 그런데 세월호 유족들은 이 어두운 먹구름에 더 짙은 색깔을 덧칠하고 있어. 먹고살기도 힘든 세상에 툭하면 불거져 나오는 게 집회고 행진이야. 대체 언제까지 그래야 하는가. 과유불급이란 말이 있어. 모든 일은 적당히 해야 해. 그래야 요구하는 바가 관철될 수 있고, 설득력을 얻을 수 있는 것이야."

근호는 하마터면 소리를 지를 뻔했다. 그 역시 가까스로 감정을 억누르며 입을 열었다.

"세월호 유족들이 왜 그렇게 됐는지, 누가 세월호 유족들을 그렇게 만든 것인지 생각을 해 보고 말하는 것인가? 자네는 지금과 같은 상황을 마치 세월호 유족들이 만들어 놓은 것처럼 말하고 있어. 세월호 유족들이 처음부터 그랬다고 생각하나? 내가 팽목항에서 처음 보았던 모습이 무엇인지 아나? 비에 젖어서 추위에 떨고 있는 한 아이의 엄마였어. 그 엄마는 내리는 비를 피하지 않고 돌아오지 않는 자식을 기다리며 하염없이 바다만 바라보고 있었어. 아니 정확히 말하면 추위와 비를 피할 장소가 없었어. 비에 젖고 눈물에 젖어 추위에 떨고 있는 그 엄마가 들어가 있을 장소가 없었다고. 나는 그 엄마의 비참한 얼굴을 결코 잊을 수가 없어. 아니, 평생 잊지 못할 거야. 그런데 언론에서는 상대적으로 덜 추운 진도체육관의 모습만 집중 방영했고, 추위와 비를 피할 수 없는 팽목항의 방영은 극도로 자제했어. 왜 그랬는지 자네는 알고 있을 것이야."

눈시울이 붉어진 근호가 잠시 말을 멈추더니 다시 입을 열었다.

"처음부터 정부가 자신들의 잘못을 인정하고 뉘우치며 진상 규명의 입장을 명확하게 표명했으면 이렇게까진 되지 않았을 거야. 도대체 정부는 무엇이 두려워 성역 없는 진상 규명을 거부하고 있는지 나는 그것이 한탄스러워. 세월호특별법을 연일 거부하는 정부가 세월호 유족들에게서 집회를 끌어내고 행진을 유도한 것으로밖에 볼 수 없어. 자네 말대로 모든 일은 적당히 해야 해. 즉 정부의 질질 끄는 행태가 국민들이 세월호 유족들에게서 등을 돌리게 만든 요인인 거지. 정부는 대한민국이라는 국가에 두 가지 큰 실수를 범했어. 한 가지는 재난대책컨트롤타워를 제대로 관리하지 않은 실수이고, 또 하나는 국민들이 세월호 유족에게서 등을 돌리게 만든 실수. 이제라도 정부는 그것을 인정하고 바로잡아야 해."

"국민들이 세월호 유족에게서 등을 돌린 요인이 정부에게 있다고? 나는 자네 논리를 인정할 수 없어. 지금 우리나라의 암울한 현실이 언제까지 이어질지 모르는 형국을 보고도 그런 말이 나오는가? 나는 자네를 도저히 이해할 수 없어. 대체 우리 국민이 언제까지 죽은 사람들의 명복을 빌어줘야 한다는 말인가. 대체 언제까지 세월호 유족들의 움직임에 동참해 줘야 한다는 말인가. 세월호 유족들을 곱지 않은 시선으로 바라보는 국민은 이제 그만 시선을 거두고 싶은 것이야. 그 거둔 시선이 사회로 향할 때, 그 거둔 시선이 경제로 향할 때, 우리나라는 자연스럽게 아픔을 치유할 수 있게 되고, 제자리를 찾아가는 것이야. 그리고 모든 생물은 먹어야만 생명을 유지할 수 있어. 이것은 움직일 수 없는 진리야. 그런 국민의 시선이 어디로 향할 수 있다고 생각하나? 국민의 시선은 지극히 당연하고 자연스러운 것이야. 자네의 논리는 본질을 벗어났다고 볼 수밖에 없어."

근호는 그 순간 동물 중에서 생각이 가장 많은 인간으로 태어났다는 게 서글펐다. 친구를 잠시 바라본 그는 조용하게 입을 열었다.

"먹고사는 문제가 국민의 시선을 돌렸다구? 참 재미있는 논리야. 그 재미있는 논리는 자네의 논리인가. 아니면 자네가 속해 있는 정부의 논리인가. 과연 누구의 논리인지 나는 그것이 궁금해."

"그럼 인간한테 먹고사는 문제보다 더 우선시되는 문제가 있다는 말인가?"

"먹고사는 게 우선인 사회가 삼풍백화점 참사를 불러왔고, 먹고사는 게 우선인 사회가 성수대교 참사를 또 불러왔고, 먹고사는 게 우선인 사회가 코오롱 리조트와 세월호를 또다시 불러왔…."

"자네는 항상 논리를 비약시키려는 경향이 있어."

"그렇게 생각하나?"

근호는 한동안 이마에 손을 대고 아무 말 없이 넓은 상에 가득 놓인 음식물만 바라보았다. 과거 자신의 월급으론 엄두가 나지 않을 정도로 모두가 고급스러운 음식이었다. 그의 입에서 절로 한숨이 터졌다.

"이것 봐, 현태. 왜 그렇게 솔직하지 못해?"

"뭐가 솔직하지 못하단 말인가."

"그냥 솔직하게 말해. 먹고사는 걸 걱정하는 게 아니라 사치를 누리면서 편하게 살고 싶은 것이라고."

말을 마친 근호는 먼저 일어서서 마지막 한마디를 날렸다.

"나한테 기회를 주고 싶다고 했지? 나도 진구로서 자네한테 기회를 주고 싶어. 자네가 나를 생각하는 것만큼 아픈 국민들을 생각할 수 있는 기회를 주고 싶어. 그 기회는 자네가 판단할 일이지만 그 기회에 의해서 미래가 바뀔 수도 있다는 사실을 간과해서는 안 될 것이야."

근호가 떠난 자리에는 손도 안 댄 음식들이 그대로 남아 있었다.

조용하게 치러진 지방자치단체선거 개표 방송이 전국적으로 방영되고 있었다.

모니터 앞에 앉아 개표 방송을 지켜보는 용만은 시간이 지날수록 담배를 빼 무는 횟수가 늘어났다. 정치에 그다지 관심이 없었지만 이번 선거만큼은 크게 관심을 두고 있었다. 어찌됐든 세월호 유족들의 입장과 마음을 대변해 주는 정당은 야당이었다. 어떻게 세월호 사고가 정치 쟁점화 됐는지 실로 이해하기 어려웠지만 정치화된 세월호 사고는 국민들의 정치 성향에까지 영향을 미치고 있었다. 마치 세월호 사고가 정치 사고라도 되는 것처럼 이상한 국민적 정서가 자리 잡아 가고 있는 것 같았다.

SNS를 통해 급속도로 퍼지고 있는 좌익과 우익의 개념은 세월호 유족들의 진상 규명의 외침과 밀접한 관계를 가지고 연일 SNS를 뜨겁게 달구어 놓았다. 심지어 사회적으로 일어나는 부정적인 현상까지도 세월호 사고와 연결 짓는 이상한 사회 풍토가 자리 잡아 가고 있었다. 마치 세월호가 사라져야만 대한민국의 정치와 사회가 제자리를 찾을 수 있을 거라는 정치적인 사회 통념 같은 댓글이 곳곳에서 목격되었다.

세월호는 실로 대한민국의 정치와 경제를 흔들고, 또한 국론 분열의 양상을 가진 사고로 자리매김해 나가는 것 같았다. 어쩌면 대한민국은 이념을 새롭게 써야 할지도 몰랐다. 세월호 이념과 그것에 반대되는 이념…. 그런데 더 이상한 점은 국민을 계도해야 할 정치권은 물론 누구도 이런 현상에 대해 심각하게 고민하지 않는 듯했다. 아니 정확히 말하면 고민의 흔적은 곳곳에서 보이는 것도 같았고, 보이지 않는 것도 같았다. 왜냐하면 그것은 침묵이었기 때문이었다. 국론 분열을 지켜보는 듯한 이상한 침묵. 참으로 이상한 나라였다.

용만은 또 다시 담배를 빼 물었다. 기나긴 시간 동안 방영됐던 개표 방송이 막바지에 접어들면서 당선의 윤곽이 드러나기 시작했다. 용만의 입에서 연이어 한숨이 터져나왔다. 어느 정도 예상했었지만 결과는 예상을 벗어나도 한참을 벗어난 여당의 압승이었다. 세월호 사고의 총체적인 부실 구조와 진상 규명을 외치며 정권 심판을 주장했던 야당의 목소리는 국민들의 가슴을 울리지 못한 것이다. 용만은 세월호 사고 당시 무능한 정부에 등을 돌렸던 국민들이 다시 등을 돌린 이유에 대해서 생각해 보았다. 순간 뇌리를 스치고 지나가는 것이 있었다.

"모든 정치적인 일은 계획되지 않은 일이 없다."

세계적인 석학 '노암 촘스키'의 말이었다.

용만은 여당도 야당도 모두 싫었다. 정치권에 신물이 올라올 지경이었다. 아이들의 목숨을 가지고 어른들이 자신들의 이익을 위해 벌이는 비정한 현실에 통탄을 금할 길이 없었다.

용만은 한동안 자리에서 꼼짝도 하지 않았다. 이윽고 마우스를 잡은 용만은 조카 성원이의 사진을 모니터에 띄워 놓고 한참을 바라보았다. 녀석과 용만은 마치 눈싸움을 벌이는 듯 서로에게서 시선을 거두지 않았다. 그 순간 용만은 까칠한 수염으로 녀석의 얼굴을 비비고 싶은 강한 충동을 느꼈다. 녀석이 금방이라도 엄살을 피우며 얼굴을 밀어낼 것 같았다. 용만은 가슴을 옥죄어 오는 느낌에 이를 악물어야 했다. 녀석은 그런 용만의 마음을 아는지 모르는지 여전히 용만을 바라보면서도 표정 하나 변하지 않았다. 저 녀석은 어떤 생각으로 세상을 바라보고 있을까. 어른들의 행태에 박수를 보내줄 것인가, 아니면 연민의 정을 느낄 것인가. 자리에서 일어선 용만은 퀴퀴한 냄새가 배어 있는 이불에 몸을 눕혔다. 녀석의 웃는 얼굴이 눈앞에 펼쳐졌다.

'이! 성원이, 축구를 왜 이렇게 잘해?'

'하하하!'

용만의 과한 칭찬에 녀석이 크게 웃으며 축구공에 발을 올렸다.

'웃지 말아야지.'

웃음을 멈춘 녀석이 용만을 바라보고 말했다.

'왜 웃다가 멈춘 거야?'

'어, 입이 아파서…'

한창 몸이 커가던 녀석은 입도 커가는 모양인지 금세 입을 다물었다. 용만은 기특한 얼굴로 녀석을 바라보았다.

용만은 조카들의 자그마한 행동에도 항상 과한 칭찬을 해 주곤 했다. 그것은 과한 칭찬을 당연한 사실인 듯 무비판적으로 받아들이게 해, 잠재의식에 각인시켜 자신감으로 승화시키는 용만의 교육 방법이었다. 하지만 이제는 한창 몸이 커가는 녀석도 없었고, 변성기를 맞은 목소리도 없었고, 자신감으로 동네를 뛰어다니며 놀던 녀석도 없었고, 과한 칭찬에 조심스럽게 입을 벌리고 웃는 웃음소리도 없었다. 그 어디에도 녀석은 없었다. 오직 모니터에서 아무 말 없이 자신을 바라보는 녀석만 있을 뿐이었다. 도무지 믿기지 않는 현실이었지만 그것을 인정해야만 하는 현실이 더 슬펐다. 베개에 얼굴을 묻은 용만의 머리가 흔들렸다.

19

갈등에 갈등을
거듭하다

　세월호특별법을 둘러싼 정치 공방은 연일 계속되고 있었다. 여당의 주장
은 삼권분립의 원칙을 무너뜨리는 행위이고, 국가 사법 체계의 근간을 흔드
는 행위이며, 수사권과 기소권은 역사상 전례 없다는 주장을 내세워 수사권
과 기소권을 주장하는 야당의 입장을 일축했다. 국민에 의해 만들어진 정부
가 국민을 위한 정책을 펴는 것인지 아니면 다른 목적이 있는 것인지 판단
하기 힘들었다.

　연일 입씨름을 하는 정치권과 어지럽게 돌아가는 사회현상을 지켜보는
용만은 머리가 아주 복잡했다. 일도 손에 잡히지 않았다. 직장으로 복귀한
지 많은 시일이 지나 있었지만 사고의 초점은 온통 세월호에 집중돼 있었
다. 그런 용만에게 업무가 눈에 들어올 리는 만무했다. 그때, 마침 걸려온
전화가 용만의 복잡한 머릿속을 흔들어 깨웠다.

　"여보세요. 아, 네. 거기에다 놓고 가시면 됩니다."

　전화를 끊은 용만은 부리나케 집으로 향했다. 집으로 향하는 그의 얼굴
이 묘하게 변했다. 기뻐하는 것도 같았고, 슬픔에 잠긴 것도 같았다. 정확한

감정이 드러나 있지 않은 얼굴에서 그 이유를 찾기 힘들었다. 이윽고 집 앞에 도착한 용만은 승용차를 아무렇게나 주차시키고 계단을 올라 집 앞에 이르렀다. 크지도 작지도 않은 두 개의 종이 박스가 눈에 들어왔다. 드디어 자신의 두 번째 책이 출간된 것이었다.

책을 집 안으로 옮긴 그는 잠시 자신의 책을 물끄러미 바라보았다. 역시나 아무 감흥도 일지 않았다. 오히려 미안함과 슬픈 감정이 앞섰다. 그때 가슴을 스치고 지나가는 소리가 있었다. 진정 성원이와의 약속을 지키기 위해 책을 출간했는지, 아니면 자신의 욕심이 책을 출간하게 만들었는지 또다시 가슴을 스쳐가는 소리였다. 어느 것 하나 자신할 수도 없었고, 그렇다고 부정하기도 힘들었다. 아무래도 용만은 자기 자신과의 약속을 지키지 못할 것 같았다. 자신과의 약속은 출간된 책을 제일 먼저 성원이에게 보여주겠다는 것이었다. 책을 집어든 용만은 결국 성원이가 잠들어 있는 하늘공원으로 향하지 못했다. 녀석에게 언제 책을 보여줘야 할지 그것 또한 장담하기 어려웠다. 그렇게도 자주 왕래했고, 아주 가까이 있는 하늘공원이 오늘따라 아주 멀게 느껴졌다. 다시 직장으로 향하는 용만의 발걸음이 아주 무거웠다.

거의 뜬눈으로 밤을 지새우다시피 한 용만은 날이 밝기만을 기다렸다. 성원이와의 약속이었건, 자기 자신과의 약속이었건 이미 출간된 책을 녀석에게 보여주는 것이 삼촌으로서 당연한 도리인 것 같았다. 또한 자식으로서 어머니를 찾아뵙지 않는다는 건 자식의 도리가 아니었다. 밤새 마음을 고쳐먹은 용만은 어머니와 성원이가 같이 잠들어 있는 하늘공원으로 향했다.

날씨는 아주 무더웠다.

하늘공원으로 막 들어서려던 용만은 순간 승용차를 세웠다. 하늘공원을 나오는 남자와 여자는 익히 알고 있는 얼굴이었다. 이 부부의 아들은 성원이와 같은 반 친구였고, 팽목항에서 자주 얘기를 나누었던 사람들이었다. 반가움과 슬픔이 동시에 교차했다. 화랑유원지 분향소에서 만났던 감정과는 분명히 달랐다. 이 부부는 자식을 찾을 때까지 단 한 번도 누워서 잠을 자보지 않았다고 했다. 계절을 무시한 팽목항의 차가운 바닷바람 속에서도 이 부부는 차가운 시멘트 바닥에 앉아 눈물 젖은 얼굴로 하염없이 바다만 바라보고 있었다. 용만은 그런 모습을 몇 번이나 목격했었다. 마치 부모가 행하는 육체의 고행이 꺼져가는 자식의 생명을 지켜줄 수 있을 것이라는 부모의 믿음으로 보였다. 자식의 생명을 품은 촛불이 꺼질까 봐 온몸이 저리도록 앉아서 오직 촛불만을 바라보고, 불어오는 차가운 바람을 온몸으로 막으며 촛불을 감싸고 있는 가슴 시린 모습이었다.

"안녕하세…."

용만은 말끝을 흐렸다. 차마 '안녕하세요'라는 극히 일상적인 인사를 할 수 없었다. 일상을 송두리째 빼앗겨버린 세월호 유족들은 모두 일상 밖의 사람들이었다. 더 서글픈 건, 사회의 냉대와 같은 시선이었다. 이 사회는 일상을 빼앗긴 사람들을 포용해주지 않는 사회로 전락하고 있는 것 같았다. 어른들의 잘못이 아이들의 죽음으로 이어진 이 사회는 더불어 사는 사회가 아니었다. 그것은 세월호 유족들 또한 잘못을 저질렀고, 잘못을 저지르고 있는 어른이라는 사회적 시각이 작용한 것일까. 그렇게 세월호 유족들은 주변에서도 사회에서도 잘못을 저지르고 있는 어른들이라는 개념이 이미 두껍게 이 사회에 형성돼 있는 것 같았다. 어쩌면 이 사회는 세월호 유족들의 주장을 과분한 사치라고 생각하는 것은 아닐까?

"분향소 오실 거죠?"

"네, 거기서 봅시다."

간단히 인사를 나눈 용만은 하늘공원으로 들어섰다. 먼저 어머니 앞에 다가간 용만은 가져간 음식과 책을 올리고 몸을 낮췄다.

"엄마, 성원이는 엄마가 잘 데리고 있는 거지?"

용만은 자신도 모르게 어머니의 안부를 묻기 전에 조카의 안부를 먼저 물었다. 가슴에 묻은 자식 같은 녀석. 그토록 의지하고 사랑했던 어머니가 돌아가신 지 8년의 세월이 흘러 있었다. 용만은 어머니가 돌아가시는 날, 마치 수천 마리가 넘는 시커먼 두꺼비들이 땅을 가르며 올라오는 것 같은 착각이 들 정도로 충격을 받았었다. 그것은 두려움과 공포와 애절함이 뒤섞인, 실로 말로 형언할 수 없는 온갖 감정들의 집합이었다. 반면에 자식 같은 성원이의 죽음은 억울함과 분노와 원통함과 욕설을 동반한 감정이었고, 그것은 피가 거꾸로 솟고, 숨이 막힐 것 같은 고통의 감정들이었다. 성원이의 사진은 여지없이 어머니의 납골함에도 붙어 있었다. 그것도 아주 활동적인 모습으로.

어머니 앞에 무릎을 꿇은 용만은 자신의 무능을 한탄하기 시작했다. 성원이를 위해 할 수 있는 일이 이렇게도 없단 말인가. '만약, 아주 만약에 녀석이 나고, 내가 녀석으로 바뀌어 태어나서 이런 일을 겪었다면 녀석은 어떤 행동을 보여주었을까.' 자신을 향한 그의 물음은 어떤 대답을 원하는 물음이 아닌 듯했다. 오로지 아무것도 할 수 없는 자신의 무능을 한탄하는 것으로 보였고, 또한 자신을 질책하는 것처럼도 보였고, 자신을 힐난하는 것처럼도 보였다. 그는 차라리 조카의 죽음 앞에서 도무지 무엇을 어떻게 해야 할지 모르는 자신을 벌하고 싶었는지도 모른다.

"엄마 큰아들 참 바보 같지?"

어머니 앞에서 자신을 탓하는 그의 눈에서 눈물이 주르르 흘렀다.

"내가 바보가 아니라면 뭐라고 말 좀 해 주고, 내가 정말 바보라면 아무 말도 하지 마."

한참을 기다려도 어머니의 목소리는 흘러나오지 않았다. 아니 그 어떤 느낌도 받을 수 없었다. 자신은 역시 바보였다. 그것도 아주 진정한 바보.

"엄마, 나를 왜 이렇게 낳았어? 왜 이렇게 바보처럼 낳았느냐구."

급기야 그는 자신을 낳아준 어머니를 원망하기 시작했다. 그의 눈에서 눈물이 멈추지 않았다. 그의 눈물에서 어떤 느낌이 전해지는 것 같았다. 그것은 자기 자신이 극도로 싫은 눈물이었고, 세상에 염증이 느껴지는 눈물이었으며, 어머니, 아버지도 부정하고 싶은 눈물인 것 같았다. 차라리 지금 이 순간 세상이 망해버렸으면 좋겠다는 생각을 또 했는지도 모를 일이었다.

그렇게 한참을 어머니 앞에서 무릎 꿇고 있던 그는 천천히 몸을 일으켰다.

"엄마, 미안해. 정말 미안해."

어머니에게 큰절을 올린 그는 마지막 한마디를 부탁했다.

"엄마, 성원이 잘 데리고 있어."

몸을 돌린 용만이 성원이를 향해 발을 옮겼다. 녀석이 친구들과 잠들어 있는 곳에 이르니 수많은 편지가 녀석과 친구들의 납골함에 빼곡했다. 용만은 이곳에 올 때마다 편지를 일일이 읽어보았다. 너무나 빨리 하늘로 올라간 친구들을 그리워하는 편지가 대부분이었고, 자식을 잊을 수 없는 부모의 편지도 간혹 보였다. 그런데 편지는 어느새 빛이 바래 있었다. 마치 비정한 현실을 반영이라도 하듯, 빛바랜 편지 곳곳에 얼룩이 묻어 있었다. 그는 차마 얼룩진 녀석의 편지 앞에 음식과 책을 내려놓을 수 없었던지 옷소매의 단추를 풀었다. 그는 녀석의 편지를 하얀 와이셔츠 소매로 닦기 시작했다. 코팅 처리된 편지가 빠르게 제 모습을 찾아갔다. 하지만 그럴수록 자신의 하얀 와이셔츠는 시커멓게 변해가고 있었다. 그는 그것을 아는지 모르는지 편지를 닦는 일에만 열중했다. 이윽고 성원이 앞에 음식과 책을 내려놓은 그는 녀석과 눈을 맞추었다.

"성원아, 바보 같은 삼촌이 정말 싫지?"

용만은 차라리 녀석이 꿈에라도 나타나 무능한 자신을 원망해주면 좋겠다고 생각했다. 그러면 조금이라도 미안한 감정이 덜어질 수 있을 것만 같았기 때문이었다. 하지만 무심한 녀석은 그렇게 하늘로 올라간 후로 꿈에 나타나 주지 않았다. 정말 단 한 번도 꿈에 나타나 주지 않았다. 친구들과 지내는 하늘나라가 너무 재미있어서 나타나 주지 않는 것이라면 나행이시만, 너무나 원통해서, 미치도록 원통해서, 그 미치도록 원통한 마음을 삼촌에게 심어주기 싫어서 나타나 주지 않는 것이라면 그것만큼 원통한 현실은 없을 것만 같았다.

분노로 가득 찬 두 눈을 치켜뜬 용만은 녀석의 친구들과 일일이 눈을 맞춰 보았다. 금방 잠에서 깨어난 듯 보이는 얼굴과 뭔가 골똘히 생각에 잠겨 있는 얼굴, 환하게 웃고 있는 수많은 얼굴들. 그 많은 얼굴들은 모두 각양각색이었다. 하지만 공통적으로 느껴지는 한 가지가 있었다. 그것은 바로 꿈으로 가득 차 있는 아이들의 얼굴이었다. 녀석들은 꿈을 간직한 모습 그대로 꿈속으로 달아나버린 것만 같았다. 마치 욕심으로 물든 사회를 빨리 벗어나기라도 하려는 것처럼….

용만은 순간 빨리 세상을 떠난 녀석들을 축하해 주고 싶었다. 왜냐하면 녀석들은 비정한 사회의 손짓을 미리 피한 것이었고, 욕심의 굴레를 미리 벗어난 것이었고, 폐단으로 물든 사회에 동참하지 않은 것이었다. 그것은 분명 축하를 받을 만한 일이었다. 그러나 또다시 시작되는 이 뜨거운 눈물은 무엇이란 말인가. 용만의 눈물은 분명 축하의 눈물이 아니었다. 비록 비정한 사회이고, 욕심의 굴레이고, 폐단으로 물든 사회일지라도 용만은 조카와 함께하고 싶었다. 이것 또한 욕심일까. 알 수 없었다. 도저히 알 수 없었다. 용만은 자신도 모르게 큰 숨을 몰아쉬었다. 어떻게 이 많은 아이들을….

고개를 돌린 용만은 녀석 앞에 음식과 책을 내려놓고 잠시 눈을 감았다. 책을 받아든 녀석의 모습이 눈앞에 그려졌고, 목소리가 들려오는 것 같았다.

'삼촌, 축하해!'

녀석은 바보 같은 삼촌을 축하해 주고 있었다. 용만은 차마 고맙다는 말을 할 수 없었다. 그러기엔 녀석에게 해준 게 너무 없었다. 용만의 입에서 고맙다는 말 대신 다른 말이 흘러나왔다.

"성원아, 미안하다. 정말 미안해."

용만은 울면서 돌아섰다. 도저히 녀석과 눈을 계속 맞추고 있을 수 없었다. 자신을 향해 있는 수많은 성원이 친구들의 눈망울을 마주 바라볼 수 없었다. 지친 걸음으로 승용차에 몸을 실은 용만은 꼭 거쳐야만 되는 또 하나의 관문을 향해 출발했다. 그것은 지금껏 한 번도 들어가 보지 못한 화랑 유원지 분향소였다.

세월호특별법 제정을 외치며 단식에 들어간 유민 아빠는 생명이 위태로울 상태까지 왔다. 유민 아빠가 목숨을 걸고 단식에 들어간 이유는 세월호특별법 제정이었다. 자식의 죽음의 원인이 무엇이고 그 많은 시간 동안 왜 구조를 받지 못했는지, 구조 당국은 그 시간에 무엇을 하고 있었는지, 그 이유를 알고 싶은 것이었다. 그렇게 해야만 다시는 세월호 참사와 같은 사고를 예방할 수 있을 것이라고 생각했다.

그것은 비단 유민 아빠만의 주장이 아닌 세월호 유족들이 하나같이 바라는 것이었고, 유족들의 아픔에 동참하는 국민들의 염원이었다. 세월호특별법은 세월호 참사와 같은 사고를 미연에 방지하자는 재발 방지 대책이 핵심이라고 보아야 했다. 하지만 세월호특별법 제정은 난항에 난항을 거듭 겪으며 본질이 흐려지는 것 같았다. 정말 이상한 나라의 이상한 현상은 종식되지 않고 끝을 알 수 없을 정도로 이상하게 흘러가고 있었다.

현태와 마주 앉은 근호는 거듭해서 술잔만 기울였다. 그의 행동으로 보아 대화가 통하지 않는 것 같았다. 답답한 근호가 먼저 입을 열었다.

"이봐, 왜 그렇게 말을 아끼는가?"

"말을 아끼는 게 아니라 자네는 나한테 너무 무리한 요구를 하고 있어. 내가 무엇 때문에 자네의 논문을 위해서 자네의 질문에 대답해야 하는지 나는 그 대답의 필요성을 못 느끼고 있을 뿐이야. 다이빙벨은 내가 거론할 문제가 아니야."

현태의 말로 보아 근호가 자신의 논문을 위해 현태를 불러낸 모양이었다.

근호가 잠시 현태를 응시했다. 어렵게 잡은 자리였다. 현태는 바쁘다는 핑계를 내세워 만남 자체를 계속 거부했다. 그 이유는 근호 자신이 너무 잘 알고 있었다. 결코 좁혀지지 않을 것 같은 서로의 국가관이었고, 대화의 주도권을 한 번도 내주지 않은 자신의 실수 아닌 실수였다. 자존심이 강한 친구를 너무 몰아세운 것은 아닌지 잠깐 반성이 밀려왔다. 하지만 대참사에 대한 논의에서 자존심은 한낱 티끌과 같은 것이라는 생각이 들었다.

"자네도 알다시피 세월호 유족이 사망한 자식의 부검을 요청한 일이 있었어. 그 이유는 시신 상태가 마치 살아 있는 것 같은 모습으로 보였기 때문이야. 이미 사망해서 며칠을 바닷속에 있었다고 믿기 어려울 만큼 시신 상태가 너무 깨끗해서 부검을 요청한 것이라고 봐야 해. 그 모습을 본 실종자 가족들은 아이들이 살아 있으니 제발 빨리 구조해 달라고 절규했어."

"자네는 무슨 논문을 쓰고 싶어서 그러는 건가? 거듭 말하지만 나는 다이빙벨에 관해서 아는 것도 없고, 설령 알고 있다고 해도 아주 민감한 문제를 자네에게 말해줄 수 없어."

"다이빙벨이 왜 그렇게 민감한 문제로까지 변형됐다는 말인가?"

근호는 현태의 말을 잡아챘다.

"침몰선 속의 공기 압력과 수면 위의 공기 압력이 다르다는 것은 상식이야. 침몰선 속에 생존자가 있다고 하더라도 감압을 하지 않고 수면으로 올라오면 생명이 위태로울 수 있어. 그것을 자연스럽게 해결해 줄 수 있는 장비가 다이빙벨이고. 그런데 그 시간까지 단 한 명의 생존자도 구조하지 못한 구조 당국은 침몰선 속에 살아 있을 것으로 추정되는 아이들을 구조하기 위해 억대의 자비를 들여서 가지고 온 다이빙벨을 안전상의 이유를 들어 돌려보냈어. 그런데 더 이상한 일은 모 대학에서 다이빙벨을 비밀리에 공수해 오다 걸렸다는 사실을 자네도 알고 있을 거야. 대체 구조 당국이 비밀리에 공수해 오다 걸린 다이빙벨의 목적은 무엇이란 말인가?"

"자네는 자네만의 추측을 마치 사실인 양 보는 경향이 있는 것 같아. 이런 식으로 논문을 쓸 텐가? 구조 당국의 다이빙벨 또한 구조를 위한 장비이지 무슨 다른 목적이 있단 말인가?"

"그럼 왜 비교도 안 되게 성능이 좋은 다이빙벨은 돌려보내고 성능이 뒤떨어진 다이빙벨을 비밀리에 공수해 온 거지? 상식적으로 생각해도 이해할 수 없는 부분이야. 그리고 사망한 자식의 입에 거품이 있었다는 말이 팽목항에 계속 돌았어. 그런 얘기를 들은 실종자 가족은 사망한 시각이 얼마 지나지 않았다고 믿을 수밖에 없었지. 그래서 포기하지 않고 빠른 구조를 외쳤던 것이야. 이 시점에서 구조 당국은 논란이 불거질 것을 예상했는지, 아니면 다른 이유가 있었는지 사망자 가족들의 시신 확인 절차를 바꾸기에 이르지. 그때까지 사망자가 운구돼 오는 부두에서 했던 시신 확인을 시신 안치소에서 확인하도록 만들었어."

듣고 있는지 듣지 않고 있는지 현태의 얼굴엔 아무런 표정도 보이지 않았다.

"그리고 실종자 가족들의 요청으로 다시 들어온 다이빙벨은 구조 당국의 비협조와 방해 작업으로 인해 다시 철수하는 말도 안 되는 일이 벌어졌어. 대체 구조 당국은 무슨 생각으로 구조에 임했는지 도무지 납득하기 어려워. 왜 국제적으로 입증된 다이빙벨을 거부하고 방해했는지 철저히 조사해야 될 것이야. 그래서 실종자 가족들은 정부의 이상한 대처와 늦장 대응으로 생존해 있던 가족들이 전부 사망했다고 믿고 있어. 그것이 사실이라면 정부는 이에 대한 무거운 책임을 져야 해."

"그래서 자네는 무엇을 원하는 건가. 정부가 모든 책임을 지고 물러나는 것을 원하는 건가, 아니면 이제라도 세월호 유족에게 무릎 꿇고 비는 정부를 원하는 건가. 그것을 국민들이 원하고 찬성할 것이라고 생각하나? 이봐, 현실을 직시해. 이제는 국민들도 세월호 유족들에게서 돌아섰어. 자네는 또, 누가 세월호 유족들을 그렇게 만들었느냐고 말하고 싶겠지. 분명히 말해두겠어. 그것은 국민들의 선택이야. 자네는 그것을 알아야 해."

근호는 현태의 면상을 갈겨주고 싶은 충동을 겨우 억제했다. 현태의 대답은 지금까지 수도 없이 나눴던 대화를 묵살하는 것이었다고 봐도 무방한 대답이었다. 서로의 입장을 내세운 간극의 차이인지, 국가관의 차이인지 짐작하기 어려웠다. 간신히 감정을 수습한 근호가 입을 열었다.

"좋아, 자네가 그렇게 나온다면 나도 더 이상 다이빙벨에 관해서는 언급하지 않겠어. 하지만 진실은 언젠가는 밝혀질 거야. 나는 그것을 끝까지 파헤칠 것이고… 그리고 도저히 그냥 지나칠 수 없는 문제가 있어. 나는 그것을 묻고 싶어."

눈을 감고 있는 현태는 고개를 끄덕이는 것도 같았고, 그렇지 않은 것도 같았다.

"세월호 사고 보고를 받은 대통령이 7시간이나 자리를 비웠다는 사실을 나는 도저히 이해할 수 없어. 입장 바꿔 생각해 봐. 어떤 국민이 이런 대통령을 이해할 수 있겠나? 도무지 이해할 수 없는…."

순간 눈을 치켜뜬 현태가 발끈하고 나섰다.

"대체 미국의 오바마 대통령의 일거수일투족을 소상히 밝히라는 것이 과연 온당한 주장이라고 생각하는가? 그것도 한 나라의 국가원수를…. 지구상에 어떻게 그런 나라가 존재할 수 있겠나."

근호는 순간 현태의 수준을 의심하지 않을 수 없었다.

"이봐, 현태! 지금 그걸 말이라고 하는가? 나는 대통령의 일거수일투족을 묻고 있는 게 아니라 사라진 7시간을 묻고 있는 것이야. 대참사가 발생할 수도 있는 아주 위급한 상황에서 7시간이나 자리를 비우는 국가원수가 지구 상에 있을 것으로 생각하나? 그리고 여기에서 왜 오바마하고 비교를 해? 그럼 오바마가 미국에 테러가 발생했는데 7시간이나 자리를 비울 대통령처럼 보인단 말인가? 이봐, 현태! 미국이란 나라는 대통령의 동선을 공개하고 있는 나라야. 대통령이 언제 어떤 사람과 만나고 어떤 행사에 참석하고 있는지 그것을 공개하고 있어."

현태는 갈수록 말이 막혀왔다. 그리고 앉아 있는 자리가 마치 바늘방석인 것처럼 몹시 불편했다. 이 자리에 괜히 나왔다는 생각이 들어 자리를 박차고 일어서고 싶었지만 자존심이 허락하지 않았다.

"그래서 청와대는 대통령의 7시간을 공개했어. 그것을 모르고 묻는 건가?"

자신의 말실수를 깨달은 현태의 마지못한 대답이고 물음이었다.

"처음부터 그렇게 밝혔으면 국민들은 정부의 발표를 믿었을 것이야. 그런데 무슨 이유인지 비서실장조차도 대통령의 동선을 모르고 있었다고 수차례 말했어. 그게 대통령의 일거수일투족을 파악하고 있어야 할 비서실장이 할 말인가? 과연 자신의 직무가 무엇인지 알고 있기나 한 것인지, 아니면 모른다고 말할 수밖에 없는 다른 이유가 있는 것인지 나는 그게 의심스러워. 그리고 정부는 왜 그런 자충수를 두고 있는 것인지 도무지 납득할 수가 없어."

갈수록 구석으로 몰리는 현태는 국면 전환을 시도해야 했다.

"이봐, 근호. 세상이 어떻게 움직이고 누가 세상을 이끌어간다고 생각하나? 다수의 움직임? 다수의 목소리? 세상은 극소수가 이끌어가며 작동시키고 있는 것이야. 다수의 민중은 그 극소수를 따라 가는 것이고…. 과거와 현재도 다르지 않아. 지금 이 시간에도 자신의 의사가 정당하다고 믿으며 외치고 있는, 수를 헤아릴 수 없는 각자의 다수의 목소리가 존재하고 있어. 만약 그 각자의 다수의 목소리가 세상을 이끌어간다면 역사는 아주 심한 얼룩을 피할 수도, 지울 수도 없을 것이야. 그래서 세상을 이끌어가는 극소수가 존재해야 하는 것이고…. 자네 말대로 그 세상을 이끌어가는 극소수의 사람들의 일거수일투족이 과연 낱낱이 공개될 것이라고 생각하나? 그건 너무 순진한 발상이야. 다수를 이끌어가는 극소수는 다수가 생각하는 그 이상으로 무언가를 간직하고 있어. 그것까지 공개할 것이라고 생각하나? 자네는 세상을 너무 감상적으로 바라보려는 경향이 있어."

현태의 국면 전환용의 어법을 그냥 넘어갈 근호가 아니었다.

"세상을 극소수가 이끌어간다고? 아직도 그런 논리를 주장하는 것을 보니 자네의 정치적인 성향이 의심스럽군. 그리고 자네는 늘 솔직하지 못해."

"뭐가 또 솔직하지 못하단 말인가?"

"왜 그렇게 말을 어렵게 돌리나. 마치 독재의 당위성을 주장하고 정당화하고 있는 듯한 자네의 논리. 자네의 말은 내 질문을 피하기 위한 말로밖에 안 들려."

"자네는 지금 현 정부가 독재 정권이라고 말하고 있는 것인가?"

현태는 커다랗게 눈을 뜨고 믿을 수 없다는 표정을 지었다.

"나는 그렇게 말하지 않았어. 자네의 논리가 국민과 소통이 안 되는 정부를 대변하려는 소리로 들렸기 때문에 하는 말이야. 그리고 다수와 극소수의 원활한 소통이 이 사회를 움직일 때, 다수가 바라는 국가가 만들어진다는 사실을 명심해. 하지만 안타깝게도 소통의 부재는 사라지지 않고 있어."

"대체 자네가 말하는 소통의 부재라는 게 무엇인가. 마치 현 정부가 국민과의 소통을 단절이라도 하고 있다는 말처럼 들리는데, 나는 그 이유를 도무지 모르겠어."

근호는 잠시 현태의 얼굴을 가만히 응시했다. 그의 얼굴에는 옛 대학 시절 열변을 토하며 안일한 정부를 비판했던 얼굴은 사라지고 다른 얼굴이 자리 잡고 있었다. 순간 애절함과 분노의 감정이 동시에 교차했다. 근호는 감정을 조절하기 위해 물을 한잔 들이켜고 천천히 입을 열었다.

"대통령은 유족들과의 대화에서 진상 규명에 유족 여러분이 여한이 없도록 할 것과, 거기에서부터 깊은 상처가 치유되기 시작하지 않겠느냐는 말을 강조했어. 그럼 여기에도 다수가 생각하는 그 이상으로 그 무언가를 간직하고 있어서 유족들과 장기간의 단식으로 생명이 위태로운 상태에 처한 유민 아빠의 면담을 거부하고 있다는 말인가? 대체 그 무엇이란 게 국민을 위한 것인가, 아니면 어느 누구를 위한 것인가. 대통령이 세월호 유족과 한 약속은 국민과의 약속과 같은 것이야. 왜냐하면 세월호 사고는 또 다른 얼굴로 다가올 수 있는 사고이고, 모두가 당할 수 있는 사고이기 때문이지. 그런데 청와대는 '특별법은 국회의 몫'이라며 유족들의 면담 요구를 거절했어. 즉 국민과의 약속을 저버린 셈이지. 이것을 소통의 부재라고 볼 수 있지 않겠나?"

현태가 큰 숨을 몰아쉬었다. 그 숨은 마치 한숨처럼 들리기도 했다.

"자네, 삼권분립의 원칙을 모르고 하는 말인가? 입법, 사법, 행정은 서로의 독자적인 위치에서 누구의 간섭도 받지 않고 작동해야 해. 이것은 민주주의의 기본 원칙이야. 국가 사법 체계의 근간이…."

근호가 발끈하고 나섰다.

"정부는 원칙, 원칙, 원칙을 수도 없이 외치고 있어. 처음부터 원칙이 원칙대로 작동하고 원칙대로 움직였다면 세월호 대참사는 발생하지 않았을 것이야. 그리고 대통령은 유족에게 진상 규명에 여한이 없도록 힘써주겠다고 말했어. 그런데 이제 와서 삼권분립의 원칙을 내세우며 생명이 위태로운 국민의 면담을 거부하고 있어. 그럼 대통령은 삼권분립의 원칙을 모르고 말했다는 것인가? 대체 자네가 말하는, 정부가 연일 주장하는 원칙의 개념이 무엇인가. 필요에 의해서 만들어진 원칙이 원칙의 방향으로 흐르지 않고, 전혀 다른 방향으로 흘렀어. 무엇 때문에 왜 그렇게 흘렀는지, 그것을 알아야 원칙이 바로 서고, 바로 선 원칙이 이 사회를 치유할 수 있는 거야. 세월호 유족들은 그것을 원하고 있는 것이고…. 그런데 연일 사회는 세월호 유속늘이 요구하지도 않은 의사자 지정을 놓고 갑론을박 다투고 있어. 여기에 동조하는 듯한 언론, 무엇을 얻으려는 듯 뒷짐 지고 모르쇠로 일관하는 정부. 이것이 원칙대로 흐르는 사회라고 볼 수 있겠나? 아이들이 그 차가운 바닷속에서 마지막 순간에! 죽어가는 그 순간에! 엄마를 부르며 살려달라고 외치는 그 마지막 순간에! 정부가 말하는 원칙은 아무 소용이 없었어. 처절하게 엄마를 부르는 마지막 순간에 정부는…!"

울컥한 근호는 더 이상 말을 잇지 못했다.

근호를 바라보던 현태는 두 눈을 지그시 감았다. 어떤 느낌을 받았는지 그의 입에서는 아무 말도 흘러나오지 않았다. 그렇게 두 사람은 한참이나 말없이 앉아 있었다.

"나 먼저 일어서겠네."

현태가 천천히 몸을 일으키며 말했다. 문을 연 순간 잠시 멈춘 그는 무슨 말이 하고 싶은지 고개를 돌렸다.

"지금까지 우리가 나눴던 대화는 못 들은 것으로 하겠네. 이건 자네를 무시하는 게 아니라 자네를 위해서 하는 말이야. 그리고 친구로서 마지막으로 할 말이 있어. 자네 같은 사람은 이 사회에 반드시 필요해. 그러나 이 사회는 자네 같은 사람을 원하지 않아. 나는 그전부터 이 말을 꼭 해 주고 싶었어."

용만의 승용차가 화랑유원지 분향소의 넓은 주차장으로 들어서고 있었다.

차에서 내린 용만은 한산한 주차장을 바라보고 한산한 분향소를 바라보았다. 용만의 입에서 깊은 숨이 흘렀다. 분향소로 향하는 용만의 발걸음을 따라 줄에 매달린 노란 리본이 슬프게 흔들리는 것처럼 보였다.

용만은 분향소로 들어가기 전, 유족 대기소에 먼저 들렀다. 얼굴을 아는 학부모와 눈인사를 나눈 용만은 분향소를 향해 다시 몸을 돌렸다. 잠시 그 자리에 서서 분향소를 바라보니 선명한 그 무엇이 눈앞으로 지나가고 있는 것 같았다. 그것은 분향소에서 헌화하는 대통령이었다. 그 침울한 표정과 검은 상복 차림은 용만의 눈에도 대통령을 떠나 하나의 인간으로 보였고, 슬픔을 간직한 여인으로 보였다. 하지만 인터넷에 떠도는 그 동영상을 결코 잊을 수도, 지울 수도 없었다.

용만은 대통령의 대선공약을 떠올렸다. 다른 공약은 잘 기억나지 않아도 한 가지의 공약만큼은 분명히 기억할 수 있었다. 그것은 엄마와 같은 마음으로 국민을 대하고 정치를 행하겠다는 공약이었다. 대통령은 엄마와 같은 마음이 무엇이라고 생각하고 있는지, 과연 엄마와 같은 마음을 알고 있기나 하는 것인지 용만은 강하게 묻고 싶었다. 백 명의 대통령과 한 명의 자식을 바꿀 수 있는 부모는 세상 그 어디에도 없다는, 그 진리와 같은 자명한 사실을 대통령은 아는지 용만은 거듭 묻고 싶었다. 만약, 이 세상 모든 엄마들이 대통령이 말하는 엄마와 같은 마음을 갖고 있다면 세상은…. 용만은 여기에서 생각을 멈췄다. 가슴이 심하게 꽉 막혀오고 있기 때문이었다.

심호흡을 한 차례 내쉰 용만은 분향소를 향해 걸었다. 하지만 분향소와 가까워질수록 알 수 없는 그 무엇이 발걸음을 늦추고 있는 것 같았다. 조카 성원이와 그 친구들이 잠들어 있는 하늘공원과는 분명한 차이가 있었다. 그것은 슬픔의 차이가 아닌 것만은 분명했다. 하지만 용만 자신도 왜 그런지, 왜 발걸음이 늦춰지고 있는지 그 이유와 차이를 도저히 알 수 없었다.

어느 심리학자는 부모의 죽음에 자식은 어떤 해방감을 느낀다고 말했다. 나 또한 그러지 않았는가. 부정할 수도, 인정할 수도 없을 것 같았다. 하지만 녀석의 죽음에서는 인정할 수밖에 없는 그 무엇이 있었다. 그것은 구속이었다. 순간적으로 느끼는 즐거움이 미안함으로 다가오고, 심지어는 맛을 느끼는 혀의 감각에도 미안함이 느껴졌다. 녀석의 죽음으로 인해 삶 자체가 구속받고 있는 듯했다. 차라리 육체의 구속은 견딜 수 있을 것 같았다. 그러나 일상에서 일어나는 온갖 감정의 구속은 정말이지 견디기 힘들었다.

용만의 뇌리에는 떠나지 않는 감정이 있었다. 그것은 국가에 대한 원망이었다. 과연 국민과 국가의 관계가 순수한 마음으로 이루어진 관계일까. 국가를 싫어하는 국민은 언제든 국가를 떠날 수 있는 자유가 있다. '거주 이전의 자유'가 바로 그것이다. 국가와 국민은 계약 관계라고 볼 수 있지 않을까. 그렇다면, 단 한 명도 구조하지 못한 국가는 계약 위반의 책임을 져야 하는 게 아닐까. 그런데 현실은 그게 아니었다. 용만은 끊임없이 밀려오는 생각을 뒤로하고 분향소를 향해 계속 걸었다.

분향소 앞에서 잠깐 망설인 용만은 분향소 안으로 들어섰다. 구슬픈 음악과 함께 짙은 향냄새가 들어서는 용만을 맞이하는 것 같았다. 분향소 안에는 노란 리본을 가슴에 매단 사람들이 헌화를 하고 있었고, 연신 눈물을 닦으며 희생자들의 명복을 빌어주고 있었다. 중년으로 보이는 여자에게 손수건과 노란 리본을 건네받은 용만은 옷깃에 리본의 옷핀을 찔러 넣었다. 그런데 옷핀은 생각처럼 쉽게 매달리지 않았다. 벌써부터 앞을 가린 눈물 때문이었다. 간신히 노란 리본을 가슴에 꽂은 용만은 안내에 따라 펜을 쥐고 방명록에 글을 써내려가기 시작했다. 용만의 눈물을 머금은 방명록에 잉크가 번져나갔다.

"성원아, 정말 미안하다. 그리고 네가 그렇게도 보고 싶어 했던 삼촌 책이 드디어 나왔다. 친구들과 하늘에서 재미있게 읽어주렴."
-너의 영원한 삼촌이-

간신히 몇 자를 적은 용만은 노란 리본과 같이 받은 손수건을 꺼내 눈물을 닦았다. 다시 안내를 받은 용만은 흰 국화를 손에 들고 왼쪽으로 몸을 돌려 천천히 걸음을 옮겼다. 먼저 수많은 일반인 희생자들의 영정 사진이 눈에 들어왔다. 어서 빨리 녀석 앞으로 가고 싶은 마음이 발동했다. 분향소에 발을 들여 놓으니 그렇게도 자신 없고 망설여졌던 마음이 바뀐 것이다. 잠시 일반인 희생자들 앞에 고개를 숙인 용만은 성원이와 녀석의 친구들의 영정 사진이 있는 곳으로 향했다.

용만은 분향소 입구 바로 정면에서 걸음을 멈췄다. 용만은 순간 혹하고 숨을 들이켰다. 비로소 용만은 자신이 왜 이곳에 들어오기까지가 그렇게도 힘들었는지 그 이유를 알 것 같았다. 자신을 쳐다보고 있는 여물지 않은 수많은 눈들…. 그 눈들은 천진한 웃음도 묻어 있지 않았고, 아이다운 기쁨도 담겨 있지 않았다. 녀석들은 그날의 사진 촬영에서 부정할 수 없게도 죽음을 준비하는 영정 사진을 찍은 것이었다. 마치 자신들의 죽음을 예견이라도 한 듯, 녀석들의 눈 속엔 슬픔이 가득 담겨 있는 것 같았다.

용만은 죽음을 준비한 수많은 슬픔의 눈동자를 바라볼 자신이 없었던 것이었다. 한껏 멋을 부리고 환하게 미소 띤 하늘공원의 사진과는 대조적인 얼굴이었다. 헌화하는 사람들이 눈물을 머금은 얼굴로 녀석들의 사진 앞에서 고개를 숙이고 있는 용만을 스쳐 지나갔다. 이윽고 천천히 고개를 든 용만은 조카 성원이의 사진을 바라보았다. 녀석은 높은 곳에서 자신을 내려다보고 있었다.

'성원아, 삼촌 참 바보 같지?'

하늘공원에서 녀석에게 물었던 말이었다. 생각해 보니 자신은 지금까지 아이들의 원통한 죽음 앞에서 했던 일이 별로 없는 것 같았다. 아니 정확히 말하면 단 한 가지도 한 게 없었다. 단지 자신의 무능을 탓하며 유가족 대기소와 하늘공원을 오가며 눈물을 뿌렸던 것이 전부였다. 그것은 비단 무능력의 문제만은 아니었다. 정부와 언론을 향한 유족들의 항의에도 목소리를 내지 않았고, 집회와 행진에도 참석한 적이 없었다. 심지어는 매제와 여동생이 쏟아지는 햇볕 속에서 얼굴을 시커멓게 그을리며 단식투쟁을 벌이는 그 시간에도 잠을 자고 밥을 먹고 있었다.

'내가 과연 성원이를 자식처럼 생각하고 있었던 것은 사실일까. 어떻게 자식이 원통한 죽음을 당했는데 밥을 먹고 잠을 잘 수 있었단 말인가.' 팽목항에서 벗어난 후로 자신은 정말 거짓말처럼 두 손을 놓고 매제와 여동생만 바라보고 있었던 것이었다. 용만은 자기 스스로에게 거짓말을 하고 있었다는 사실을 알아챘다. 녀석은 자식이 아니라 조카일 뿐이었다. 용만의 입술에 심한 경련이 일더니 어깨가 들썩거렸다.

'성원아, 정말 미안하다. 정말 미안해.'

용만은 차마 녀석 앞에서 고개를 들 수가 없었다. 또다시 흐릿한 세상이 펼쳐지는 것 같았다. 흐릿한 세상은 차가운 바람을 머금은 비 내리는 팽목항이었다.

'성원이, 천식이 있어서 오래 버틸지….'

흐릿하고 희뿌연 세상에서 우비를 입은 여동생의 말이었다. 며칠 간격으로 내리는 차가운 비는 비탄에 잠긴 팽목항을 더욱 비탄에 빠지게 만들었다. 마땅히 비를 피할 곳이 없어서 우비를 입고 비통한 얼굴로 부두를 서성이는 아빠들과, 자식이 제발 오래 버텨주기를 간절한 마음으로 빌고 있는 엄마들과, 제주도로 효도관광을 보내드리며 뿌듯한 감정을 느꼈던 자식들까지 팽목항의 세상은 이 모든 비탄에 빠진 얼굴들을 보지 않으려는 듯 연일 흐릿한 세상을 만들어가고 있었다. 그 흐릿한 세상이 바로 눈앞에서 펼쳐지는 것 같았다.

'성원아, 삼촌이 어떻게 했으면 좋겠니?'

간신히 감정을 진정시킨 용만이 속으로 물었다.

뭔가 느껴질 것 같으면서도 느껴지지 않았다.

용만은 또 물었다.

'성원이 친구들아, 아저씨가 어떻게 했으면 좋겠니? 이 이상한 나라는 원통한 죽음을 당한 너희들을 빨리 잊으려고 하는데 아저씨는 도저히 그럴 수 없다. 아니, 아저씨보다 너희들 엄마, 아빠가 더 그것을 원하지 않고 있단다. 그런데 이상한 나라는 너희들 엄마, 아빠의 목소리에 귀를 기울이지도 않는 것 같고….'

용만은 생각을 멈췄다. 자신을 향한 역겨움이 순간 스쳐갔기 때문이었다. 지금까지 그렇게도 뒷전에서 지켜만 보고 있던 자신이, 이제 와서 무엇이라도 되는 듯 자신을 추켜세우는 것 같은 착각 속에 빠진 자신을 발견한 것이기 때문이었다. 그것은 진정 자신을 향한 역겨움이었다. 그것을 깨달은 용만은 더 이상 분향소에 있을 수 없었다. 무안함과 미안함, 죄책감이 동시에 일었다. 역시 바보 같은 자신은 녀석들을 위해 아무것도 할 수 없을 것만 같았다. 자신이 아이들에게 던졌던 질문은 자기 자신에게 던져야 했던 질문이었다. 용만은 자신과의 소통의 부재를 가슴 시리도록 느꼈다. 자기 자신이 너무나 창피하다고 느낀 용만은 빠른 걸음으로 분향소를 벗어났다.

20

국민을 위한
국가의 배려

　근호는 근 며칠을 집 안에서만 머물고 있었다. 그의 책상에는 인쇄가 덜
된 프린트 용지와 심하게 구겨진 종이가 아무렇게나 뒹굴어 다녔다. 살며시
감은 그의 눈앞으로 많은 사람들이 지나가고 수도 없이 나눈 대화가 귓전
에 맴돌고 있었다. 정부 고위직의 친구 현태와 언론사 선배, 대학총장의 목
소리가 들려오는가 싶더니, 포장마차의 서민들과, 우연히 만난 군인이 된 옛
친구의 목소리가 연이어 들려오는 것 같았다. 그들은 모두 공통된 일관성을
주장하고 있었다. 그것은 사회적 혼란이 불투명한 국가의 미래로 다가올 수
있다는 염려의 주장이었고, 죽어가는 경제를 살려야 된다는 생존을 위한
구호였다.

　그들의 주장은 모두 옳은 것 같았다. 아니 분명히 옳았다. 그러나 자신이
보기에 그들의 주장에서 무언가 부족한 것이 있는 것 같았다. 그 부족한 것
이 무엇일까. 근호는 그들과의 지난 대화를 떠올려 보았지만, 그 부족한 것
이 무엇인지 확연히 떠오르지 않았다. 무언가 떠오를 것 같으면서도 떠오르
지 않는 상황이 계속 반복됐다.

급기야 지친 그는 키보드에서 손을 뗄 수밖에 없었다. 담배 생각이 간절했다. 생각해 보니 연 며칠 담배를 피우지 않은 것 같았다. 그것은 아내의 권유이기도 했지만 자기 자신과의 약속이기도 했다. 하지만 도저히 참을 수 없었다. 책상과 서랍을 뒤져 간신히 담배를 찾아낸 그는 현관을 나섰다.

한적한 공원에 자리를 잡은 근호는 담배 연기를 길게 내뿜었다. 답답했던 가슴이 진정되는 것 같았고, 막혀 있던 숨통이 시원하게 뚫리는 것도 같았다. 며칠 만에 피우는 담배라서 그런지 잠시 몽롱한 느낌이 들었다. 그 몽롱한 시선 속으로 지나가는 사람이 보였다. 발걸음을 급히 바꾸는 것으로 보아 아마도 담배 연기를 피해 지나가고 있는 듯했다. 연이어 공원을 찾은 사람들이 자신을 피해 지나가는 모습이 눈에 들어왔다. 그는 피우고 있던 담배를 비벼 껐다. 그러고는 잠시 심하게 구겨진 담배를 물끄러미 바라보았다. 갑자기 무엇이 생각났는지 근호는 천천히 몸을 일으켰다. 자신이 담배를 비벼 끈 이유는 더불어 사는 사회에서 지켜야 할 남을 위한 배려였기 때문이었다.

그때였다. 또 다른 무언가가 자신의 가슴을 강하게 스치고 지나가는 것이 있었다. 무언가 강한 것은 가슴을 울리는 느낌으로 다가왔다. 근호는 속이 타들어갔다. 분명 가슴을 울리는 그 무엇이 있었지만 확연히 떠오르지 않았다. 지금까지 그의 생각은 머리의 영역에만 머물고 있었던 것은 아닐까. 그것을 가슴으로 옮겨야 한다. 그래야만 풀리지 않는 부족한 그 무엇의 얼굴을 확인할 수 있을 것이다.

"부족한 것은… 남을 위한 배려… 부족한 것은 남을 위한 배…."

근호는 자신도 모르게 연신 혼잣말을 흘렸다. 그렇게 한참을 앉아 있었지만 개념은 잡히지 않았다. 마침내 지친 그는 아내와 아들이 기다리는 집으로 향할 수밖에 없었다.

집으로 들어선 그는 급히 아내를 불러 서재로 향했다.

"무슨 할 얘기요?"

손을 잡힌 아내 미란이 물었다.

"당신하고 진지하게 토론 좀 해야 할 거 같아서."

"토론이요?"

근호는 감성이 풍부한 아내와의 토론이 필요했다. 그것을 거쳐야만 숨어 있던 개념이 얼굴을 내밀 것 같았고, 가슴을 울리는 그 무엇의 실체를 확인할 수 있을 것이라 믿었다. 그만큼 자신은 아내를 믿고 어떤 면에서는 아내를 의지하고 있다는 사실에 감사했다.

"먼저 이거부터 읽어 봐."

아내를 모니터 앞에 앉힌 그는 파일을 열어 자신이 작성한 글을 보여주었다. 그것은 지금까지 자신이 만났던 사람들과의 대화를 일목요연하게 정리한 것이었다. 의자에 앉은 미란이 천천히 글을 읽어 내려가기 시작했다. 남편의 글을 읽어 내려가는 그녀의 갸름한 얼굴이 심하게 찌푸려지기도 했고, 어떤 부분에서는 눈시울이 붉어지기도 했다. 그런 아내를 바라보는 근호는 가슴 뭉클한 감정과 함께 묘한 일체감을 맛보았다. 그것은 아내를 떠나 인간과 인간으로서 느끼는 공감 형성의 감정이었고, 그 공감 형성의 감정은 가정과 사회를 원활히 작동시키는 소통의 근원 같은 것이었다.

이윽고 읽기를 다 마친 미란이 남편을 향해 고개를 돌리고 말했다.

"현태 씨와 언론사 선배님, 그리고 당신의 대화는 좁혀지지 않는 평행선을 달리고 있는 것 같네요."

"그렇지? 그럼 무엇 때문에 서로의 주장이 좁혀지지 않았을까?"

미란은 고개를 갸웃했다. 그녀 역시 무언가 떠오를 것 같으면서 떠오르지 않는 그 무엇이 있었다.

"잘 떠오르지 않네요. 그런데 이분들이 우려하는 사항은 모두 한결같네요. 사회적 혼란의 종식을 바라고 꺼져가는 경제의 불씨를 우려하는 마음.

따라서 경제를 살려야 이 혼란한 사회를 극복할 수 있을 것이라는 믿음. 이 분들의 주장 또한 혼란에 빠진 국가를 생각하는 마음이라고 볼 수 있어요."

"나도 그렇게 생각하고 있어. 하지만 무언가 부족한 거 같다는 생각이 떠나지 않았고, 할 수 없이 논문을 미루고 있었던 거야. 그래서 당신하고 진지한 토론을 생각한 것이고…."

눈을 감은 미란이 숨을 가다듬었다. 몇 번의 심호흡을 거친 그녀의 얼굴이 아주 평온하게 보였다. 그 모습은 마치 온갖 물욕에서 해방된 것처럼 아주 평온해 보였고, 속세를 벗어난 수도자처럼 보이기도 했다. 잠시 후, 그녀의 얼굴에 표정 변화가 살며시 드리웠다. 한 차례 깊은 숨이 그녀의 입에서 흘렀다. 천천히 눈을 뜬 그녀는 나지막한 목소리로 읊조리기 시작했다.

"인생은 만남의 연속이에요. 그 만남이 당신과 나를 가정으로 묶어 주었고, 그 가정과 가정의 소중한 만남이 사회와 국가를 이루었어요. 그 소중한 만남은 우리에게 많은 필요를 가져다주었어요. 법과 관습과 문화가 그것이라고 말할 수 있겠죠. 만약, 더불어 사는 사회에서 법과 관습과 문화를 무시하며 살아간다면 우리의 만남은 존속될 수가 없을 것이고, 그것은 곧 사회의 혼란을 야기할 수 있을뿐더러 나아가서는 국가의 존립에 방해물로 작용할 수 있겠죠."

근호는 조용하게 읊조리는 아내의 얼굴에서 시선을 떼지 못했다. 어둠 속에 숨어 있던 개념이 서서히 고개를 내밀며 다가오는 것 같았다.

미란은 잠시 생각하는 듯하더니 다시 입을 열었다.

"소중한 만남의 인식이 혼란한 사회를 치유할 수 있는 것이고, 국가의 존립을 방해하는 장해물을 거둘 수 있을 것이라는 생각이 들어요. 그래서 남을 배려하는 마음이 소중한 만남을 지속적으로 인식시켜주는 것이라고 볼 수 있겠네요. 즉, 개인은 사회를 배려하고, 사회는 국가를 배려하고, 국가가 개인을 배려할 때, 혼란한 사회는 발붙일 수 없을 것이라는 결론에 도달할 수 있겠네요."

순간 일어선 근호는 아내를 와락 끌어안았다.

"역시, 당신은…."

너무 기쁜 나머지 근호는 다시 한 번 아내를 힘주어 끌어안았다.

"이제야 내 논문을 완성할 수 있을 거 같아. 아니 이것은 나만의 논문이 아니라 당신과 나의 논문이야."

"이거 놓고 얘기하세요. 애가 보면 어쩌려구…."

근호의 품을 벗어난 미란의 얼굴에 홍조가 드리웠다.

"우리, 천천히 정리해 보자구. 그러니까 소중한 만남을 인식시켜 주는 도구는 배려라는 결론이 나왔어. 개인이 사회와 국가를 배려하는 마음은 법과 질서를 지키는 것이고, 그러면 사회와 국가가 개인을 배려하는 마음은 무엇이라고 볼 수 있을까?"

근호는 이미 그 해답을 알고 있었다. 하지만 아내의 입을 통해서 그것을 듣고 싶었고, 그것은 아내를 배려하는 마음의 발로이기도 했다.

"그것은 두말할 필요도 없고, 당신도 이미 알고 있다시피 인권이 되겠죠."

그녀 역시 남편을 배려하는 어법을 구사했다.

"맞았어, 국가의 배려는 곧 인권이었어. 지금까지 이들과 나눴던 대화에서 부족한 것은 곧 국가가 국민에게 배려해야 할 인권이었던 것이야. 우리는 수도 없이 인권을 외치고 있어. 그것은 비단 우리나라뿐만 아니라 지구촌 모두 한목소리로 인권 보장을 주장하고 있어. 인권은 인간이 인간다운 삶을 살기 위한 공통된 가치 관념인 것이고, 당신 말처럼 소중한 만남을 돈독히 해 주는 지구적인 수단으로 봐야 해."

"맞아요, 인간은 어떤 인간이든 세상을 살아갈 권리가 있고, 그 가장 기본적인 권리는 국가가 보호해 줘야 해요. 그것은 당위성의 사항이지 선택 사항이 아니에요. 그런데 국가는 당위성의 사항을 실천하지 못했고, 인간이 인간으로서 보호받아야 할 가장 기본적인 권리인 세상을 살아갈 권리를 보호해 주지 못했어요. 세상에 목숨보다 더 소중한 인권은 존재할 수 없겠죠. 세월호 희생자들은 한순간에 인간으로서의 권리를 보호받지 못하고 차가운 바닷속에서 죽어가야만 했어요. 이제라도 국가는 바닷속으로 함께 수장된 죽은 영령들의 인권을 찾아주어야 하고 그것을 실천해야만 해요. 그것을 실천하는 행위는 한 점 의혹 없는 진상 규명이 될 것이고, 그 진상 규명이 혼란한 사회를 치유할 수 있는 거예요. 그렇게 될 때 우리의 만남에 소중함이 깃들게 되고, 이 사회가 윤택해지며 원활히 작동할 수 있겠죠."

미란의 눈가가 촉촉이 젖어 들었다.

"그렇지만…."

근호가 어두운 표정으로 말끝을 흐렸다.

"왜요? 뭔가 잘못된 것이라도 있나요?

"처음부터 잘못됐지. 분명히 잘못됐어."

"알기 쉽게 말해 봐요."

"애석하게도 사람의 기억 속에 한번 각인된 이미지는 쉽게 변하지 않아. 좋은 이미지는 좋은 이미지대로, 안 좋은 이미지는 안 좋은 이미지대로…."

미란 역시 남편이 무엇을 염려하고 있는지 잘 알고 있었다. 그것은 한번 각인된 이미지의 잣대로 그 사람을 평가하고 규정해 버리는 인간의 심리 현상이었다. 심지어는 범죄의 누명을 벗은 사람도 법적으로 누명을 벗은 것일 뿐, 인간의 뇌리에 한번 각인된 부정적 이미지는 깨끗하게 벗겨지지 않는다는 심리학 이론이었다. 남편은 그것을 염려하고 있었던 것이다.

"어쩌면 아주 오랜 시간이 걸릴 수도 있겠네요."

"오래 걸리더라도 내가 할 일은 해야지."

근호가 입술을 잘근 깨물었다.

미란은 남편이 더없이 듬직해 보였고, 아주 크게 보였다. 비록 체구는 크지 않지만 지금 이 순간만큼은 세상 그 어떤 사람보다도 더 큰 사람처럼 보였다.

"자식을 잃고 부모를 잃은 세월호 유족들에게 어떻게 그런 이미지가 만들어졌을까? 그것도 아주 급속도로…. 이것이 과연 세월호 유족들에게서만 파생된 결과일까, 아니면 다른 그 무엇이 개입된 결과일까. 이상하게도 이 사회는 유족들의 외침에 무슨 목적이 있다고 생각하는 거 같아."

근호는 허공을 주시한 채 혼잣말을 흘렸다.

"이 사회는 언제부턴가 그렇게 생각하기 시작했어요. 자식과 부모의 죽음의 원인과 부실 구조의 책임을 묻는 외침이 정치적인 외침인 것처럼 생각하기 시작했어요. 이 사회는 세월호 유족들이 정치적인 목적을 달성시키려 한다고 생각하고 있는 것 같아요. 세상에 자식과 부모의 목숨을 가지고 정치에 이용하려는 가족이 있을까요? 자식의 이름까지도, 엄마, 아빠의 이름까지도 정치화시켜 버린 이 나라가 누구를 위한 나라인지 모르겠어요. 영원히 돌아오지 않을 자식의 이름을 부르며 따뜻한 밥상을 차려놓고 왜 밥 먹으러 오지 않느냐고 절규하는 엄마의 그 울음 속에 정치성이 개입돼 있다고 볼 수 있을까요? 자식에게 따뜻한 밥상을 차려주며 흐뭇한 웃음을 짓는 엄마는 이제 영원히 돌아오지 않아요. 그런 엄마가 보고 싶어 홀로 밥상 앞에서 엄마를 부르며 울고 있는 자식의 얼굴에 정치성이 개입돼 있다고 볼 수 있나요? 자기 혼자만 남겨 놓고 식구들이 전부 이사 갔다고 믿으며 엄마를 부르는 어린 아이의 울음 속에 정치성이 개입돼 있다고 볼 수 있나요? 대체 무엇 때문에 누구를 위해서 만들어진 이미지인지 도무지 모르겠…."

미란은 복받쳐 오르는 감정 때문에 끝까지 말을 할 수가 없었다. 그녀의 두 눈에서 두 줄기의 뜨거운 눈물이 쉬지 않고 흘러내렸다. 그때, 학교에서 돌아온 아들이 멀뚱한 눈을 굴리며 서재의 문을 열고 들어섰다. 작은 책가방이 아들의 등 뒤에서 흔들렸다. 조용히 다가간 미란은 아들을 품에 안았다.

"엄마, 왜 울어?"

미란은 아무 말도 할 수 없었다. 쉬지 않고 흐르는 눈물이 아들의 물음에 대신했다.

근호가 흐르는 눈물을 감추려는 듯 얼굴을 높이 들었다.

용만은 화랑유원지 분향소 안으로 또 들어섰다. 흰 국화를 손에 든 용만은 아이들의 영정 사진 앞에 바로 서서 녀석들의 시선을 피하지 않고 정면으로 받았다. 표정은 진지해 보였고 이를 앙다문 모습이 무언가를 결심한 것처럼 보였다. 그렇게 아이들과 한참 눈을 맞추고 있던 용만은 순간 무엇을 느꼈는지 녀석들의 시선을 급히 피했다. 그것은 바로 이틀 전 느꼈던 자신을 향한 심한 역겨움이 또다시 일었기 때문이었다.

용만은 자신의 역겨움에 부정을 하고 싶었지만 그럴수록 역겨움은 더 크게 다가오는 것 듯했다. 차라리 이 모든 것들을 외면하고 아무도 모르는 곳으로 떠나고 싶다는 생각이 몇 번이나 들었다. 그 생각은 팽목항에서 지금까지 늘 따라다니는 현실도피였다. 그 현실도피 앞에 선 용만은 자신의 무능과 무기력한 모습에 분노와 함께 절망감을 동시에 느껴야 했다. 어떤 결정도 내리지 못한 용만은 이날도 결국 녀석들의 시선을 뒤로해야 했다. 노란 리본을 반납한 용만은 또다시 빠른 걸음으로 화랑유원지 분향소를 벗어났다.

어느새 밝아 있던 세상에 어스름이 내리고 있었다. 집으로 향하던 용만은 잠시 발을 멈추고 자신의 집을 바라보았다. 혼자 살고 있는 집으로 들어가기 싫은 용만은 친구에게 연락을 했다. 수시로 반복되는 상황이었고, 술 생각이 간절했기 때문이었다. 좋아하지도 않고 잘 마시지도 못하는 술이었지만, 술기운이라도 빌려야 바보 같은 자신에게 조금이나마 연민의 정을 느낄 수 있을 것 같았다. 이윽고 친구와 마주 앉은 용만은 소주잔을 기울였다.

"정말 왜들 이러는지 모르겠다."

탄식 섞인 용만의 말이었다.

"뭐를 말하는 건데?"

"요즘에 인지상정이라는 말이 전부 실종돼 버린 것 같아서 하는 말이야. 세월호는 우리 사회에서 너무 많은 것을 앗아가 버렸어. 참 이상한 나라야."

용만은 꺼져가는 담배에 다시 불을 붙였다. 그의 입에서 한숨 소리를 실은 담배 연기가 길게 나왔다.

"그렇게 빙빙 돌리지 말고 알기 쉽게 얘기해 봐."

"유민 아빠는 목숨을 걸고 단식투쟁을 벌이고 있어. 누구를 위해서 단식 투쟁을 벌이고 있다고 생각하냐?"

"당연히 죽은 자식을 위해서지."

친구가 망설이지 않고 대답했다.

"그런데 이상하잖아. 여기서 왜 유민 아빠의 과거가 도마 위에 오를 수 있어? 유민 아빠가 과거에 일반인들이 잘 접하지 않는 스포츠인 국궁을 한 사실이 어떻게 문제가 될 수 있는 것이냐구. 그럼 골프 치는 사람들은 원통한 일을 당해도 입을 다물고 있어야 된다는 말이야? 이게 인지상정이 살아 있고 상식이 통하는 사회라고 볼 수 있겠나?"

"그건 나도 아니라고 생각해. 그리고 유민 아빠가 과거에 노조에서 활동한 사실까지 알아내서 문제 삼았잖아. 그럼 노조에서 활동한 사람은 부모 자식을 버려야 된다는 말인가? 상식적으로 생각해도 이해할 수 없는 부분이야."

"원통하고 억울한 일을 당해도 국민은 무조건 정부에 순응해야 돼. 마치 노예처럼…. 대한민국의 슬픈 자화상이야."

용만은 정부를 심하게 조롱하기 시작했다.

"노조의 목소리는 정부를 전복시키려는 불순의 목소리이고, 그 불순의 목소리는 원통한 죽음을 당한 자식의 이름까지도 얼룩지게 만들고 있어. 나는 도무지 불순의 목소리 기준이 무엇인지 모르겠어. 자식의 죽음의 원인을 밝혀달라고 외치는 목소리가 정치성을 띤 불순의 목소리인지… 이 나라가 아직도 정부를 비판하면 빨갱이로 몰아가는 시대에서 벗어나지 못했는지, 아니면 국민은 이미 그 시대에서 벗어났다고 착각을 하고 있는 것인지 도무지 이해할 수 없는 부분이야. 참 재미있고 이상한 나라라는 생각이 들어."

용만의 얼굴이 금세 붉어졌다. 술이 약한 탓도 있었지만 결코 그것만은 아닌 것 같았다. 용만의 조롱은 계속됐고, 그 조롱의 대상이 정치인으로 옮겨갔다.

"그리고 어떤 정치인은 인사청문회에서 유민 아빠의 단식을 놓고 제대로 단식을 했으면 그 시간을 견딜 수 있겠느냐, 벌써 실려 갔어야 되는 거 아니냐고 말했어. 정치적인 자리를 욕심 낸 것인지, 아니면 인격 수준이 그 정도밖에 되지 않는지 나는 그게 의심스러워. 그렇게 정치적인 자리가 욕심이 났으면 차라리 연극이라도 해서 유민 아빠의 손을 잡아주는 게 정치적인 자리를 더욱 확고히 할 수 있지 않았을까? 허…"

용만은 자신이 말해놓고도 우스운지 헛웃음을 흘렸다. 다시 터져 나오려는 웃음을 멈춘 용만은 눈을 사납게 치켜뜨며 말하기 시작했다. 자신도 모르게 언성이 높아졌다.

"그리고 또! '보상금을 그렇게나 많이 받게 될 텐데 제발 입 좀 다물고 있으라'고 말한 정치인이 있었어. 여기에 동참하는 어떤 지식인은 '세월호 유족들이 무슨 벼슬이라도 한 것처럼 난리를 치는데, 그런 세월호 유족들에게 국민의 혈세를 한 푼도 주어서는 안 된다'고 말하기도 했고… 나는 이 사람들의 집을 가보고 싶어. 과연 이 사람들에게도 자식이 있는지, 자식이 있다면 자기 자식을 어떤 눈으로 바라보고 있는지, 나는 그 눈빛을 보고 싶어! 아니 그냥 보고 싶은 정도가 아니라 보고 싶어 미칠 지경이야! 세상에 어떤 부모가 자식의 죽음을 돈과 벼슬로 연결시킬 수 있겠어?"

분을 못 이겨 소리치면서 말하던 용만은 자신도 모르게 갈라지는 목소리에 말을 멈췄다가 다시 말했다.

"세월호 유족들은 돈을 달라고 외치는 것도 아니고, 벼슬을 달라고 외치는 것도 아니야. 오로지 진실만을 달라고 외치는 것이고, 자식이 왜 그 추운 데서 따뜻한 집으로 돌아오지 못하는지, 왜 즐겁게 떠난 엄마, 아빠가 꿈속에서 울면서 나타나는지, 밥도 할 수 없는 어린 자식만을 남겨 놓고 엄마, 아빠는 왜 돌아오지 않는지, 돌아오지 않는 엄마, 아빠는 밥을 달라고 외치는 어린 자식의 울음소리를 듣고 있는지, 그 진실을 알고 싶고 그것을 달라고 외치는 것이야. 그게 그렇게도 잘못되고 정치적인 목소리란 말이…"

용만은 흐르는 눈물과 심한 목 잠김으로 말을 멈춰야 했다. 용만의 뺨을 타고 흐르는 눈물이 테이블 위로 떨어져 내렸다. 눈시울이 붉어진 친구는 아무 말도 하지 못하고 고개를 돌렸다.

친구와 헤어진 용만은 혼자 살고 있는 집으로 향했다. 용만은 한 번도, 단한 번도 자신의 미혼에 불편함을 느낀 적도 없었고, 결혼의 필요성도 못 느꼈지만 조카 성원이의 죽음은 이 모든 것들을 다시 생각하게 만들었다. 어쩔 때는 혼자 있다는 그 자체가 너무나 견디기 힘들었다. 용만은 순간 믿을 수 없게도 녀석을 원망하는 자신을 또 발견했다. 그것은 왜 하필 녀석이 자신의 조카로 태어났는지 그 속세의 인연을 원망하는 것이었다.

용만은 불현듯 한 번씩 찾아오는 원망 앞에서 심한 자괴감과 함께 녀석을 향한 죄책감을 동시에 느꼈다. 고개를 심하게 떨어뜨린 용만은 비틀거리는 걸음을 빨리 걸었다. 마치 그 자리를 벗어나면 자괴감과 죄책감에서 벗어날 수 있을 것처럼….

21

마침내
결정을 내리다

　근호는 시계를 바라보았다. 갈수록 초조한 마음과 심한 긴장감이 찾아왔다. 벌써 몇 번이나 논문을 발표했고, 투고했는지 기억이 가물가물할 정도였다. 자신의 논문은 심사 단계까지도 이르지 못하고 사장될 위기에 처해 있는 것만 같았다. 그 위기에 처한 자신의 논문이 우여곡절 끝에 가까스로 심사 단계까지 이를 수 있었다. 그는 자신의 논문 심사 결과를 기다리고 있는 것이었다.

　근호는 마른 입술을 핥았다. 그 초조하고 긴장된 시간이 또 한번 찾아왔다. 이윽고 컴퓨터를 부팅시킨 그는 자신의 이메일을 실행했다. 심사 결과는 아직 도착하지 않았다. 잠시 인터넷을 검색한 그는 저장된 파일을 하나 열었다. 그것은 논문을 투고하게 된 목적을 작성해 놓은 글이었다. 근호는 자신의 글을 소리 내어 천천히 읽어 내려가기 시작했다. 그것은 읽는다는 표현보다는 연설하고 있다는 표현이 적당할 것 같았다. 왜냐하면 논문 심사 통과 후, 이미 철저하게 계획된 자신의 목적을 진행시킬 생각이었고, 그것은 연설의 힘을 빌려야 했기 때문이었다. 마른침을 삼킨 근호의 입에서 중후한 목소리가 흘러나왔다.

"인간이 삶이나 세계에 대하여 옳고 그름, 좋고 나쁨 등의 가치를 매기는 관점이나 기준을 가치관이라 합니다. 이 개념은 인류가 멸망할 때까지 이어지고 존재할 것입니다. 왜냐하면 인간은 이 가치관 속에서 세상을 판단하고, 세상을 해석하고, 세상을 규정하는 것이기 때문입니다. 따라서 인간의 삶에서 가치관은 수도 없이 존재합니다. 그렇지만 가치관의 기준은 절대적이지 않습니다. 왜냐하면 성별에 따라서, 환경에 따라서, 혹은 연령에 따라서 가치의 기준은 달라지는 것이기 때문입니다. 그 결과 세상은 다양한 문화와 다양한 과학이 발전할 수 있었고, 그 문화와 과학은 인간의 생활양식이 되어 인간의 삶의 질을 높이 끌어올렸다고 볼 수 있습니다."

잠시 말을 멈춘 근호는 자신의 서재를 한번 둘러보았다. 그의 빛나는 눈빛은 마치 수많은 청중들을 둘러보고 있는 눈빛과도 같았다. 그는 청중을 대하고 있는 것처럼 전혀 흐트러지지 않는 자세로 준비를 하고 있는 것이었다. 다소 힘이 실린 목소리가 작은 서재를 울리기 시작했다.

"인간이 무엇 때문에, 누구를 위해서 삶의 질을 향상시켰을까요. 또한 다양한 가치관을 만들고, 그 가치관 속에서 왜 또 다른 가치관을 만들어내는지, 왜 그것을 바탕으로 끊임없는 발전과 행복을 추구하려 하는지 그 목적을 생각해 보셨나요? 인간이 미래지향적인 동물이기 때문에 그랬을까요? 그렇다면 인간은 어떤 미래를 지향하고 있을까요. 인간의 편리함, 인간의 안위, 인간의 행복이 정답이 될 수 있을까요? 그렇다고 한다면 인간은 미래의 편리함과 안위와 행복을 위해서 지금을 희생시키는 것이라고 볼 수 있습니다. 인간은 자신이 희생시키는 지금이 보다 밝은 미래를 가져다 줄 것이라 믿고 있는 것입니다. 여기에는 다양한 가치관이 존재할 수밖에 없습니다. 하지만 분명한 건, 다양한 가치관은 시대에 따라서 다른 얼굴로 다가올 수도 있고 변할 수도 있다는 것입니다. 그럼 여기에서 변하지 않는 절대개념의 옳은 가치관이 존재할 수 있을까요? 미리 말씀드리지만 분명히 있습니다."

잠시 숨을 고른 그는 다시 한 번 주위를 둘러보고 천천히 입을 열었다.

"수를 헤아릴 수 없는 다양한 가치관 속에서 변하지 않는, 아니 결코 변할 수 없는 절대개념을 위해 거의 모든 인간은 지금을 희생시키고 있는 것입니다. 그것이 무엇이라고 생각하십니까? 인류 문명이 어떤 배경을 담고 있었기에 다양한 가치관을 만들어내면서 발전할 수 있었겠습니까? 그것은 바로 가족입니다. 인간은 가족이 있었기에 삶의 목표를 설정할 수 있었고, 웃고 울며 참고 견디는 지금의 희생을 감수할 수 있었던 것입니다.

가족의 아픔을 외면한 가족은 더 이상 존속될 수도 없고, 목표의 방향을 바로 잡을 수도 없는 것입니다. 인류는 희로애락을 함께하는 이 절대적인 가치 기준인 가족을 이루었고, 지켰기 때문에 존속되고 발전할 수 있었던 것입니다. 그 가족은 나아가 사회적인 가족을 이루었고, 국가적인 가족으로 거듭날 수 있었습니다. 우리는 모두 가족입니다. 아픔과 고통을 함께 나누는 가족이야말로 혼란한 사회를 치유하고 발전하는 국가를 지탱시킬 수…."

근호는 순간 말을 멈췄다. 언제 들어와 있었는지 자신의 이메일에 한 통의 편지가 도착해 있었다. 바로 의자에 앉아 마우스를 잡은 근호는 메일을 클릭했다. 클릭하는 그의 손가락에 미세한 경련이 일었다. 첫 번째 심사평을 읽어 내려가는 그의 얼굴이 서서히 변하기 시작했다. 그는 두 번째와 세 번째 심사평을 연이어 읽기 시작했다. 이미 변하기 시작한 표정은 걷잡을 수 없을 정도로 심하게 일그러졌다. 이윽고 읽기를 다 마친 그는 힘없이 몸을 일으켰다. 순간 그의 입에서 헛웃음이 터졌다. 금방 그칠 것 같은 헛웃음은 그칠 기미를 보이지 않고 오히려 큰 웃음소리로 변했다. 하지만 웃음과는 달리 그의 눈에서는 눈물이 흘렀다. 그것도 아주 굵은 눈물이…. 그의 얼굴이 기묘하게 일그러졌다.

"하하하. 우리는 가족이 아니었어. 가족이 아니었다구. 하하하."

웃음과 눈물을 머금은 그의 목소리는 계속해서 흘러나왔다.

"하하하. 나는 지금까지 착각하고 있었어, 가족이 아니었는데, 가족이라고 착각하고 있었어."

그는 마치 실성한 사람처럼 웃음을 그치지 않았다.

"이제는 가족이라고 믿을 줄 알았는데, 그게 아니었다구."

이내 웃음소리가 그치면서 울음소리만 들렸다.

문틈 사이로 아까부터 남편의 모습을 지켜보고 있는 미란은 어떤 행동도 취할 수 없었다. 그저 눈물이 흐르는 눈으로 남편을 바라보는 게 전부였다. 잠든 아들을 품에 안은 그녀의 입에서 슬프고 작은 목소리가 흘러나왔다.

"그래도 우리는 가족이잖아요."

용만의 변함없는 생활은 계속되고 있었다. 무엇을 정할 수도 없고, 무엇을 하지도 않는 무의미한 생활의 연속이었다. 그저 집 안에서 영화와 게임으로 시간을 보내며 자신의 무능만 탓하고 있었다. 용만은 믿을 수 없게도 팽목항을 벗어난 후로 책 한 권 제대로 읽지 않은 자신을 발견했다. 자신이 생각해도 믿을 수 없는 일이었다. 그러고 보니 수시로 드나들었던 시립도서관에 언제 발길을 끊었는지 기억이 없을 정도였다. 평소 꾸준한 독서를 통해 깊은 사색을 즐겼던 자신이 녀석의 죽음으로 무의미한 삶을 살고 있는 것 같았다. 아니 그것은 어쩌면 책과 현실에 존재하는 간극이 너무나 크게 느껴졌기 때문이라고도 볼 수 있었다.

책과 현실은 분명히 달랐다. 그것은 말과 실천이 일치하지 않는다는 사실을 증명해 주고도 남았다. 말과 실천이 일치하지 않는 교육, 말과 실천이 일치하지 않는 사회, 말과 실천이 일치하지 않는 국가가 과연 미래에 어떤 모습으로 변할 수 있을지 생각만 해도 가슴이 답답했다. 이런 사실을 아는지 모르는지 정치인들은 끊임없이 말하고 있었다. 국가 기강을 바로잡자고. 무엇을 바로잡자고 하는 것인지 실로 조소가 터질 일이었다. 돈과 출세만을 지향하는 교육을 바로잡자고 하는 것인지, 흐트러진 민심을 바로잡자고 하는 것인지, 아니면 자리에 연연하는 자신들의 마음을 바로잡자고 하는 것인지 도무지 알아들을 수 없는 말이었다. 그래도 정치인들은 끊임없이 외쳐댔다. 해이해진 국가 기강을 바로잡아 국민을 통합시켜야 한다고. 용만의 입에서 헛웃음이 터졌다.

시계를 바라본 용만은 몸을 일으켰다. 지인과 약속이 있었기 때문이었다. 잠시 후, 약속 장소로 들어선 용만은 먼저 도착한 지인에게 인사를 건넸다.

"안녕하세요."

"요즘 어떻게 잘 지내고 있는 건가?"

"네, 그럭저럭…"

용만이 얼버무렸다.

콧속으로 스며드는 고기 굽는 냄새가 넓은 식당을 가득 채우고 있었다. 묵묵한 얼굴로 앉아 있던 용만은 고개를 돌려 넓은 식당을 가득 채운 손님들의 얼굴을 살폈다. 순간 용만은 다른 세상에 들어와 있는 착각에 빠졌다. 모두가 웃는 얼굴이었고, 술잔을 기울이는 모습에선 어떤 근심도 찾아볼 수 없었다. 세월호 참사가 불과 4개월도 채 지나지 않은 시점에서 참사를 기억하는 단 하나의 얼굴도 찾아보기 힘들었다. 소주 한 잔을 들이켠 용만은 자신에 대해 생각해 보았다. 나는 과연 타인의 슬픔에 공감했던 적이 있었는가. 있었다면 어디까지 어느 정도까지 공감했었는가. 용만 자신도 타인과 결코 다르지 않은 것 같았다. 하지만 슬픔에 빠진 사람에게 분노의 감정을 품었던 적은 단 한 번도 없었다. 고개를 떨어뜨린 용만은 다시 소주 한 잔을 들이켰다.

"이제 그만하지."

지인은 또다시 슬픔에 빠져 고개를 들지 못하고 있는 용만을 보고 말했나.

"제가 지금까지 뭘 했는데요?"

용만은 지인의 말이 그런 뜻이 아니란 것을 알고 있었지만 다소 도전적으로 물었다.

"내가 그런 뜻으로 말한 것처럼 보여? 그래, 이왕 말이 나왔으니 해 보자구. 자네는 지금까지 아무것도 한 일이 없어. 그걸 몰라서 나한테 묻는 거야? 눈물만 흘리는 일은 누구나 할 수 있는 일이야. 남들이 미처 생각하지 못한 일을 찾아서 해야 할 거 아냐. 그것이 조카를 위한 길이잖아. 그렇게 약한 모습으로 눈물만 흘리고 있으면 이 사회가, 이 국가가 자네의 눈물에 같이 눈물을 흘려줄 수 있을 거라고 생각하나? 정신 차려. 그런 모습은 주변 사람한테도 불편을 심어줄 수밖에 없어. 계속 그런 모습으로 있으니 차라리 모든 것을 잊고 일상으로 돌아가는 게 본인한테도 이로운 법이야."

지인은 매우 불쾌한 얼굴로 소주를 삼키고 소리 나게 소주잔을 내려놓았다.

용만은 아무 말도 할 수 없었다. 지인의 말이 폐부를 깊숙이 찔러왔기 때문이었다.

지인과 용만 사이에 매우 불편한 정적이 한동안 계속됐다.

"많이 마신 거 같은데 이만 나가지."

"선생님, 먼저 들어가세요."

용만은 차마 같이 일어설 수 없었다. 자신과 지인에 대한 창피한 감정이 동시에 일었기 때문이었다.

"그럼 조금만 마시고 들어가."

나가는 지인에게 고개를 숙여 보인 용만은 식당에 들어올 때부터 시끄럽게 들리는 대형 텔레비전으로 눈을 돌렸다. 마침 뉴스가 방영되고 있었다. 잠시 정치권을 보여준 뉴스는 세월호 유족의 집회와 도보 행진을 연이어 보도했다. 순간 용만은 믿을 수 없게도 움츠러드는 자신을 발견했고 고개를 급히 돌렸다. 그리고 혹시나 세월호 유족인 자신을 알아보는 사람이 없는지 주변을 살폈다. 역시나 자신을 알아보는 사람은 아무도 없었다. 또 믿을 수 없게도 안도의 숨이 흘렀다. 용만은 연이어 일어나는 자신의 믿을 수 없는 행동에 정신을 차릴 수 없었다. 용만이 순간 느꼈던 감정은 세월호 유족으로서 사회에 죄를 범하고 있다는 믿을 수 없는 감정이었다. 이유는 알 수 없었다. 단지 세월호 유족이기 때문에 느낀 감정이었다. 내가 왜 이런단 말인가. 무능한 정부로 인해서 제대로 된 구조를 받지 못해 자식을 잃고 부모를 잃은 우리가 죄인이란 말인가.

"무슨 이런 병신 같은…."

용만은 자신도 모르게 욕설을 내뱉었다. 욕설은 누구를 향한 것이 아니라 자기 자신을 향한 것이었다. 이윽고 급히 일어선 용만은 식당 앞 공원으로 향했다. 내가 녀석을 위해 할 수 있는 일이 아무것도 없단 말인가. 나는 왜 이렇게 무능하단 말인가. 한참을 생각해 보았지만 구체적으로 떠오르는 것은 없었다. 하지만 무엇이 떠오를 것 같았다. 순간 무언가를 깨달은 용만은 자기 자신에게 수없이 던졌던 문제의 패턴을 바꿔보기로 했다. 그것은 지금까지 자신을 향한 질문이 해결 중심의 질문이 아니라 문제 중심의 질문이라는 것을 알았기 때문이었다. 문제는 문제를 낳을 뿐이다.

용만은 다시 질문을 던졌다. 내가 녀석을 위해 지금 할 수 있는 일이 무엇인가. 패턴을 바꾼 질문의 효과는 금방 나타나지 않았지만 가슴으로 전해지는 느낌이 확연히 다르다는 것은 분명히 느낄 수 있었다.

용만은 내친김에 화랑유원지 분향소로 향했다. 녀석들의 얼굴을 보면 무언가 떠오를 것 같았기 때문이었다. 자신의 승용차로 향하던 용만이 갑자기 발을 멈췄다. 아니 멈출 수밖에 없었다. 아무리 중요한 일이라도 음주 운전을 할 순 없었다. 언론은 세월호 유족들의 자그마한 일에도 촉각을 곤두세우며 무엇이 걸려들지 않을까 두 눈을 부릅뜨고 있는 것 같았다. 마지 세월호 유족들이 면책특권을 행사할 수 있다고 착각하고 있는 것은 아닌지, 그것을 크게 부각시켜 사회적으로 고립시키려는 저의가 있는 것처럼 느껴지기도 했다. 그것은 팽목항의 이상한 나라 때부터 줄곧 따라다니는 용만의 생각이었다.

이 사회는 분명히 그랬다. 자식과 부모가 죽은 원인을 밝혀달라는 세월호 유족들의 주장을 반사회적인 주장인 것처럼 색안경을 쓰고 세월호 유족들을 바라보는 경향이 있었다. 이 사회의 색안경은 누구에 의해서 무슨 목적으로 만들어졌는지 실로 통탄을 금치 못할 일이었다. 설령 이 모든 것들을 염두에 두지 않고 있다 하더라도 음주 운전은 자신과 타인을 위해서 절대로 해서는 안 되는 일이었다.

정신을 집중한 용만은 화랑유원지 분향소를 향해 걷기 시작했다. 그다지 먼 거리는 아니었지만, 한여름 밤에 술기운에 젖은 용만에게는 결코 가까운 거리도 아니었다. 걷기 시작한 지 몇 분 지나지 않아 용만은 연신 흘러내리는 땀방울을 닦아야 했다. 하지만 땀방울이 흐를수록 정신은 점점 또렷해졌다.

거의 한 시간 남짓해 화랑유원지 분향소에 도착한 용만은 곧바로 유족 대기소로 들어섰다. 늦은 밤이라 그런지 유족들은 별로 보이지 않고, 얼핏 얼굴이 기억나는 몇몇 사람들만 유족 대기소를 지키고 있었다. 학부모들이 반별로 돌아가며 불침번을 서고 있었던 것이었다. 용만은 군 제대 이후, 불침번을 서고 있는 민간인들을 처음 보았다.

유족 대기소를 나온 용만은 잠시 생각에 빠졌다. 군인의 불침번은 전우의 생명을 지키기 위한 불침번이다. 하지만 학부모의 불침번은 누구의 생명을 지키기 위한 불침번이 아니다. 그것은 이미 생명을 잃은 자식의 넋을 지키기 위한 불침번이다. 세상에 이렇게도 슬픈 불침번이 존재할 수 있을까. 그러고 보니 세월호 참사는 세상에서 결코 존재해서는 안 되는 것들이 끊이지 않고 파생되고 있는 것 같았다. 세월호 유족임을 증명하는 세상에서 가장 슬픈 신분증이 그것이고, 생명을 잃은 자식의 넋을 지켜야 하는 불침번이 또 그것이다. 그것은 일반적인 상식을 벗어나고 사회적인 인식을 모두 벗어나 오직 세월호 유족들에게만 짊어져 있는 멍에요, 굴레다. 이 멍에와 굴레는 여기서 종식돼야 한다. 하지만 이 사회는….

가슴이 답답한 용만은 생각을 멈추고 곧바로 분향소 안으로 들어섰다. 밤늦은 시간임에도 불구하고 안내원들은 항상 같은 모습으로 같은 위치에서 조문객을 안내해 주었다. 천천히 발을 움직인 용만은 바로 아이들에게 향하고 싶은 마음을 억누르고 일반인 희생자들에게 먼저 조문을 표했다. 그것이 같은 공간에서 같이 생명을 잃은 희생자를 향한 예의일 것 같았다.

잠시 후, 녀석들 앞에 다다른 용만은 세상을 먼저 이별한 녀석들에게 고개를 깊이 숙이고 천천히 고개를 들었다. 녀석들의 얼굴을 일일이 살피려던 용만은 부정할 수 없게도 자신의 조카 성원이를 제일 먼저 바라보았다. 성원이와 한참 눈을 맞추고 있던 용만은 시선을 돌려 녀석의 친구들 얼굴을 일일이 살폈다. 그리고 바로 눈을 감았다. 원통한 죽음을 당한 녀석들을 위해 무엇이 떠오를 것 같았다. 용만은 생각을 집중했다. 순간 용만은 심한 욕지기를 느꼈다. 마신 술과 분향소의 더운 공기 탓도 있었지만 결코 그것만은 아닌 것 같았다. 뛰다시피 화장실에 들어선 용만은 먹은 음식물을 전부 게워내기 시작했다.

바로 그때 느껴지는 것은 마치 손에 잡힐 것처럼 눈앞으로 다가오고 있는 것 같았다. 뚜렷한 형체는 보이지 않았지만 용만은 드디어 아이들을 위해, 세월호 유족들을 위해 자신이 할 수 있는 일을 찾은 것 같았다. 용만의 두 눈에서 뜨거운 눈물이 흘렀다. 눈물은 무엇을 찾았다는 기쁨의 눈물이기보다는 자신의 무능만 탓하고 있었던 참회의 눈물이었다. 화장실을 나서는 용만의 눈에서 눈물이 그치지 않았다.

"이제, 이 대한민국 사회는 나를 필요로 하지 않아. 결과적으로 나도 세월호 유족들처럼 돼 버렸어."

근 하루를 서재에서 두문불출하며 실의에 빠져 있는 근호는 혼잣말을 흘렸다. 하지만 그는 지금까지 자신이 했던 일을 결코 후회하는 것은 아니었다. 단지 세월호 사고를 통해 대한민국의 또 다른 얼굴을 보았기 때문이었고, 모든 게 이해 타산적으로만 움직이는 것 같은 사회적인 메커니즘을 한탄하는 것이었다. 또 그것은 한때 교육자로 몸담았던 자신에 대해 허무할 정도로 밀려드는 심한 회의감이기도 했다.

과거 자신은 유학 시절부터 최근 외국 여행에 이르기까지 변하지 않고, 잊을 수 없는 기억이 있었다. 그 기억은 가슴 뭉클하며 눈물이 핑 돌고, 자부심을 느끼게 해 주었던 가슴 뿌듯한 기억이었다. 그것은 바로 애국가와 태극기였다. 분명 자신은 머나먼 이국땅에서 태극기를 바라보고 애국가를 따라 부르며 눈물을 흘렸다. 내가 쉴 곳은 대한민국이요, 내가 갈 곳도 대한민국이고, 내가 묻힐 곳도 대한민국이다. 어느 독립투사의 말처럼 자신의 가슴 깊은 곳에 새겨진 국가를 향한 주문과도 같은 것이었다. 누가 물어도 자신할 수 있었다. 그 가슴 뭉클한 대한민국이…, 그 눈물을 흘렸던 대한민국이….

또다시 눈물이 핑 돌았다. 그 눈물은 과거에 느꼈던 눈물과는 의심할 여지 없이 확연히 다른 것이었다. 이 이해하기 힘든 사회적인 현상은 어디서부터 비롯되고 어디까지 향해 있을까. 과연 현태의 말처럼 국민의 자발적인 선택이었을까? 어쩌면 맞을 수도 있겠다는 생각이 들었다. 하지만 국민의 선택, 그것만으로는 뭔가 부족했다. 과연 대다수의 국민이 이런 대한민국을 원하고 있다는 말인가. 근호는 앉아 있던 의자에서 몸을 일으켰다. 순간 뇌리를 강하게 스치는 무엇이 있었다. 그것은 대통령의 영상이고 목소리였다.

'세월호특별법도 외부 세력이 정치적으로 이용하는 일이 없도록 해야 합니다.'

대통령의 발언은 자식과 부모를 잃은 세월호 유족들의 목소리에 불순 세력이 있다는 것을 전제하는 뜻과 같은 말이었다. 그럼 대통령이 이런 대한민국을 원하고 있다는 말인가. 설마 그것은 아닐 것이다. 아니, 분명히 아니어야 한다. 그러면 이 발언의 저의는 무엇이고, 국가적인 대재난에 정치적인 침묵을 고수하는 듯한 모습은 무엇이란 말인가.

근호는 연이어 스쳐가는 무엇에 의식을 집중했다. 그것은 10년 전, 2004년 7월에 이슬람 테러 단체에 의해 납치된 국민이 국가의 구조를 받지 못하고 잔인하게 참수된 사건이었고, 이 모습을 지켜본 당시 한나라당 대표였던 대통령의 국회교섭단체 연설이었다.

'국가가 가장 기본적인 임무인 국민의 생명과 안전을 보호하지도 못하는 것을 보면서 국민들은 정부의 무능과 무책임에 분노하며 국가에 대한 근본적인 회의를 갖게 됐다.'

대통령의 두 말이 연이어 겹쳐 들리기 시작했다.

'세월호특별법도 외부 세력이 정치적으로 이용하는…. 국가가 가장 기본적인 임무인 국민의 생명과 안전을 보호하지도 못하는 것을 보면서 국민들은 정부의 무능과 무책임에 분노….'

대통령은 이 부메랑 같은 말을 종식시키기 위해서라도 국민과의 약속을 반드시 지켜야 한다. 또한 세월호 사고는 정부의 무능의 문제가 아니다. 꺼져가는 국민의 생명을 보고도 최선을 다하지 않았다. 왜 그랬는지, 어디서부터 잘못됐는지, 그 원인과 이유를 밝혀야 할 것이다. 진정 국민을 위한다면.

두 주먹을 움켜쥔 근호는 마음을 다잡았다.

"나는 여기에서 굴하지 않고 끝까지 갈 것이다. 이것이 내가 사랑하는 대한민국을 위하는 길이니까."

두 눈을 감고 있던 용만이 무엇을 보았는지 감고 있는 눈자위가 파르르
떨렸다. 엄마, 아빠를 남겨두고 먼저 하늘로 올라간 녀석을 위해 해야 할 일
을 드디어 찾은 용만은 두 눈을 꼭 감고 있었다. 얼마나 오래 눈을 감고 있
었는지 자신도 짐작할 수 없었다. 시간이 중요한 게 아니었다. 중요한 건, 세
월호 사고 당시부터 잊혀있던 기억을, 아니 그 떠올리고 싶지 않은 참담했던
기억을 생생하게 끌어올리는 게 중요했다. 그럴수록 파르르 떨리는 눈자위
는 심한 요동으로 변해가고 있는 것 같았다.

눈을 감은 채로 심호흡을 몇 번 내쉰 용만은 긴장돼 있던 몸과 의식을 이
완시켰다. 잠시 팽목항을 빠져나온 의식이 다른 곳으로 쏠렸다. 시공을 초
월해 달리는 용만의 의식은 수많은 노란 리본이 흔들리는 화랑유원지 분향
소를 지나 녀석들이 뛰놀던 동네에 잠시 머물렀다. 분식집에서 헤헤거리며
양 볼이 실룩하게 핫도그와 떡볶이를 나눠먹는 녀석들이 눈앞에 선명하게
그려졌다. 그렇게도 친구가 좋은 녀석들이 어깨동무를 하고 노래를 부르며
동네를 거니는 모습이 연이어 지나갔다.

'○○아, 너는 커서 뭐가 될래?'

'나는 정치인.'

'나는 축구 선수.'

'나는 선생님.'

'하하. 꿈도 야무지다. 그때 가서 나 모른 체하지 마라.'

'하하하…'

친구들이 좋은 녀석들은 어깨동무를 한 손에 더욱 힘을 주었다. 마치 영
원히 함께하자는 것처럼…. 참 꿈이 많은 녀석들의 웃음소리가 귓전을 울렸
다. 하지만 그 꿈 많은 녀석들의 웃음소리는 차가운 바닷속으로 녀석들과

함께 침몰했다. 이제는 꿈 많은 웃음소리를 어디에서도 들을 수 없다. 양 볼이 실룩하게 핫도그와 떡볶이를 나눠먹는 녀석들도 더 이상 볼 수 없다. 친구들이 좋아 어깨동무를 하고 있는 녀석들, 그 얼굴들, 그 웃음들… 세상 그 어디에서도 들을 수 없고 볼 수 없다.

또다시 심호흡을 내쉰 용만은 의식을 돌렸다. 한산한 도로를 지나가던 용만의 의식이 천천히 지나갔다. 가로등과 가로수에 매달린 작은 현수막의 글귀들. 아이들을 잊지 않겠다는 어른들의 염원이 담긴 글이었다. 의식을 더욱 집중한 용만은 현수막을 하나하나 살펴보았다. 이내 가슴을 울리는 그 무엇이 느껴졌다.

[별이 된 아이들이 묻습니다. 엄마, 아빠 지금은 안전한 나라인가요?]
[지겹다고 말하지 마세요. 어떻게 자식 같은 녀석들에게, 어떻게 친구 같은 녀석들에게.]
[자식을 삼킨 바다보다 비정한 이 나라가 더 무섭다.]
[나는 엄마입니다. 가만히 있지 않겠습니다.]

또다시 천천히 지나가던 용만의 의식이 한곳에서 머물렀다.
자신이 지금까지 그토록 갈망하던 해답은 바로 여기에 있었다.

[망각은 죄다!]

눈자위가 심하게 요동을 치며 머물러 있던 의식이 순식간에 팽목항의 이상한 나라로 돌아갔다. 용만의 입술이 부르르 떨렸다. 그날부터 지금까지의 일이 거짓말처럼, 정말 거짓말처럼 바로 눈앞에 생생하게 펼쳐졌다. 울부짖는 수많은 목소리와, 흐릿한 세상에 갇혀 있는 자신과, 눈물에 젖은 눈으로 하염없이 바다만 바라보며 비를 맞고 있는 여동생과 내새끼 정말 거짓말처럼 선명하게 그려졌다.

용만은 천천히 눈을 들어올렸다. 그리고 주문을 외우듯이 마음속으로 강하게 읊조렸다. 나는 내가 본 그대로, 내가 들은 그대로, 내가 느낀 그대로 펜을 움직일 것이다. 그래서 자신들의 안일함과 무능함을 덮기 위한 수단으로 비정함을 택한 정부와 이에 동조하는 언론을 내 펜이 움직이는 대로 아주 신랄하게 비판할 것이다.

눈을 부릅뜬 용만은 손가락에 힘을 모아 펜을 움켜잡았다.